民國文化與文學研究文叢

七　編

第23冊

中心與邊緣：
民國時期的知識份子與社會思潮（下）

胡偉希 著

國家圖書館出版品預行編目資料

中心與邊緣：民國時期的知識份子與社會思潮（下）／胡偉希
著 — 初版 — 新北市：花木蘭文化事業有限公司，2017〔民
106〕
目 2+176 面；19×26 公分
（民國文化與文學研究文叢 七編：第 23 冊）
ISBN 978-986-485-250-5（精裝）
1. 社會史 2. 知識分子 3. 中國
820.9　　　　　　　　　　　　　　　　　106013225

ISBN-978-986-485-250-5

9 789864 852505

民國文化與文學研究文叢
七 編　第二三冊　　　　　ISBN：978-986-485-250-5

中心與邊緣：
民國時期的知識份子與社會思潮（下）

作　　　者　胡偉希
總 編 輯　杜潔祥
副總編輯　楊嘉樂
編　　　輯　許郁翎、王　筑　美術編輯　陳逸婷
出　　　版　花木蘭文化事業有限公司
社　　　長　高小娟
聯絡地址　235 新北市中和區中安街七二號十三樓
　　　　　　電話：02-2923-1455／傳眞：02-2923-1452
網　　　址　http://www.huamulan.tw 信箱 hml810518@gmail.com
印　　　刷　普羅文化出版廣告事業
初　　　版　2017 年 9 月
全書字數　290415 字
定　　　價　七編 31 冊（精裝）新台幣 58,000 元　　　版權所有・請勿翻印

中心與邊緣：
民國時期的知識份子與社會思潮（下）

胡偉希　著

目次

下篇　中國近現代知識份子運動與 社會思潮（1895～1949）

第五章　20世紀上半葉中國的保守政治與知識份子運動

一、20世紀上半葉中國的保守政治

　　進入20世紀，中國社會出現了急劇的變化，各種社會與政治運動風起雲湧，中國的政壇也發生了驚天動地的改變。但是，儘管政治舞臺上風雲變幻，20世紀上半葉，中國的政治體系卻可以一言以蔽之，稱之為「保守政治」。什麼是「保守政治」？在《變動社會的政治秩序》一書中，亨廷頓提出了「政治制度化水平」的概念。他說：「政治體系可以根據政治制度化和參政水平來區分。這兩方面的差別顯然都是程度上的差別：高度制度化的政體與此同時組織混亂的政體之間並無明顯界線；參政水平的高低也沒有明顯的界線。然而，要對這兩方面的變化進行分析，卻必須在充分認識到任何實際的政治體系都不可能與某一特定理論模式完全相符的同時，對不同類型的體系進行區分。如以制度化為標準，也許只需將這些體系區分為政治制度化水平高的和政治化水平底的兩種類型就夠了。如以參政為要標準，則最好分為三種不同水平：參政僅局限於少數傳統貴族和官僚上層份子的屬最低水平；中產階級已參政的屬中等水平；上層份子、中產階級和一般群眾都參與政治活動的屬高水平。」[註1]這說明，政治制度化的水平與政治參與水平無關，也與政體形式無關。亨廷頓談到引入政治的制度化水平這一概念的重要性說：「制度化

〔註1〕亨廷頓：《變動社會的政治秩序》，上海，上海譯文出版社，1989年版，第85頁。

是組織程序藉以取得重要性和穩定性的過程。任何政治體系的制度化水平都表現在其組織和程序的適應性、複雜性、自治性和一致性上。同樣，任何特定組織或程序的制度化水平，都能以其適應性、複雜性、自治性和一致性衡量。如果這些標準可以識別和衡量，那麼各種政治體系也可根據其制度化的水平進行比較。而且，一種政治吳三桂系內部的各種特定組織和程序的制度化程度的增強和減弱同樣也能加以衡量。」〔註2〕可見，制度化水平實是衡量一種政體是否成熟與發達的重要標誌之一。本書就是在「制度化水平低」這一意義上來對「保守政治」加以界定的。因此說保守政治實際上與「政治制度化水平低」同義。亨廷頓還談到政治制度化水平低的 4 個特徵為僵硬性、單純性、從屬性和不統一性。〔註3〕它們都為 20 世紀上半葉的中國政體所具有。

　　20 世紀上半葉中國的保守政治由傳統政治衍化而來，卻不等於傳統政治。中國的傳統政治是一種「皇權政治」，這種皇權政治由皇帝高度集權，它的政治權力只為少數貴族所壟斷；在傳統中國，儘管這種傳統政治的社會參與程度相當地低，其制度化水平卻是與以小農經濟為基礎的中國宗法型社會組織結構相適應的。但 19 世紀 70 年代以後，在西方強國的壓力下，中國被迫開始了它的現代化過程，這種傳統政治才受到挑戰。當時是：洋務運動興辦了新式工業，使中國傳統的以小農經濟為基礎的宗法社會結構逐漸發生變化，出現了多元經濟。尤其是與西方科學技術、新式教育的引進相伴隨，出現了一些要求改革政治的改良主義知識份子。這些要求革新政治的知識份子大多生活在沿海通商口岸，對西方資本主義文明有較多接觸與瞭解，因此希望參照西方國家的經驗，對中國落後的政制加以改良。但在甲午戰爭前，這種改良主義的呼聲並沒有引起重視。直到 1895 年甲午戰爭爆發，中國敗於日本，這種要求朝廷改革政治的運動才形成高潮，並且終於導致了 1898 年的「戊戌變法」。可惜的是，由於保守派和頑固派的阻力太大，這次政治體制的改革以失敗而告終。從此，中國近代的政治改革失去了它最好的歷史機遇。中國政治是沿習著傳統政治的老路步入 20 世紀的。

　　但是，由於要求改革的呼聲有增無減，尤其是維新運動失敗以後，以孫中山為首的革命黨人走上了武裝反滿的道路，此外，義和團運動以後，西方

〔註 2〕同上書，第 14 頁。
〔註 3〕參同上書，第 14～22 頁。

國家也強迫清政府調整它不適應現代化要求的各種政治、經濟與外交政策。在這種種壓力下，從 1901 年開始，清廷推出了「新政」，逐漸進行政治、經濟、軍事、教育以及外交等方面一系列的改革。但是，這一系列的改革與其說是有助於緩和當時日益尖銳的社會矛盾與衝突，毋乃說是它加速了社會各種勢力的衝突，並最終導致了滿清皇朝的覆滅。原因無他，1901 年以後實行的「新政」從一開始，就不是一種主動的、積極有為的政治全方位調整，而是面對嚴峻的形勢不得不進行的退守，並未有像 1866 年日本的明治維新那樣的大刀闊斧的氣魄，也失去了當年光緒皇帝宣佈頒佈「定國是詔」時的勇氣。就是說，從一開始，這種政治改革的主動權就沒有掌握在清廷手中，在頗大程度上具有被動與倉促的性質，以至當後來清廷面對一觸即發的革命形勢，再加大改革的力度時，改革的時機已經失去。其種種改革措施，適足以為革命的爆發提供條件而已。

　　如何看待自 1901 年以後中國的社會與政治形勢呢？應該說，由於改革政治的最後良機已失去，1901 年以後清廷的「保守政治」儘管試圖調整它的政治，進行改革，但形勢已今非昔比；此時，這種保守政治面臨的最大挑戰，已不是是否要進行改革的問題，而是如何使改革的方向與結果能滿足社會的政治參與要求與期待的問題。可惜的是，清末的政治改革在這個問題上遠未能盡人意。亨廷頓談到保守政治（他這裡指的是「制度化水平低」的政體）面臨的危險時說：「任何一種特定政體的穩定性都決取於參政水平與政治制度化水平之間的關係。如果一個社會參政水平低，其政治制度化的水平就有可能大大低於一個參政水平高的社會；而如果一個社會的參政水平和政治制度化水平都很低，它的穩定性卻有可能高於一個政治制度化水平較高，而參與水平更高的社會。正如我們已論述過的那樣，政治穩定性取決於政治制度化對參政的比率。要想維持政治穩定性能，必須在參政擴大的同時，使這個社會的政治體制的複雜性、自主性、適應性和連續性隨之增長。」〔註4〕而 1905 年清廷之改革政治，其結果卻反而促使了政權的崩潰，就在於它的制度化水平遠遠趕不上當時日益增長的要求參政的社會期待與要求。

　　首先，從要求參政的社會期待方面看。我們知道，任何一個社會的參與政治的願望與要求，並一個固定不變的，而是一個取決於教育、知識水平以及社會經濟結構變動的函數。應該說，在維新運動時期，中國社會要求參政

〔註 4〕同上。

的願望，主要表現爲維新派人士和一些開明士紳提倡改良政治和實現君主立憲。但在 19 世紀末，這種要求「立憲」的政治主張並未被採納，反而受到打壓。到了 20 世紀，尤其是 1905 年以後，儘管「立憲」的主張仍然不息於耳，但整個社會思潮已趨於主張「民主共和」。1905～1907 年發生的改良派與革命派在贊成「立憲」還是「共和」之間的論戰，這場論爭最後以革命派的勝利告終，就是社會輿論與社會思潮轉向的標誌。面對革命派與改良派的聯合夾攻，清政府終於改弦換轍，從 1905 年開始，清廷陸續開始出臺各種政治改革的方案和計劃，而且其改革政治的力度與決心甚至不可謂不大。例如，1905 年 7 月，清廷派五大臣分赴東西洋各國考察政治；1906 年頒布上諭，宣佈「依行憲政」；1907 年 8 月，清政府依照日本「制度取調所」之制，頒佈《欽定憲法大綱》，核准九年籌備立憲事宜。是年 9 月，詔設資政院，宣稱「立憲政體取決公論，上下議院實爲行政之本。中國上下議院一時未能成立，亟宜設資政院以立議院基礎。」並派溥倫、孫家鼐爲總裁，會同軍機大臣擬訂院章。到 1908 年 8 月，全部完全院章；1910 年 10 月，資政院終於開院。而到了 1911 年 11 月 3 日，清廷又宣佈《憲法重大信條十九條》，宣佈提前「立憲」，其內容儼然有「虛君共和」的性質。就時間上說，僅僅十年間，清廷就從抵制立憲走向採取「虛君制」的「立憲」，其政治改良的速度不可謂不快，其革新政體的力度也不可謂不大。但要知道，清廷當時實行的這些改革與「立憲」這舉，完全是在客觀情勢不容它不作出讓步的情況下採取的。這種被迫的改革，已完全滿足不了當時整個社會的政治期待。當時是，社會群眾已經被「革命」的思想所鼓動，在這種情況下，即便清廷宣佈實行「共和」，但只要這種實行「共和」的政治改革是由朝廷進行的，它就斷難滿足社會群眾要求參與政治的渴望。應當說，對於辛亥革命前夕的社會政治形勢來說，與其說是政治改革才能滿足群眾的參政要求，不如說只有革命才能滿足廣大群眾的參政要求。因此，1911 年清廷的宣佈「立憲」，只能是一場遲到的政治改良，它與當時社會的政治參與期待相差太遠。

但是，從另一方面說，恰恰是 1905 年以後清政府開始的這些改革，不僅未能阻止和推延反清的革命，反而加促了革命的到來。原因是：改革以後出現的政治眞空與政治鬆動，爲群眾性的政治參與提供了舞臺和機會，它反過來又更加刺激與燃起了社會群眾新的參與政治的熱情。亨廷頓寫道：「改革能成爲革命的催化劑，而不是代用品。在歷史上，有人常常指出，大革命不是

發生在停滯和鎮壓時期之後，而是發生在改革時期之後。一個政權進行改革作出讓步，反而助長了作更多改變的要求，這些要求很容易像滾雪球一樣發展增大而成為一場革命。」〔註5〕他還引證托克維爾的話說：「一場革命所推翻的社會秩序幾乎總是比緊靠在它前面的一種秩序更好，而且經驗告訴我們，一個壞政府的最危險時刻，一般來說，總是在它試圖補過改正的時候。在長時期暴虐統治之後，當一個國王著手改善他臣民的命運時，他只有掌握管理國家的高超本領才能夠保住自己的王位。……（法國的改革）為大革命奠定了基礎，倒不是因為改革掃清了革命道路上的了障礙，而更多是因為改革教會了全國人民如何發動革命。」〔註6〕1905年以後清政府進行的改革，其命運亦是如此。當時是：清政府進行改革，其改革的措施無一不是為革命增添了力量，培育了革命的種子，並且導致傳統政治對社會的控制能力的衰弱。客觀上加速了革命的到來。以教育方面的改革為例，為適應改革的需要，清廷大量選派留學生到日本，本意為學習日本改革的經驗，不料恰恰是這些學生到了日本，思想更趨激進，其中許多後來成為革命派的主要力量；至於1905年的廢除科舉考試，其嚴重後果更是眾所周知的：大批原先試圖通過科舉考試博取功名的青年士人，從此失去了進身之階，而思想上可以不再依附於傳統政治；雖說朝廷為了解決這些士人的進路問題，大力推行了新式教育，可是以西方文化為支撐的這些新式教育，除了為給學生們提供西方的科技、政法等實用知識之外，更灌輸給他們一套西方的價值觀念與看待事物的方式，而這些都與傳統的價值觀念相牴觸，更與傳統的政治統治模式相對立。總之，1905年以後接受過新式教育的學生與海外留學生在思想上更易接受革命派的影響，這說明晚清的教育改革客觀上為後來的辛亥革命準備了溫床。其它方面的改革，其後果亦是如此。以1910年成立的「資政院」為例，它是晚清以來第一個具有國會性質的代議機關。資政院議員有半數由地方諮議局議員互選，帶有民選色彩；而且資政院權力很大：既負責議決法律、法規及其修改事項，具有立法功能，而且對於行政部門及國務大臣具有監督、制衡作用。按說，資政院的成立，是傳統的君權政治向近現代的民主政治過渡的重要一步，但在當時形勢下，它卻無法緩和社會的革命情緒，反而極大地削弱了朝廷中央集權的權力。也許，在清末的各項政治改革中，對清政府構成最大隱

〔註5〕同上書，第392頁。
〔註6〕同上。

患的，還是它推行的「地方自治」政策。清末的「地方自治」運動可劃分爲兩個階段：1908 年以前，是部份地區在政治改革思潮與地方自治思潮影響下，自發地倡辦地方自治的階級；1909 年以後，朝廷千方百計將這種「地方自治」運動納入它的軌道，開始在朝廷的統籌規則下，全面推行地方自治。在朝野上下的合力推動下，清末地方自治終於成爲全國性的一項運動，至 1911 年，全國各地成立的城廂自治公所已達 1000 餘個，占當時全國城廂總數的百分之六十。但當辛亥革命爆發以後，宣佈脫離清室統治，樹起「地方獨立」旗幟的，就是這些「地方自治」團體與組織，而各地的諮議局，更成爲與清廷相對抗的有組織地方政權形式。這都說明，正是 1905 年以後清廷的政治改革，爲它自身的瓦解與崩潰準備了條件。而 1911 年的武昌起義，不過是引發清朝廷崩潰的導火線而已。

這就有一個問題值得深思：爲什麼清末的政治改革不僅未能幫助清政府渡過政治危機，反倒最終加速了它自身的滅亡？或者問題也可以反過來提問：面臨當時的局勢，清廷是否還有其它做法，能避免它自身的崩潰和滅亡？應該說，這個問題從事後的角度來分析，其結論是一目了然的：在當時情況下，無論清廷採取何種政策與努力，都難以扭轉它必然覆亡的方向，無法改變它必然崩潰的命運。差別僅在於：某些政策和措施，可以推遲或加速其命運到來的時間罷了。原因無他，無論再作何種努力，1905 年以後的清朝政權，已經淪爲一種「保守政治」。這種保守政治的根本特點，就是「由於社會發生了急劇變化，新的集團急起動員參與政治，而與此同時，政治體制的發展卻十分緩慢。」〔註7〕而清末政治改革之未能推延卻反倒加速了清廷的崩潰，就在於這些改革措施加速了變化的速度：「社會和經濟的變化，如城市化、文化和教育文化的提高，工業化以及大眾傳播的擴展等，使政治意識擴展，政治要求劇增，政治參與擴大。這些變化削弱了政治權威的傳統源泉也削弱了傳統的政治體制；這些變化使建立新的政治聯繫的基礎問題，以及創造新的既具合法性又具高效能的政治體制問題，都大大複雜化了，即使社會動員和參政範圍既深又廣，而政治上的組織化和體制化的速度卻十分緩慢，其後果便是政治上的不穩定和混亂。」〔註8〕

如果說，從 1901 年清廷宣佈實行「新政」開始，到 1911 年辛亥革命的

〔註7〕亨廷頓：《變動社會的政治秩序》，第 5 頁。
〔註8〕同上。

爆發，這個時期屬於 20 世紀上半葉中國保守政治的第一個歷史階段的話，那
麼，1911 年辛亥革命爆發以後，中國的保守政治就進入它的第二個歷史時期，
也就是史稱的「北洋軍閥統治時期」。從 1901 年到 1911 年，中國保守政治是
由清廷加以維繫的，辛亥革命推翻滿清統治以後，最高權力已經轉移到少數
「武人」手中。這些武人之獲取政權未有任何合法性，純粹是憑藉手中的武
力加以爭奪的結果。之所以稱這個時期的政治爲保守政治，是因爲它的制度
化水平更低，更加難以滿足社會的參與政治的要求。其結果，整個社會處於
空前的動蕩不安之中，形成軍閥割據局面，軍閥之間圍繞最高政權爭奪頻繁。
1911 年以後的中國，這種由武人把握的政權，屬於一種「執政官式」的保守
政治。亨廷頓談到這種執政官式的保守政治時說：「在執政官式社會中，不存
在有效的政治體制意味著權力的分崩離析；權力的形式多種，而份量微小。
對於整個體系的權威是曇花一現的；政治體制的軟弱意味著權威和職位得來
容易失去也易。所以，不存什麼鼓勵因素可使一個領導人或一個集團在權威
的角逐中作出重大讓步。這樣，個人所作的轉變公是將自己的忠誠從一個社
會集團轉移到另一個集團，而不是從一個有限的社會集團擴大到體現多方面
利益的政治體制。因此，在執政官式政治中，『出賣』是普遍現象。在制度化
的體系中，當政治家們在權力階梯上步步高升時，他們將自己的忠誠對象從
社會集團擴大至政治體制和政治共同體。而在執政官式社會中，一個成功的
政治家只不過將其認同和效忠從一個社會集團轉移到另一個集團。在最極端
的形式中，可能出現一個受歡迎的蠱惑民心的政客糾集一大批烏合之眾，威
脅富豪權貴的既得利益，從而被選上政治寶座，但接著恰恰就爲他曾攻擊過
的那些利益集團所收買。」〔註9〕辛亥革命以後出現的中央權力頻頻轉移，以
及各種「選舉」賄賂醜聞，正好印證了亨廷頓這一說法。

　　在這種執政官式的保守政治的統治下，1911 年以後的整個政治與社會生
活，可以說是處於無序狀態，其中，各種社會力量與社會利益赤裸裸地尖銳
對立，無法得到調控；沒有任何權威的政治機構，沒有任何職業政治領導人
團體被承認或被接受爲調解集團衝突的合法中間人。有時，即使想利用解決
衝突的合法而有權威的方法，各集團之間在達成協議方面終無法取得共識。
這樣，要想維持社會統治與政治統一隻有憑持武力。應該說，在這種社會無
序狀態下，不僅社會各階層的參政願望難以實現，即使一般民眾想不過於政

〔註 9〕同上書，第 216～217 頁。

治，只求得溫飽問題的解決，也難以做到，因此，在北洋軍閥統治時期，不僅有不同派系之間的軍閥們之間的相互爭奪，而且有廣大群眾起來為爭取自身利益而開展的罷工、抗稅鬥爭。同樣，還有國民黨發動的打倒軍閥、打倒帝國主義、統一全國的武裝北伐。總之，自清室退位後，整個中國社會就處在這種頻繁的戰亂與不安之中。

這種情況直到 1927 年國民黨借助武力北伐成功，建立了全國統一政權才告結束。孫中山在辛亥革命以前就為「國民革命」定下了「軍政、訓政、憲政」的三部曲，按說，在 1927 年國民黨建立了全國統一的政權後，就應該不失時機地進行立憲的預備工作，但是，以蔣介石為首的國民黨最高集團卻以種種藉口一再地將「憲政」計劃向後推延。不只如此，為了加強中央集權，蔣介石還提出了「以黨治國」的方針。國民黨在 1928 年 10 月制定的《訓政綱領》中作出這樣的規定：「中華民國於訓政期間，由中國國民黨全國代表大會、國民大會領導國民行使政權」，「中國國民黨全國代表大會閉會時，以政權付託中國國民黨中央執行委員會執行之」，「治權之行政、立法、司法、考試、監察五項，付託於國民政府總攬而執行之」，由中國國民黨中央執行委員會政治會議指導監督國民政府重大國務之施行。1931 年公佈的《中華民國訓政時期法》中，又重申由中國國民黨全國代表大會代表國民大會行使中央統治權，選舉、罷免、創制、復決四種政權之行使由國民政府訓導之。它還規定：國民黨中央執行委員會政治會議是施行訓政的最高指導機關，政治會議主席則由國民黨元首蔣介石兼任。而當 30 年代日本發動對中國的進攻之後，國民黨又受世界法西斯主義的影響，一黨專政又轉為由蔣介石一人專政。1938 年 3 月，中國國民黨臨時全國代表大會通過的《對於黨務報告之決議案》中，決定在國民黨內設立總裁，恢復領袖制度，規定總裁代行黨章規定的總理職權，總裁為國民黨全國代表大會主席，為國民黨中央執行委員會主席，對國民黨中央執行委員會之決議有最後決定權，等等。此後，總裁一職由蔣介石擔任，從而確立了其在國民黨中的獨裁地位。1939 年，國民黨五屆五中全會又決議成立國防最高委員會，代行國民黨中央政治委員會的職權，為戰時黨政軍之最高領導機關，其中規定「國防最高委員會委員長，對於黨政軍一切事務，得不依平時程序，以命令為便宜之措施。」而國防最高委員會委員長之職，由蔣介石擔任，其個人獨裁之權力，由此達到頂點。

這一時期的國民黨政權之不同於 1927 年以前的地方，在於它是一個全國

性的政權，克服了北洋軍閥統治時期的地方軍閥之間的割據，以及大軍閥之間對於中央政權的爭奪，並且建立起一個較之以往任何時候在組織上更嚴密、效率也更高的政治系統，甚至它在政府的組織方面，還具有了現代的形式。但這種政權組織仍然具有很強的保守性，這突出地表現在它對於不同政治派別與政治利益集團的不寬容，尤其是在對中國共產黨的態度上。我們知道，在 1927 年以前的北伐戰爭中，中國國民黨曾經與中國共產黨聯手合作，但到了 1927 年，蔣介石從國民黨一黨的私利出發，發動了「四・一二」政變，大批地屠殺中國共產黨人，使中國共產黨被迫轉移至地下鬥爭。1937 年全面抗日戰爭開展以後，儘管中國共產黨可以以公開、合法的身份開展活動，但在國民黨心目中，它始終是一個「武化團體」而非合法的政黨。對於像中國共產黨這樣具有勢力，且在廣大工農群眾當中有很大影響與政黨，尚且不能為國民黨政權所容納，更遑論其它。如果說在 40 年代，國民黨政權也曾想拉攏一些共產黨以外的其它政治派別的話，那麼，其動機與態度也只不過是要與共產黨爭奪社會輿論而已，國民黨政權從心目中並看不起這些連武力也不具備的政黨。抗日戰爭後期，中國共產黨迅速坐大；及到抗日戰爭結束，中國共產黨敢以武力與國民黨一決雌雄，就是看到了國民黨政權的弊端，就在於它已經是一個失去民心與民意的政權。而國民黨之所以能夠一意孤行，就與它在長期的戰爭狀態與環境中形成的「以黨治國」，缺乏多黨合作以及民意監督的保守政治有關。

總起來說，從 1901 年開始，直到 1949 年，中國經歷了它保守政治的三種形式：開始是清朝的封建君主制度，中經北洋軍閥的執政官政權，到後來國民黨的「以黨治國」制度。無論這些統治在政權形式上有多大的不同，有一點是共同的，即它們在面對當時的社會與政治形勢時，都表現出它們作為保守政治的共同的一面，即政權組織與政治動作方面的僵硬性、單純性、從屬性與不統一性，〔註10〕而這恰恰是處於從傳統社會到現代社會轉形期的保守政治的特點。但是，就 20 世紀中國而言，這種保守政治還有它的特殊性。20 世紀上半葉中國的知識份子運動以及社會思潮，都同這種保守政治的特殊性有關。

首先，保守政治與傳統思想文化的關係。我們知道，在長期的傳統社會中，儒家思想一直是作為社會的意識形態與皇權政治的辯護者和監護人在發

〔註10〕參同上書，第 14～22 頁。

揮作用的。到了清末，當清朝統治者試圖引進西方的政治體制，進行政治改革的時候，其社會價值體系仍然未有轉換，仍然以儒家思想作爲一種意識形態向社會灌輸。而辛亥革命以後，幾乎所有的軍閥統治，甚至連袁世凱稱帝，都想以儒家思想爲其外衣。至於蔣介石的國民黨政權，更從理論上對儒家思想大加發揮，儼然自認爲其政權是符合兩千多年來的「道統」。中國的保守政治之所以要假借於中國傳統的儒家思想不是偶然的。這與其說是因爲儒家思想是一種保守的思想與意識形態，容易爲保守政治所接納與利用，不如說由於中國的保守政治是社會動盪時期以及社會急劇轉型時期的產物，它還來不及形成它自己的一套適應其統治要求，且能有效地幫助其維持政權統治的意識形態；而更重要的是，20 世紀上半葉的中國保守政治，其追求的目標並不是要眞正實現政治的民主化與政治的現代化，而是如何利用政權爲某一社會集團或政治集團獲取利益，這樣，它對於以政治民主化與政治現代化爲依歸的西方近現代政治理論與西方社會價值觀念有著本能的抗拒與隔閡，在這種情況下，傳統的儒學即便不能作爲其政治統治的價值支撐，至少在對抗西方思想觀念方面，也不失爲一種有用的意識形態。而以提倡民族主義著稱的國民黨政權，則更試圖通過提倡傳統文化來達到其整合與統一全國民眾思想的目的。

正因爲中國的保守政治一再地利用與販賣儒學，可以看到，在 20 世紀上半葉，凡主張與致力於推進中國民主化的知識份子運動，幾乎無不對傳統儒家思想持異常激烈的批評態度。這當中，最著名的莫過於五四新文化運動，當時主張推進中國社會與政治變革的知識份子就將傳統儒學視爲保守政治的代言人。如陳獨秀在《復辟與尊孔》中寫道：「蓋主張尊孔，勢必立君；主張復辟，勢必復辟，理之自然，無足怪者。……張、康雖敗，而所謂『孔教會』、『尊孔會』，尚遍於國中，愚皆以爲復辟黨也。」〔註 11〕「蓋復辟尚不必尊孔，以世界左祖君主政治之學說，非獨孔子一人。若尊孔而不主張復辟，則妄人也，是不知孔子之道也。」〔註 12〕而 20 世紀上半葉中國的兩大社會與政治思潮——自由主義與文化激進主義，儘管其在政治立場與社會政策上相左，在批判傳統文化，尤其是儒家思想方面，卻可以達成共識。

其次，法制的缺乏以及對於基本人權的無視。20 世紀上半葉中國保守政

〔註 11〕陳獨秀：《獨秀文存》，合肥，安徽人民出版社，1987 年版，第 115 頁。
〔註 12〕同上書，第 115～116 頁。

治的一個重要特徵，是對法制的無視與踐踏。中國傳統政治本有「人治」的傳統，這種傳統的「人治」雖不同於「法治」，在法律面前無法人人平等，而且皇帝的權力不受任何約束，其聖旨高於法律，但無論是朝廷還是地方各級官吏，其在社會控制以及刑罰治理方面還是有基本的法規可循，有法律的程序可依。但清朝統治瓦解之後，整個社會陷於無序狀態，原有的綱紀蕩然無存，尤其是軍閥統治與割據時期，軍閥對社會的統治憑持武力維持，完全置法制與法紀於不顧。至於1927年以後建立的國民黨政權，其行政管理與組織控制的嚴密性大大超出了北洋軍閥時代，唯其如此，其對於社會上持不同政見者的迫害，以及對工農運動的鎮殘酷壓，也更較之軍閥統治時代有過之而無不及。以至於國民黨的統治，在中國共產黨人和工農群眾眼裏，成為「白色恐怖」的代名詞。在這種「白色恐怖」中，任何政治異見都可以被冠之以「反革命罪」而投進監獄，而遑論會容有持不同政見的政治派別分享政權。在這種情況下，知識份子之從事政治行動以及表達其不同政見，往往有極大的風險。其導致的後果有兩個：一是不少知識份子對於政治的進步與改良感到幻滅，採取了逃避或遠離政治的方式，還是一種情況是：知識份子容易產生急躁心理以及反叛心理，對政治的參與往往採取激進的方式。我們看到，20世紀40年代，一些知識份子之所以疏離國民黨政權而認同於中國共產黨，實在是由於對於在國民黨統治下無法正常表達政見，以及基本人權無法得到保證的失望所至。故而，國民黨保守政治的種種做法，實在為知識份子之思想左傾與轉向共產黨，起到了「為淵驅魚」的作用。至於與國民黨政見完全相左的共產黨，其合法地位一直未能解決，最後被迫採取「槍桿子裏出政權」的方式，來與國民黨較量，至使國共兩黨這兩個擁有人數最多、影響最大的政黨之間的鬥爭，具有空前的殘酷性與複雜性。

再次，社會經濟的衰退和廣大農村的凋蔽。由於保守政治未能很好地整合社會政治資源，整個20世紀上半葉，中國社會要末處於戰亂與社會無序狀態，要末政權處於危險與不穩定狀態，這種狀況使政權統治者的精力無法運用於發展經濟與建立現代社會公共服務體系，而考慮的只能是如何去維護與保守政權。而這反過來又加速了整個社會和經濟的衰敗。本來，在從傳統社會向現代社會的轉型過程中，不可避免地會導致農業人口向城市的轉移，但在20世紀中國上半葉，由於缺乏一個有效率的、可以引導中國成功走向現代化的國家政權，以至在現代化轉型過程中，帶來的是城市無業遊民的增多，

尤其是廣大農村的破產；這種狀況由於戰亂的頻繁進一步加劇，因此 20 世紀中國社會就處於這種一個經濟衰退與社會問題增長的惡性循環之中。這種社會生產力的破壞與廣大農村的破產，無疑為工農運動提供了極好的土壤，同時也為中國知識份子之關注社會經濟問題的解決提供了思想驅力。可以看到，社會主義之所以較之自由主義在中國知識份子當中更有廣泛的市場，而且即使是自由主義知識份子，其自由主義的主張當中往往會容納社會主義強調經濟平等的內容，這絕不是偶然的，而是 20 世紀上半葉中國社會經濟狀況在知識份子意識形態中的一種反映。

在某種意義上說，保守政治是相對於其社會結構與社會變化之快，以至它的政治體制方面的變革跟不上變化了的社會環境與社會氣氛而說的。可以看到，清末以後，尤其是清政府自 1901 年開始實行「新政」以來，一系列的改革措施客觀上都為社會的政治參與提供了空間與可能。假如沒有這種適度的空間，則任何知識份子的話語都只能是私人性的，無法進入公共領域，更無法形成社會思潮。

二、中國現代知識份子的活動場所和參與政治的方式

在對中國現代知識份子進行考察的時候，首先有必要將中國現代知識份子運動與社會思潮加以區別。知識份子運動是較之社會思潮更為廣大的一個概念，它包括知識份子介入社會與政治運動的各種方式，而社會思潮則指這些社會與政治運動體現出來的思想觀念與價值目標。但這兩者也是密切相依、不可分離的：離開了知識份子運動，社會思潮無法體現；反之，沒有思想觀念與價值目標作為導向的社會行為，也很難稱得上是真正意義上的社會與政治運動。而無論是研究知識份子運動還是社會思潮，知識份子的活動場所才是一個真正值得重視的方面，它既是知識份子運動的具體展開方式，同時也提供了一個觀察社會思潮的極好窗口與維度。此外，還可注意的是，對中國現代知識份子的行動場所的研究，還涉及到中國現代知識份子的來源與形成問題：中國現代知識份子的活動場所既是知識份子傳播其思想觀念、從事社會與政治活動的場地，同時也是知識份子形成與集中的地方；因此，中國現代知識份子不只是通過這些場所擴散了其思想影響，而且正是通過這些場所，中國現代知識份子才得以形成。從某種意義上說，中國現代知識份子的活動場地，正是中國現代知識份子區別於傳統的知識份子或者「士」的所

在。下面對中國現代知識份子的幾種主要活動場所進行分析。

　　1，社團。社團是一個廣義概念，它是相對於政府部門以及被官方操縱的機構而言。它包括以研究和討論、切磋學問和思想觀念爲主要內容的學會，也包括以政治和社會活動爲宗旨和目標的政團與政黨。社團的大量出現是 20世紀上半葉中國社會變遷的重要現象，它一方面說明了中國社會正處於新舊交替的深刻轉型之中，同時也說明了這一轉型時期知識份子運動的活躍。並且，它也是測量中國現代知識份子介入社會與政治運動的指標與函數之一。

　　在近現代中國，最早出現的社團是學會，它由傳統社會中的「結社」而來。中國傳統社會的士人有結社的傳統與要求，每當社會綱紀鬆弛，尤其是朝廷姦佞當道之時，傳統社會中總有那麼一些士人挺身而出，以道義相許，用結社的方式，對不良的社會風氣或者政治進行抗爭，這當中著名者有東漢末年的「黨錮」，以及清末的「東林黨人」。值得注意的是，這種結社儘管是讀書人的組織，團體內也經常討論和切磋學術，但結社的目的，最重要的是「勵志」，並爲了擔當道義而相互鼓舞與支持。不過，在近代以後，尤其是 19世紀末，在西方思潮的影響下，這種傳統性質的結社已經採取了學會的形式。其要求實現某種社會與政治目標的要求更爲明確。如在清末的維新運動中，出現了像「強學會」、「南學會」、「知恥會」等等學會形式。維新人士成立這些學會的目的很明顯，就是爲了推動變法運動。但學會的大量出現，還是進入 20世紀以後的事情。辛亥黨人開展革命宣傳和聯絡活動，開始也採取了學會的形式。到了五四新文化運動時期，各種學會更是如潮水般地湧現。這當中很著名的有《新民學會》、《少年中國學會》等等。青年毛澤東與友人討論他對於「新民學會」宗旨的看法說：「兄所謂善良的有勢力的士氣，確是要緊。中國壞空氣太深太厚，吾們誠哉要造成一種有勢力的新空氣，才可以將他換過來。我想這種空氣，固然要有一班刻苦勵志的『人』，尤其要有一種大家共同信守的『主義』，沒有主義，是造不成空氣的。我想我們的學會，不可徒然做人的聚集，感情的結合，要變爲主義的結合才好。」〔註 13〕重視對社會與政治運動的介入，強調以「主義」而不是「做人」來作爲團體的凝聚劑，這是作爲現代社團的學會不同於傳統社會的「結社」的重要標誌。

　　五四以後，學會有向政團甚至政黨轉變的趨勢。這一方面表明了中國現代知識份子有越來越強烈的介入與從事社會與政治運動的要求，同時也說明

〔註 13〕《毛澤東給羅璈階》，《中國現代哲學史資料選輯》，（一），第 95 頁。

政團與政黨作爲一種組織形式與勢力，在變革社會與政治的過程中較之學會更能發揮其重要作用。例如五四運動時期成立的一些信仰社會主義與馬克思主義的學會，在 1921 年就經過改組和重新組合，產生了中國共產黨。即便如此，政團與政黨始終無法完全取代學會與其它知識份子社團。可以說，參加政團、政黨還是學會、社團，與其說表明知識份子不同的政見與政治態度，不如說更多地反映出知識份子的「組織化水平」與介入社會與政治運動的「深度」：一般來說，凡有較高的從事政治活動的熱情，以及意識形態取向較強的知識份子，傾向於加入政團或政黨；反之，願意較多地保持個人獨立的思想，或者不願意過多地捲入政治，卻又關心政治與時局的知識份子，則傾向於參加學會組織。學會等社團區別於政團與政黨的地方，除了其意識形態與政治立場的明確度有強弱之分之外，還在於前者在組織上的鬆散性與非嚴密性，後者則常常強調紀律的嚴明與約束。此外，學會等社團的人員具有流動性與開放性，常常是今天參加這個學會或社團的份子，在明天或後天可以轉而參加其它學會和社團，或者同一個人可以參加不同的學會組織；而政黨與政團在組織形式上則具有固定性與封閉性，不僅一個人參加政黨或政黨要履行一定的手續，要經過考察，而且加入以後，難以轉移到其它政黨或政團，否則會被認爲是「叛徒」或「變節」。

在 20 世紀上半葉的中國，政黨、政團與學會雖然是中國知識份子介入社會與政治的重要組織形式，彼此不可替代，但我們可以看到這樣的現象：在思想文化活躍、思想觀念趨新的時候，中國現代知識份子更願意以學會的形式投身於社會與政治活動，這也是一個學會組織大量的時代，如五四新文化運動時期；反之，當思想觀念遭受壓抑、社會思想文化沉悶的時代，知識份子則往往只有加入政黨或政團，才能在社會與政治舞臺上有所作爲，如三十年代。另外，在社會形勢嚴峻或政治局面發生重大轉析的時期，知識份子的政治熱情非但不會消褪，反倒會更多地加入到政黨與政團中去；而在社會秩序相對地平和，沒有發生太多的社會與政治變故的情況下，知識份子常常是以學會組織作爲其社會與政治行動的主要形式。這說明，社團形式的變化常常是觀察中國政治風雲的晴雨錶，更是窺測中國現代知識份子捲入政治「深度」的探測器。

2，學校。較之學會或政黨、政團等，學校成爲中國現代知識份子最重要的活動場所。這是因爲：學會，尤其是政團和政黨，由於其創立的目標主要

在於社會政治，其活動形式則是多方面的，尤其要注意與社會的聯繫；學會、政黨和政團的成員，也不純然是知識份子。而學校則不然，它創建的直接目標與其說是影響社會政治，不如說是爲了培養人才；而且學校的主要活動就是組織教學與研究活動，故學校才是知識份子的大本營與知識份子的聚集地。但是，這不等於說學校就成了可以脫離社會政治的世外桃源，相反，整個20世紀上半葉，中國的學校，尤其是大學，與中國的社會政治有不解之緣，其影響與推動中國社會與政治發展的作用當不在學會與政黨之下；甚至可以說，中國現代知識份子通過校園活動發揮出來的影響才是最根本的。對於 20世紀上半葉的中國來說，學校既是知識份子最容易發揮其優勢影響力的社會場所與公共空間，同時亦是培養與造就社會與政治變革人才的重要基地與搖籃。這要從中國爲什麼會建立學校，以及建立學校的目的、人才培養的目標說起。

中國開始建立學校是 19 世紀中葉的時候。最早在中國創辦學堂和開展新式教育的，是基督教來華的傳教士，其辦學的目的是想通過傳播知識而傳教。到了 70 年代，隨著洋務運動的開展，從培養通曉西學以及科技的人才要求出發，清洋務派也陸續開辦了一些新式學堂。但是，在這些初期的新式學堂中，除了傳授一些關於西方歷史文化方面的簡單知識之外，課程內容主要偏重於科技等實用知識。直到維新運動以後，尤其是 1901 年「新政」以後，無論是維新派還是清政府，都開始將辦學與政治改革聯繫起來，創辦新式學堂的目的，著重是在政治、法律、經濟乃至軍事方面人才的培養。如維新派人士康梁等批評洋務學堂只會襲取西學皮毛，他們從救亡振興、廣育人才的要求出發，主張以政學爲主，藝學爲附；以行政之才振興藝事。〔註14〕而 1901 年以後的「新政」，爲了推行新式教育，終於有了廢除科舉制度之舉。當時當權者的考慮是：「科舉不停，學校不廣，士心既莫能堅定，民智復無由大開，求其進化日新也難矣。故欲補救時艱，必自推廣學校始，而欲推廣學校，必先自廢科舉始。」〔註15〕可見，清末的推行新式教育與教育改革，具有很強的「補救時艱」的實用目的，是爲了解決種種社會與政治問題而從人才培養這一方面著眼作出的政策調整。但無論如何，在朝野上下的推動下，晚清以降，新式教育有了很大的發展。在 1904 年，新式學堂已有 4222 所，到 1909 年，更

〔註14〕章開源、羅福惠主編：《比較中的審視：中國早期現代化研究》，第 536 頁。
〔註15〕同上書，第 532 頁。

躍升至 52348 所，短短 5 年間增長了十幾倍。此外，還向歐美和日本等國輸送了數以萬計的留學生。〔註16〕

　　但是，由於晚清以來，建立學校的根本動力，與其說是爲了發展學術與加強基礎教育，不如說是爲了給社會與國家提供急需的人才，因此，中國的新式學校從一開始建立起，就形成了一種注重實用與要求解決實際問題的傳統。而晚清以降，朝野上下一致認爲社會與政治問題是迫在眉睫需待解決的最大實際問題，因此，從學校當局到一般教師，都非常強調對學生的政治與社會意識的培養，而大量由新式學校培養出來的知識份子又留在學校中任教，更加強了學校當中的政治氛圍。在這種情況下，學校與其說是一個與世隔絕的「象牙之塔」，不如說是社會與政治思想的鼓吹地與發射場更爲恰當。從這點上說，北京大學成爲五四運動時期新思潮的發祥地，殆非偶然。

　　儘管關懷社會與政治現實，但新式學校由於提倡與強調西式教育，因此，思想自由與學術獨立成爲當時學校中教師們的共識。這種思想自由與學術獨立，到了 30～40 年代，在中國一些比較現代化的高等學校，更發展爲「教授治校」制度，爲學術，尤其是思想的發展與自由表達提供了制度性的保障，同時也成爲學校抵制官方意識形態的侵襲甚至與官方進行政治對抗的場所。以 30～40 年代的清華大學爲例，它的「教授治校」制度規定：學校的領導機構由教授會、評議會和校務會議共同組成，彼此權力相互制衡；但其中「教授會」的權力尤大，因爲「評議會」事實上是「教授會」的常務機構，而學校各學院的院長按例從教授中推薦，教務長也由教授中聘任。〔註17〕在這種學校制度下，教授們除了具有管理與決定學校方針大政的權力之外，更可以放心甚至肆無忌憚地表達自己對時局與政治的看法。如 1946 年，西南聯大的政治學教授張奚若在學校的公開演講中就嚴厲抨擊政府當局，並矛頭直指國民政府最高首腦蔣介石。他在講演中提出「廢除一黨專政，取消個人獨裁」的口號，並且說：「假若我有機會看到蔣先生，我一定對他說，請他下野，這是客氣話，說得不客氣點，便是請他滾蛋。」他的講演，使學生們爲之歡呼雷動。〔註18〕應當說，政府當局並非對學校中這種與政府唱對臺戲的做法聽之任之，而是千方百計阻攔與壓制之，但在學校師生們的抗議氣氛中，常常

〔註16〕參同上書，第 534 頁。
〔註17〕參黃延復：《梅貽琦教育思想研究》，瀋陽，遼寧教育出版社，1994 年版，第170 頁。
〔註18〕謝泳：《教育在清華》，天津，百花文藝出版社，1999 年版，第 31 頁。

無能爲力。這種校園氣氛，決定了當師生們與當局發生衝突，需要調解時，大學校長往往要站在師生們一邊的立場上進行調停。有記載說，40年代末，當社會政治氣氛異常緊張，國民黨當局要到清華大學逮捕一些參與政治運動的激進學生時，當時的梅貽琦校長還千方百計地通知這些上了黑名單的學生，使其免遭逮捕。〔註19〕20世紀上半葉中國高校之可以成爲知識份子政治活動的場所，由此可見一斑。

　　但不要以爲，中國的學校僅僅只是知識份子發表不同政見的場所。事實上，它往往也是反對政府統治、挑戰政治權威的中心。這種現象在開始現代化過程的國家中具有普遍性。亨廷頓說，在大多數進行現代化的國家中，「學生團體中占主導地位的積極份子集團是反對現政權的。反對政府最堅決、最極端和最不妥協的力量存在於大學之中。」〔註20〕這種情形決定了不僅中國的自由主義知識份子喜歡利用學校的講臺來宣傳其自由主義思想觀念，而且學校也成爲激進主義思想發酵與活動的溫床。正因爲這樣，它更成爲各派政治勢力與各種意識形態爭奪青年知識份子的戰場。一般而言，持自由主義思想的中國知識份子大抵認爲學校是培養人才之地，因此他們儘管要利用學校的講壇宣傳其自由主義理念與思想，其在學校範圍之內的活動，主要是屬於言論方面的；而中國激進主義的知識份子，則通常將學校作爲發動「學潮」、舉行各種政治抗議活動乃至直接政治行動的最佳活動場所。如何看待與對待學校中的學生運動，往往反映出中國的自由主義知識份子與激進主義知識份子在社會與政治行動策略上的分歧。

　　3，報刊。無論在任何情況下，知識份子都以製作與宣傳思想觀念爲長。因此，對於關心社會問題並且欲參與政治的中國知識份子來說，辦報和撰寫文章成爲其最經常的活動方式。19世紀末，中國知識份子之介入社會政治運動，其最早的嘗試就是從創辦報刊開始的。當時，維新派之熱心於辦報，主要目的在於「開民智」。1902年，梁啓超就確認「學生日多，書局日多，報館日多」是影響中國前途最重要的三件大事。〔註21〕正因爲認識到報刊在影響社會民眾，包括知識份子思想與心理上有何等重要的作用，20世紀以後，持各種社會政治觀點的政治勢力，包括知識份子團體，無不把創辦報刊和利用

〔註19〕黃延復主編：《梅貽琦先生紀念集》，長春，吉林文史出版社，1995年版，第309頁。

〔註20〕亨廷頓：《變動社會的政治秩序》，第315頁。

〔註21〕章開源|、羅福惠主編：《比較中的審視：中國早期現代化研究》，第564頁。

報刊宣傳自己的主義作為政治運作的重要內容與方法。1909 年，革命派人士胡漢民總結革命派為什麼重視辦報說，專制之下無自由，「而報紙則往往於多數人民中，創發意見，而有登高一呼，使萬山環應之一概。故對於變動之人民，有先導之稱。」〔註22〕

　　應當說，參與社會政治運動的中國知識份子致力於創辦報刊，與報刊受眾的變化有很大關係。在維新運動時期，報刊主要是辦給官吏看的，目的是開「官智」；20 世紀初以後，隨著新式學堂的設立、教育的推廣，以及青年知識份子群體的形成與增多，民間訂閱報刊的人數大量增加。以 1903～1905 年初南京、武漢、杭州、鎮江、常熟等 11 座城鎮調查統計，共訂購報刊 62 種，20227 份；其中除《南洋官報》由江寧各級官府分階段攤派訂，數額為 9000 份之外，其餘 11000 份多為民間私人所訂閱。〔註23〕由於考慮到一般家庭經濟條件的限制，一些開明人士還於城鄉各處廣開閱書報社，個人出資或集資訂購多種報刊，供各界借閱。到了 1905 年，北京城內已有閱報社 26 所，山東濟南有 11 所，河南南陽有 6 所。〔註24〕這說明，自 20 世紀以後，報刊作為一種傳播信息與知識的渠道，已為社會所接受與認識。當時是，社會民眾不僅從報刊中瞭解社會新聞與社會生活的各種變化，而且通過讀報形成與接受某種社會政治觀點。而報刊的閱讀面與社會影響，也成為測度社會思潮風向變化的晴雨錶。如革命黨人辦的《民主報》，1911 年在上海的 8 種日報中發行量雖僅為中等，但由於「它提倡激進的觀點，也許是讀者最多的報紙。」〔註25〕

　　也正因為報紙對於社會思想有如此影響之力，各種政治力量與政治派別都加緊辦報之外，輿論界同樣成為思想搏殺的戰場。如 1905～1907 年間保皇派與革命派關於「改良」與「革命」的論爭，雙方都動員起各自全部的報刊力量，其論戰時間之長，涉及社會政治問題之廣，爭論的火藥味之濃，都是空前的。同樣，在社會與政治情勢急劇惡化，尤其是政局動蕩不安時，知識份子在報刊上發表的反叛言論愈來愈激烈，而官方利用報刊予以回擊的態勢也愈來愈堅決。以清末為例，面對革命派報刊鼓動革命風潮的情勢，清政府力圖挽回輿論方面的頹勢，創設並強行推行官報，形成以《政治官報》（後改名為《內閣官報》）為龍頭、各省各部官報為附翼的喉舌系統。明確規定「凡

〔註22〕轉引自同上書，第 577 頁。
〔註23〕見同上書，第 569 頁。
〔註24〕同上書，第 570 頁。
〔註25〕轉引自同上書，第 570 頁。

經官報揭載者，人民於法律上即可據爲準則。」〔註26〕同時提倡「其閱報也，
以官報爲主，以民報爲輔，學術循乎正鵠，治術導以經途。」〔註27〕此外，
官府還挖空心思，花樣翻新，有的不計成本，低價傾銷；有的則免費贈閱，
由各省官商代爲發送；甚至強行派購，責令下屬包銷，以銷量作爲政績考核
標準。無奈，由於官報內容經過嚴格審查，無論在內容與風格上都難以與民
間報刊競爭，因此被社會唾棄。在這種情況下，清政府只好採取更嚴厲的政
策：實行興論控制。《大清報律》規定：凡未經官報刊登的重大新聞及政令法
律，要待中央行文或《政治（內閣）官報》到後才能反映。但在清末，由於
清政府的權威失落已盡，這些禁令往往有名無實。相反，各地民間報刊爲爭
取擴大發行量與社會影響，對報刊從內容到版式都加以改良。有的聘請名士
主持筆政，有的廣派訪事，注重獨家專訪。有一些報刊因爲敢於披露重大政
治秘聞而聲譽鵲起。如北京《公益報》曾因刊登按律只有皇帝才能拆閱的封
口奏摺，而轟動社會，「送報人等，塞門索報」，以至午後加印二萬份，還供
不應求。〔註28〕

　　但知識份子通過辦報揭露秘聞以及傳播觀念並不是沒有風險的。縱觀整
個20世紀上半葉，由於登載與政府立場不同的言論，或者披露了官方不願暴
露的內幕秘聞，民間報刊經常遭到官方的打壓，而且這種壓力有愈來愈強化
之勢。民間報刊的興盛是從清末開始的，當時，由於清政府推行改革，不得
不開放一定的言論空間，民間報刊抓緊這一機會得以迅猛發展，並且不少報
刊成爲宣傳反滿思想的有力陣地。當清政府醒悟過來，旋即採取查封等措施。
據統計，從1898年至1911年，共有53家報刊遭查封、停辦的處分，受害報
人達20人。〔註29〕但朝廷根本無法阻止革命思想的星火燎原之勢，一些革命
報刊轉移到日本等地印行，然後秘密輸入內地。更有一些報人採取鼓動社會
風潮的方式起而抗爭。如北京的《京話日報》社長彭翼仲被捕後，報界口誅
筆伐，齊攻警廳。彭被發配新疆之日，數千市民夾道相送，地方官害怕激生
民變，除非萬不得已，只能隱忍不發。〔註30〕但是，到了北洋軍閥統治時期，
一方面是社會秩序處於紊亂、瓦解狀態，民間報刊利用這種難得機會蓬勃發

〔註26〕轉引自同上書，第584頁。
〔註27〕轉引自同上書，第585頁。
〔註28〕同上書，第587頁。
〔註29〕同上書，第582～583頁。
〔註30〕同上書，第583頁。

展發展，而另一方面，由於軍閥統治下法制蕩然無存，草菅人命，報人因文字羈禍常冒生命之虞。而到了國民黨政權統治時期，則言論的控制大為加強，知識份子試圖利用報刊直接鼓動反對政府的做法事實上已不可能。在這種情況下，能夠存活下來的只是一些言論相對緩和的民間報刊，而思想激進的刊物被迫轉移至地下。

4，運動。這裡「運動」是一個泛稱，它包括公開的社會運動，以及秘密和地下的，乃至脫離政府管轄範圍的社會運動；而且，它還包括運動的極端形式——武裝對抗運動。就前者——在政府管轄範圍之內的社會運動而言，這是不少現代化的國家中，知識份子參與社會與政治活動的通常方式，它包括和平集會、示威等抗議形式，也包括組織持不同政見的黨派等等。但在 20 世紀中國特殊形態的保守政治統治下，這種公開性、合法性的社會抗議運動，不能說沒有，但並未有得到發展。相反，知識份子愈來愈採取第二種方式：加入秘密團體，或者武裝性對抗組織。中國知識份子介入社會與政治運動形式的這種改變，折射出 20 世紀上半葉中國保守政治的歷史形態與演變。

中國知識份子試圖運用公開的、合法性運動形式表達自己的政見，還是 19 世紀末維新運動時期的事情。1895 年甲午戰爭以後，康有為聯合在京的舉人九百多人，聯名上書給光緒皇帝，要求「變法」。這是中國有史以來的知識份子敢於以直面皇帝的方式明確表達自己的政治態度與要求。這表明了中國知識份子主體意識的覺醒：從此，它不再是皇帝的臣民或「順民」，而是具有現代參政、議政意識的「公民」。可惜的是，這一次中國知識份子的抗議運動並沒有引起朝廷方面的重視，相反，正常表達民意的渠道不通或者被堵塞。以後，康有為們只好轉而採取其它社會運動的途徑：通過聯絡、遊說在京官僚，以及個人上書給皇上等形式，繼續推動變法運動。後者顯然較之前者（「公車上書」）更有成效，它終於導致 1898 年光緒皇帝的痛下「國是詔」，決定變法，但就中國知識份子介入政治的形式而言，這卻是一種倒退：它又退回到傳統的士人勸諫皇上，以及類似「東林結黨」的形式。這說明：在維新運動時期，還不具備中國知識份子採取公開抗議形式進行社會與政治活動的空間。

維新運動失敗以後，朝廷保守勢力一度非常猖獗，戊戌維新時期試行的各種變法措施全被廢除。到 1901 年朝廷感到非實行政治改革不足以維持統治的時候，終於有了各種「新政」措施。可惜的是，在這諸多的政治改革措施中，恰恰遺漏了最重要的一條：如何開放言路，以及將知識份子整合進政治

體制。這裡所謂將知識份子整合進政治體制，並不是說像傳統社會那樣採取科舉考試的方式籠絡知識份子，而是說要給知識份子自由表達政見的空間，甚至可以發表反對政府的意見。顯然，這意味著一種現代民主政治的建立。但晚清的政治改革沒有走上這一途，而僅只在如何提高政治效率等行政方面著眼進行所謂的「改革」。不僅如此，對於像康有為、梁啓超等這樣並不想推翻清朝統治，而真心實意地為清室的長治久安著想而組織的「立憲運動」，卻是千方百計予以打壓或鎮壓。其結果是，康梁等人被迫遠走海外，到國外去宣傳與推動「立憲運動」，而更激進的一些知識份子感到正常的言論受阻，從而走上了反叛清廷的革命道路。晚清「立憲運動」的失敗，帶來的不僅是清室的崩潰，而且其給中國知識份子帶來的精神創傷是更痛苦的：具有不同政見的知識份子似乎要參與和改革政治，非挺而走險走武裝反叛的道路不可。這本來並不符合知識份子的胃口與氣質，但對於一些非欲改革中國政治情勢不罷休的知識份子來說，看來只有這一條路了。1905 年以後，革命黨人勢力與影響大增，與中國知識份子這一心理有很大關係。

　　當然，在任何政治情勢下，總有一部份知識份子，不會放棄以和平的方式推進中國政治改革的嘗試。那怕在辛亥革命之後「群龍無首」的情況下，都有一些人未有放棄這種努力，著名的有當時各地出現的「聯省自治」運動，以及國民黨人宋教仁試圖通過競選和議會形式重組中國政治的努力。但在袁世凱及北伐軍閥掌握軍政實權的執政官式保守政治的時代，這些努力無異於與虎謀皮。正是在這種情況下，孫中山才提出了「二次革命」，決心用武力再建共和。

　　應該說，儘管和平推進中國政治改革的努力一再遭到打壓，但和平改良的道路如果行得通，畢竟是一條代價最小，引起社會震蕩最小的政治改革方式。因此，在整個 20 世紀上半葉，中國知識份子以和平方式改良政治的運動還是不絕如縷。這當中著名的有 20 年代以胡適等人為代表的「人權運動」，有以宋慶齡等人為首發起和組織的 30 年代的「中國保衛自由民主同盟」，以及 40 年代由「民盟」等民主團體發起的各種「反迫害、反內戰」運動，等等。更值得一提的是，在 30 年代，一些知識份子，尤其是作家文人，組織了「左聯」等組織，在國民黨統治地區為爭取民主與人權而吶喊。此外，還有一些自由主義者，如胡適、徐志摩等，以《新月》雜誌為據點，舉辦沙龍與聚會，在這些沙龍與聚會上，常常可以發表批評政府當局的各種意見。

但應該說，在整個 20 世紀上半葉，除了在知識份子當中起到傳播與宣傳思想觀念與主義的作用之外，和平改良的方式對於推進與革新中國政治來說收效甚微。這很可以解釋：為什麼一些對於社會與政治有著強烈關懷，而且具有強烈社會與政治參與意識的中國知識份子，最後都走上了訴諸武力來改革政治的極端形式。如果說，在 20 世紀初，中國知識份子選擇的武力改革政治的方式是參加辛亥革命的話，那麼，到了中國共產黨崛起以後，大量充滿社會改革熱血的中國知識份子，則紛紛投奔共產黨，並且參加打游擊等武裝活動。儘管在 20 世紀上半葉的中國，致力於中國社會與政治改革的政黨不少，但唯有中國共產黨，才是決心以武力與國民党進行政治較量的政黨。以武力爭奪政權並且刷新政治，本來並不符合知識份子的天性，但它作為 20 世紀中國知識份子參與政治的一種方式，與其說是根源於中國知識份子的願望，不如說更多地為中國保守政治的情勢所決定。

三、中國現代知識份子心態與社會思潮

以上我們通過對中國保守政治以及知識份子活動場所的分析，說明 20 世紀上半葉，中國現代知識份子從總體上說，其參與政治走上了一條愈來愈激進的道路。但這只是一個總體的趨向。其實，在 20 世紀上半葉，中國現代知識份子之參與社會與政治，是劃分為類型的。這種類型的不同，同中國現代知識份子的精神氣質與心理類型有關。

在《類型心理學》，榮格首先提出「心理類型」的概念，認為個體的人對於外界事物的反映，主要由個體類型所決定；並將個體心理分作「外傾」與「內傾」兩大類型。假如按榮格的分類的話，那麼，20 世紀上半葉中國，關心社會政治並且積極參與各種社會與政治活動的知識份子，無疑當屬於「外傾型」。但對於本書的研究來說，這種「外傾」與「內傾」的說法還不夠。可以看出，在 20 世紀上半葉，貫穿各個歷史時期社會政治運動的始終，並且構成衝突的，始終有一根主線，這就是「改良」與「革命」之爭；同樣，20 世紀上半葉中國的社會與政治思潮林林總總，但貫穿整個 20 世紀上半葉並且對中國社會與政治影響最為有力的，是兩大思潮：自由主義思潮與文化激進主義思潮。這種現象啟示我們：在 20 世紀上半葉，作為「外傾型」的積極介入社會與政治的中國知識份子，恐怕至少還有兩種不同的心態與精神氣質類型。那麼，這兩種心態與精神氣質類型應當如何概括？它們與中國的社會思

潮以及社會政治運動有何關聯呢？

　　在《實用主義》一書中，詹姆士提出：哲學史上一切思想派別與哲學觀念的衝突，與其說是哲學前提的不同所導致，不同說是哲學家精神氣質上的衝突。他別開生面地將哲學史上的各種哲學家分爲「柔性的」與「剛性的」，並認爲前者（「柔性」）傾向於理性主義、一元論、意志自由的，樂觀主義的、武斷論的，等等，而後者（「剛性的」）傾向於經驗主義、多元論、宿命論的、悲觀主義的、懷疑論的，等等。儘管詹姆士用「柔性的」與「剛性的」來概括哲學史上的哲學類型與哲學派別，有簡單化與籠統化之嫌，但不可否認，他發現了一個重大事實：一切表面上如何堂而皇之、論證嚴密的哲學思想體系，都是哲學家主體的精神氣質的表現而已。其實，這個論斷假如移用於對20世紀上半葉中國知識份子運動與社會思潮的觀察，應該說是更適用的。

　　爲了有助於問題的說明，我們可以采用倒過來研究的方式，即預先不假定中國知識份子的精神氣質與心態有何種類型，而是從經驗事實出發，即從20世紀上半葉的中國知識份子運動中存在著「改良與革命之爭」，以及自由主義思潮與文化激進主義思潮是20世紀上半葉中國社會與政治的主要思潮的現象出發，加以分析，最後，將可以得出一些具有普遍性的結論，這些斷論反過來有助於我們更好地透視與觀察20世紀上半葉的中國知識份子運動與社會思潮。

　　下面，讓我們對自由主義與文化激進主義加以對比分析，可以看出，這兩種思潮在哲學觀念、行爲模式以及價值取向上似乎有對應的關係。現分述如下：

　　首先，從哲學觀念層次分析。（1）經驗論——唯理論。中國的自由主義者，從嚴復開始，直到胡適與50年代以後臺灣的殷海光，都是典型的經驗主義者。維新運動中，嚴復首先將英國的經驗論哲學引入中國。他介紹到中國來的西方各種學術思想，包括穆勒的政治學、斯賓塞的社會學、孟德斯鳩的經濟學等等，都有著經驗論的哲學背景。嚴復本人在政治上主張走英國式的立憲民主的道路，並認爲英國的這種立憲法政治與英國的經驗論哲學有內在關聯。所以，從建立立憲政治的要求出發，他提倡經驗論哲學。作爲20世紀上半葉中國自由主義的旗手，胡適之提倡經驗論哲學亦是眾所周知的。胡適的精神導師是美國的實用主義者杜威。在胡適看來，杜威的實用主義哲學與杜威的自由主義政治哲學是互爲表裏的。爲什麼？因爲在胡適看來，杜威的

自由主義只是他的實用主義哲學在政治領域中的一種推廣與應用。50 年代以後的殷海光在臺灣積極提倡與傳播經驗論哲學，其根本關懷與其說是學術層面的，不如說更多是由其社會與政治方面的關懷所決定。他明確提出：「以經驗爲本，乃正確思想底起點。」〔註31〕他談到英美式的自由主義強調「外部自由」，而與黑格爾式的「內部自由」各有其不同的「自由的後設理論」說：「關於自由的兩種說法，實在就是關於自由的兩種哲學。這兩種關於自由的哲學之本身並非自由，而只是涉及占在自由後面的種種成元。既然如此，用我們的名詞和看法來說，這兩種哲學是關於自由式的後設理論。一種是英國經驗派的功利主義的說法；另一種是唯心論的說法。」〔註32〕反過來，中國的文化激進主義者，從早期的康有爲、譚嗣同，到後來的中國馬克思主義者，普遍持理性主義的立場。無論是康有爲作爲哲學最高概念的「元」，還是譚嗣同的《仁學》一書中重點發揮的「仁」的觀念，都是相當於黑格爾的「絕對精神」一樣的客觀唯心論的東西。至於中國的馬克思主義者，雖然在言說層面上提倡「辯證唯物論」，其實，中國馬克思主義者對這種「辯證唯物論」的理解，更接近於理性主義傳統而非經驗論傳統。這表現在：中國的馬克思主義強調的是「辯證唯物論」的基本原理，將其作爲一種可以放之四海而皆準的普遍規律，這實質上就相當於理性主義者所推崇的普遍與絕對的「理性」；中國的馬克思主義者在哲學上的理性主義取向，還表現在哲學上對黑格爾哲學的推崇（當然，這種推崇是強調其與馬克思主義哲學的淵源關係），以及對英美式經驗論的敵視與批判。

（2）多元論——一元論。中國自由主義者與文化激進主義者在哲學上的對立，還表現在強調多元論與強調一元論的對立。這種多元論與一元論的區別，尤其表現在對「真理」問題的看法上。如胡適在解釋他心目中的「實用主義」哲學時說，「真理原來是人造的，是爲了人造的，是人造出來供人用的，是因爲他們大有用處所以才給他們『真理』的美名的。」〔註33〕這事實上否定了有一成不變的所謂「真理」。這種多元論還表現在宇宙觀與人生觀上。胡適引美國實用主義者詹姆士爲同調說：「實在是我們自己改造過的實在。這個實在裏面含有無數人造的分子。實在是一個狠服從的女孩子，他百依百順的

〔註31〕《殷海光先生文集》，臺灣桂冠圖書有限公司，1979 年版，第 727 頁。
〔註32〕同上書，第 767 頁。
〔註33〕《胡適哲學思想資料選》（上），上海，華東師範大學出版社，1981 年版，第 61 頁。

由我們替他塗抹起來，裝扮起來。『實在好比一塊大理石到了我們手裏，由我們雕成什麼像。』宇宙是經過我們自己創造的工夫。『無論知識的生活或行為的生活，我們都是創造的。實在的名的一部份，和實的一部份，都有我們增加的分子。』」〔註34〕又說：「實驗主義（人本主義）的宇宙是一篇未完成的草稿，正在修改之中，將來改成怎樣便怎樣，但是永遠沒有完篇的時期。」「這種實在論和實驗主義的人生哲學和宗教觀念都有關係。總而言之，這種創造的實在論發生一種創造的人生觀。這種人生觀詹姆士稱為『改良主義』。這種人生觀也不是悲觀的厭世主義，也不是樂觀的樂天主義，乃是一種創造的『淑世主義』。世界的拯拔不是不可能的，也不是我們籠著手，抬起頭來就可以望得到的。」〔註35〕等等。文化激進主義者，如中國的馬克思主義者則提倡一元論的真理觀。這種一元論的真理觀的具體表現是主張「符合說」與「反映論」的真理觀，認為具有客觀的普遍真理，真理是對客觀事物的正確的反映，認識要符合客觀事物的規律，等等。在宇宙觀與人生觀上，中國的馬克思主義者認為宇宙是對立的統一體，理想的人生境界是真善美的統一。等等。

（3）宿命論的——自由意志的。中國的自由主義者，對社會歷史以及人類的進步往往持一種進化論的觀點，認為人類歷史的發展不僅有其規律可尋，而且不可一蹴而至。如嚴復談到歷史的進化時就說：「夫世之變也，莫知其所由然，強而名之曰運會。運會既成，雖聖人無所為力，蓋聖人亦運會中之一物。既為其中之一物，謂能取運會而轉移之，無是理也。」〔註36〕這種「運會說」的提法，近乎一種宿命論的歷史觀。與嚴復一樣，胡適也是一位進化論者。他在談到「科學的人生觀」時這樣認為：「這種新人生觀是建築在二三百年的科學常識之上的一個大假設，我們也許可能給他加上『科學的人生觀』的尊號。但為避免無謂的爭論起見，我主張叫他做『自然主義的人生觀』。在那個自然主義的宇宙裏，在那無窮之大的空間裏，在那無窮之長的時間裏，這個平均高五尺六寸，上壽不過百年的兩手動物——人——真是一個藐乎其小的微生物了。在那個自然主義的宇宙裏，天行是有常度的，物變是有自然法則的，因果的大法支配著他——人——的一切生活，生存竟爭的慘劇鞭策著他的一切行為，——這個兩手動物的自由真是很有限的了。」〔註37〕

〔註34〕同上書，第65頁。
〔註35〕同上。
〔註36〕《嚴復集》，第1冊，第1頁。
〔註37〕張君勱、丁文江等：《科學與人生觀》，濟南，山東人民出版社，1997年版，

可見，胡適的逐步推進的改良主義思想以及「涉世主義」的人生觀，就是建立在他這種遵循宇宙法則的鐵律的宇宙觀之上的。與之相反，中國的文化激進主義者往往是強調自由意志的，這表現在他們深信通過發揮人的主觀能動性，就可以改變人類歷史的發展。如維新運動時期的康有為和譚嗣同，就強調「心力」在改造社會與歷史的作用。20 世紀上半葉中國的文化激進主義者更是繼承了這種提倡自由意志的傳統。如五四時期的陳獨秀雖然也贊成進化論思想，但其進化論與主張改良與點滴進化的嚴復、胡適心目中的進化論就截然不同。關於進化論，他是這樣說的：「人類以技術征服自然，利用以為進化之助，人力勝天，事例最顯。其間意志之運用，雖為自然進動之所苞，然以人證物，各從其意志之欲求，以與自然相抗，而成就別焉。」〔註38〕又說：「萬物之生存進化與否，悉以抵抗力之存克強弱為標準。優勝劣敗，理無可言。」〔註39〕他還這樣解釋「抵抗力」說：「抵抗力者，萬物各執著其避害禦侮自我生存之意志，以與天道自然相戰之謂也。」〔註40〕五四時期的李大釗也這樣對「自由意志」頂禮膜拜：「人類云為，固有制於境遇而不可爭，但境遇之成，未始不可參與人為。故吾人不得自畫於消極之宿命說，以尼精神之奮進。須本自由意志之理，進而努力，發展向上，以易其境，俾得適於所志，則本柏格森氏之『創造進化論』尚矣。」〔註41〕毛澤東自青年時代開始，直到晚年，其對自由意志的強調與響往，更是眾所周知的。這尤其表現在他所說的「與天奮鬥，其樂無窮；與地奮鬥，其樂無窮；與人奮鬥，其樂無窮」的名言中。

其次，從行為層次分析。(1)改良與激進。中國的自由主義者，往往主張以改良與漸進的方式來推進中國的社會與政治變革；而中國的文化激進主義者則反是，認為非採取激烈的手段，否則無法改變中國落後的社會與政治狀態。五四時期以胡適為一方，以陳獨秀、李大釗為另一方的「問題與主義」之爭，其實就是改良主義與激進主義之爭。假如進一層分析，中國自由主義的這種改良主義方式，與其認為整體可以歸結為局部之和的多元論以及強調「外在關係論」的哲學思維方式是聯繫在一起的；反過來，中國的文化激進

第 24 頁。
〔註38〕《陳獨秀文章選編》（上冊），北京，三聯書店，1984 年版，第 90 頁。
〔註39〕同上書，第 91 頁。
〔註40〕同上書，第 90
〔註41〕《李大釗文集》（上冊），北京，人民出版社，1984 年版，第 148 頁。

主義者之所以主張用激進的方式與手段推進中國的社會與政治改革，除了他們認爲中國社會與政治問題之嚴重，已到了非全盤摧毀廓清，問題不足於解決之外，從哲學認識上看，還同他們的「總體主義」認識論有關。這種總體主義的認識論認爲：世界萬事萬物都是相互緊密聯繫在一起的，彼此無法分割；因此，非採取激烈的方式全盤推倒舊的，則新的事物無法產生。中國的文化激進主義者，尤其是中國的馬克思主義者之所以主張暴力革命與全盤性的社會與政治改造，提出「徹底砸爛舊世界」，從思維方式看，即源於這種「總體主義」解決問題的方式。

　　（2）思想啓蒙——直接行動。中國的自由主義者認爲，社會與政治的進步，是由人的思想觀念的進步決定的。因此，思想啓蒙成爲他們進行社會與政治活動的重點。嚴復在談到如何革新中國政治時說要「開民智」。這一思想路向爲後來的中國自由主義者所繼承。如胡適談到五四「新思潮」思想啓蒙的內容與意義時說：「我以爲現在所謂『新思潮』，無論怎樣不一致，根本上同有這公共的一點：——評判的態度。孔教的討論只是要重新估定孔教的價值。文學的評論只是要重新估定舊文學的價值。貞操的討論只是要重新估定貞操的道德在現代社會的價值。舊戲的評論只是要重新估定舊戲在今日文學上的價值。……政府與無政府的討論，財產私有與公有的討論，也只是要重新估定政府與財產等等制度在今日社會的價值。」〔註42〕這種將思想啓蒙理解爲「重新估定一切價值」的看法，自然使其將立足點轉移至對具體問題的研究與對西洋學理的介紹。胡適說：「這種評判的態度，在實際上表現時，有兩種趨勢。在研究問題一方面，我們可以指出（1）孔教問題，（2）文學改革問題，（3）國語統一問題，（4）女子解放問題，（5）貞操問題，（6）禮教問題，（7）教育改良問題，（8）婚姻問題，（9）父子問題，（10）戲劇改良問題，……等等。在輸入學理一方面，我們可以指出《新青年》的『易卜生號』、『馬克思號』，《民鐸》的『現代思潮號』，《新教育》的『杜威號』，《建設》的『全民政治』的學理，和北京《晨報國民公報》、《每周評論》，上海《星期評論》、《時事新報》、《解放與改造》，廣州《民風周刊》……等等雜誌攝氏所介紹的種種西洋新學說。」〔註43〕中國自由主義者將主要精力集中於辦刊物、教育等，其原因也在這裡。反過來，中國的文化激進主義者

〔註42〕《胡適哲學思想資料選》（上冊），第126～127頁。
〔註43〕同上書，第127頁。

則有重視直接行動的傾向。這一行爲取向實由維新運動時期的康有爲、譚嗣同開其緒，到了五四新文化運動時期，尤其到了中國的馬克思主義者那裏，更得以發揚光大。在五四新文化運動中，同樣是注重「思想觀念與價值」，其實是有兩個不同的指向：一個是前面所說的以胡適爲代表的自由主義思想派別，其重視思想與價值就在其思想與價值本身。而除此之外，還有以陳獨秀、李大釗、青年毛澤東等人爲代表的文化激進主義的思想取向，即認爲思想與價值的意義，最終是爲了行動。李大釗談「問題」與「主義」的關係時說：「我覺得『問題』與『主義』有不能十分分離的關係。因爲一個社會的解決，必須靠著社會上多數人共同的運動。那麼我們要想解決一個問題，應該設法，使他成了社會上多數人共同的問題。要想使一個社會問題，成了社會上多數人共同的問題，應該使這社會上可以共同解決這個那個社會問題的多數人，先有一個共同趨向的理想主義，作他們實驗自己生活上滿意不滿意的尺度。（即是一種工具。）有那共同感覺生活不滿意的事實，才能一個一個的成了社會問題，才有解決的希望。不然，你儘管研究你的社會問題，社會上多數人卻一點不生關係。那個社會問題，是仍然永沒有解決的希望；那個社會問題的研究，也仍然是不影響於實際的。」〔註 44〕可見，思想觀念，包括「主義」，是由於可以影響多數人的行動才有其價值的。陳獨秀崇尚「實力」、鼓吹直接行動的態度更爲鮮明：「審是人生行徑，無時無事，不在劇烈戰鬥之中，一旦喪失其抵抗力，降服而已，滅亡而已，生存且不保，遑云進化！蓋失其精神之抵抗力，已無人格可言；失其身體之的抵抗力，求爲走肉行尸，且不可得也！」〔註 45〕「……美利堅力戰八年而獨立；法蘭西流血數十載而成共和；此皆吾民之師資。幸福事功，莫由幸致。世界一戰場，人生一惡鬥。一息尚存，決無逃遁苟安之餘地。」〔註 46〕等等。到了後來的中國共產黨人那裏，這種直接行動的傾向更加發展到極致，認爲任何思想觀念與理論，包括馬克思主義本身，假如對於革命的實際鬥爭沒有指導作用，則毫無價值可言。毛澤東說：「對於馬克思主義的理論，要能夠精通它，應用它，精通的目的全在於應用。如果你能應用馬克思列寧主義的觀點，說明一個兩個實際問題，那就要受到稱讚，就算服幾分成績。被你說明的東西越多，越

〔註 44〕同上書，第 104～105 頁。
〔註 45〕《獨秀文存》，第 22 頁。
〔註 46〕同上書，第 26 頁。

普遍，越深刻，你的成績就越大。」〔註47〕

　　（3）重工具理性——重價值理性。與重視思想啓蒙還是重視直接行動有聯繫的，是工具理性優先還是價值理性優先的問題。上面講到中國的自由主義者重視思想啓蒙與思想觀念，但不能由此得出結論：中國的自由主義者只是「坐而論道」，議而不行；其實，相對於中國的文化激進主義者，在具體的行動上，中國自由主義者是更爲強調手段、方法與欲達成的目標之間的關係的。正是在這個意義上，胡適反覆強調「方法」的重要性。他鼓吹「新思潮」的一個重要方面，就是要引進實用主義重視方法與工具的思想。他之所以提倡「改良」，在頗大程度上也是認爲「改良」較之激進的方法與手段，更能達到改革中國社會與政治的目的。在這種意義上說，中國的自由主義者都是「工具理性優先論者」。反過來，中國的文化激進主義者雖然強調直接行動，但在具體的行爲方法上，卻是重視價值理性更甚於工具理性。前面所講到的「問題與主義之爭」，中國的文化激進主義者認爲「主義」比「問題」更重要，就因爲「主義」是一種「意識形態」，可以喚起群眾行動的想像，調動群眾行動的激情。在這個意義上，中國的文化激進主義者常常走向了「二律背反」：一方面將革命的成功寄託於某種「意識形態」，認爲只要灌輸了意識形態，就可以喚起群眾的革命激情；另一方面，爲了實現這種意識形態設定的目標，又可以不擇一切手段。其理由在於：只要動機是正當的、目的是好的，則使用任何手段與方式達到這個目的也是應當和值得的。從而，一旦確立了正確的目的，則任何手段與方式，也就是正當的和正確的。

　　再次，從價值觀念層次上分析，中國自由主義者與中國文化激進主義者還表現爲如下幾個方面的對立。（1）個體主義——整體主義。儘管中國的自由主義者之投身社會與政治活動，其目標在致力於中國的社會與政治改革，但這種改革的終極目的，是爲了實現個體的自由。從這種意義上說，中國自由主義者在終極理念上，是以個體爲本位的。所以嚴復認爲西方的民主政治是「以自由爲體，以民主爲用」。〔註48〕胡適在《介紹我自己的思想》一文中將這種個體自由發揮至極致說：「現在有人對你們說：『犧牲你們個人的自由式，去求國家的自由！』我對你們說：『爭你們個人的自由，就是爲國家爭自由！爭你們自己的人格，更是爲國家爭人格！自由平等的國家不是一群奴才

〔註47〕《毛澤東選集》，第773頁。
〔註48〕《嚴復集》，第1冊，第11頁。

建造得起來的！』〔註49〕在《自由主義》一文中，他認爲「自由主義最淺顯的意思是強調的尊重自由」〔註50〕而對於中國的文化激進主義者，尤其是中國的馬克思主義者來說，個體自由的實現是以整個社會的改造爲前提條件的。因此，他們認爲社會整體的存在較之個體來說，更具有終極的意義。由此不能得出結論：中國的自由主義者否定社會整體的意義，而中國的文化激進主義者排斥個體自由。而只是說，在個體自由與社會存在關係問題上，中國的自由主義者與中國的文化激進主義者對問題的看法與理解上有倚重倚輕之別。此外，在進行社會與政治改造的過程中，中國的自由主義者往往關心這種社會與政治改造方案是否妨礙個人自由，而文化激進主義者則關心整個社會與政治改造方案的實現，認爲個體是作爲實現這種社會與政治改造方案的工具與手段。

（2）人道主義——歷史主義。任何社會與政治變革都是一個歷史的過程，而且，在任何社會與歷史變革過程中，都難以完全排除「惡」的因素。尤其在採取極端手段的暴力革命中，「惡」作爲實現革命目的的手段更起作用。在如何評價歷史進程，特別是革命過程中「惡」的歷史作用時，中國的自由主義者與文化激進主義者往往陷於尖銳的對立。對於中國的自由主義者來說，無論革命的動機或者目標多麼高尚和善良，在變革社會的過程中，其手段的「善」、「惡」與否都是要考慮的。換言之，不能因爲目的之「善」而容忍甚至縱容手段之「惡」。看來，對於中國自由主義者來說，在歷史評價與具體社會行動的評價上，採取的是一種「人道主義」的尺度與原則。但對於中國的文化激進主主義者來說，人道主義原則運用於人類歷史，尤其是社會的變革過程，是不恰當的；代之而起的，應當是一種稱之爲「歷史主義」的原則。中國的馬克思主義者在進行中國革命的過程中，將這種「歷史主義原則」發揮至極致，其表現形式爲極力謳歌革命的「暴力」與「流血鬥爭」，正如毛澤東在《湖南農民運動考察報告》中所提倡的。當然，作爲一種意識形態與理論，這種歷史主義態度往往會採取更精緻的理論形式，就是「歷史規律說」與「革命正義說」。

（3）人性進化論——社會經濟基礎決定論。中國自由主義者與文化激進主義者的對立，還表現在對歷史進化動力的看法上，是強調人性的進化還是社

〔註49〕《胡適哲學思想資料選》（上冊），第 341 頁。
〔註50〕同上書，第 430 頁。

會經濟基礎的變革。對於中國的自由主義者來說，人性的進化包括「開民智」
與「新民德」。這一看法最先由維新運動時期的嚴復提出來，到五四新文化運
動時期，它演變為「科學」與「民主」的口號。對於中國自由主義者來說，人
性的改善既是自由主義的方向與目標，因此，如何改良人性成為中國自由主義
者關心的重要內容。胡適在介紹杜威的實用主義時專門寫了「杜威的教育哲學」
一節，認為「哲學就是廣義的教育學說」。〔註51〕他將人性的改良與社會政治
聯繫起來說：「杜威的教育哲學，全在他的『平民主義與教育』一部書裏。看
他這部書的名字，便可知道他的教育學說是平民主義的教育。……現代的世界
是平民政治的世界，階級制度根本不能成立。平民政治的兩大條件是：（一）
一個社會的利益須由這個社會的份子共同享受；（二）個人與個人，團體與團
體之間，須有圓滿的、自由的交互影響。根據這兩大條件，杜威主張平民主義
的教育須有兩大條件：（甲）須養成共同活動的觀念和習慣。『智慧的個性』就
是獨立思想，獨立觀察，獨立判斷的能力。」〔註52〕但對於中國的馬克思主義
者來說，全民的人性或抽象的人性是根本不存在的；在階級社會中，有的只
是階級的人性。因此，中國的馬克思主義將社會的進步與變革，建立在社會
經濟基礎的變革上，而其理論基礎就是馬克思主義的歷史唯物觀。李大釗說：
「歷史的唯物論者觀察社會現象，以經濟現象為最重要，因為歷史上物質的
要件中，變化發達最甚的，算是經濟現象。故經濟的要件是歷史上唯一的物
質的要件。自己不能變化的，也不能使別的現象變化。……經濟構造是社會
的基礎構造，全社會的表面構造，都依著他遷移變化。」〔註53〕等等。瞿秋
白在《自由世界與必然世界》一文中批駁胡適等人以抽象的「人性觀」來解
釋歷史的進化，並且發揮歷史唯物論的基本觀點說：「舊派的唯物論向來沒有
這種問題。他們的歷史觀實在是唯用主義（實驗主義）的：可以分歷史上的
人物為『好人』與『壞人』，各依其所願望為標準而斷，研究的結果大半是好
人吃虧而壞人沾光。於是就說歷史發展中並無所謂『天道』，這算是唯物論！
其實這種學說自己就是反對唯物論；他以為思想的動機是歷史事實的最後原
因，而不去研究那思想動機後所隱匿的動機。……社會現象的最後動機，精
確些說，是生產力（包括『自然』、『技術』和『功力』三者）。社會現象變遷

〔註51〕同上書，第79頁。
〔註52〕同上書，第88～89頁。
〔註53〕《李大釗全集》，第3卷，石家莊，河北教育出版社，1999年版，第233～235
　　　　頁。

的程序大致可以說明如下：一、生產力之狀態；二、受此等生產力規定的經濟關係；三、生長於此經濟『基礎』上之社會政治制度；四、一部份直接受經濟現象的規定，別部份受生長於經濟現象上的社會政治制度的規定之社會心理（社會的人之心理）；五、反映此等社會心理的種種性質之『社會思想』（社會思想家之宇宙觀人生觀）。」〔註54〕等等。

　　以上，我們分別從哲學觀念層次、行為模式層次以及價值觀念對20世紀上半葉中國的自由主義者與文化激進主義者作了分析，並概括出他們的不同特徵。在將中國自由主義與文化激進主義進行比較的過程中，我們發現：這些特徵往往具有相互聯連性。例如，中國的自由主義者在哲學層次上贊成多元論，與其行為層次上的改良主義傾向，以及價值觀念層次上的個體主義取向等等，有著內的關聯；同樣地，中國文化激進主義者的一元論哲學觀念，同其行為層次上的激進主義，以及價值觀念層次上的整體主義等等，亦有著親和性。這說明，在中國的自由主義者與文化激進主義者那裏，這些特徵是作為一種性狀性結構而存在的。這些性狀性結構的存在，必環繞一個中心點。那麼，這中心點是什麼呢？進一步的分析告訴我們：對於中國自由主義來說，所有這些性狀幾乎都圍繞著哲學上的多元論心態而產生；或者說，中國自由主義者以及中國自由主義運動的幾乎所有特點，都可以從其多元論的哲學心態上得到解釋。反過來，對於中國的文化激進主義者來說，一元論心態是最重要的。或者說，中國文化激進主義思潮及其運動的幾乎所有特徵，都可以用其一元論的哲學心態來解釋。這就告訴我們：在分析中國自由主義思潮及其運動，以及中國文化激進主義思潮及其運動的過程中，把握住彼此哲學心態的不同，具有重要意義。但要指出的是：無論是中國自由主義，還是中國的文化激進主義，都不是作為哲學思潮，而是作為社會與政治思潮而存在的。為了與作為哲學思潮的多元論與一元論相區別，我們可以將以多元論作為哲學基礎的自由主義者的心態，用「日神心態」來概括；而將以一元論作為哲學基礎的文化激進主義者的心態，用「酒神心態」來形容。無論是「日神心態」還是「酒神心態」，都是一種修辭的說法：「日神心態」強調的是其思維方式與行為強調經驗與工具理性的方面；而「酒神心態」是指其強調激情，其行動與思維更多地由價值理性所決定。採用這種修辭說法的好處是：它可以使我們將哲學心態與其介入社會與政治運動的行為方式，以及其背後的價

〔註54〕《瞿秋白選集》，北京，人民出版社，1985年版，第115～123頁。

值觀念聯繫起來。更重要的是，這種修辭說法可以使我們從心態類型的角度對中國自由主義思潮與文化激進主義思潮加以把握。從方法上說，雖然我們關於有兩種不同心態類型的說法是來自於對中國自由主義思潮與中國文化激進主義的觀察，但就事物的因果線索而言，卻是先有心態的不同，才導致有思潮類型的不同。它提供給我們的結論是：中國自由主義思潮及其運動，是由具有「日神心態」的中國知識份子所發動，而具有「酒神心態」的中國知識份子，則更傾向於文化激進主義思潮。從心態類型出發，很可以解釋一個重要現象：爲什麼在同樣的社會與政治歷史情景中，有的人會選擇自由主義，而另一些人會走向文化激進主義？答案應該是：不同的心態類型導致不同的社會與政治行動類型。這問題也可以反過來回答：在 20 世紀中國上半葉，與其說是具有不同心態的知識份子選擇了不同的社會與政治思潮，不如說是自由主義思潮與文化激進主義思潮分別選擇了具有不同心態類型的中國知識份子。

　　當然，以上只是分析的說法。是對現實中的中國自由主義與文化激進主義所作的概括與歸類。現實生活中的圖景可能比這要複雜得多。甚至會發現這樣的例子：主張哲學一元論的中國知識份子，並非全部走向文化激進主義；反之亦然，主張自由主義的，也並非都是哲學上的多元論者。但畢竟應該看到，從心態的角度出發，有助於我們對中國自由主義與文化激進主義作結構上的剖析。因此說，「日神心態」與「酒神心態」可以分別視作爲中國自由主義思潮與中國文化激進主義思潮的心態類型的理想形態。

　　作爲心態類型的補充，可以認爲：中國知識份子之所以選擇自由主義或者文化激進主義，有時候也由他們的文化背景，尤其是教育背景所決定。我們看到：在 20 世紀上半葉，信奉自由主義的，大多是留學英美的知識份子；而五四時期的文化激進主義份子，大多有留學日本或者法國的知識背景。這說明留學生所在國的文化氛圍，尤其是政治文化氛圍，對於中國留學生的社會與政治觀念的形成，起到相當重要的作用。

　　另外，要說明的是，用心態類型的方法來分析中國自由主義與中國文化激進主義，畢竟只是一種分析問題的方法與角度。其實，所謂「心態類型」並非一成不變的。就是說，一個人在某些時候可能是一種心態類型，在另一個時候，可能就會走向另一種心態類型。在個體身上，這種心態類型的可變性，可以解釋爲什麼一個人在前期可能是自由主義者，而後期可能成爲文化

激進主義者，反之亦然。此外，還應當看到：心態類型的變化往往受社會環境、歷史情境甚至時代氛圍的影響。例如，中國知識份子之所以在 30 年代以後愈來愈走向文化激進主義，這可以用抗日戰爭的爆發需要強調民族動員，國民黨當局的愈來愈走向集權，以及國際思潮的轉換等等因素來加以解釋。

在瞭解社會思潮與知識份子心態關係的基礎上，從下面開始，我們來對 20 世紀上半葉中國自由主義思潮與文化激進主義思潮的歷史形成過程及其具體內容作進一步的描畫。

第六章　自由主義思潮的興起

一、自由主義的歧義

　　當代自由主義思想家米瑟斯在《自由與繁榮的國度》一書中寫道：「十八世紀和十九世紀初的哲學家、社會學家和國民經濟學家們制定了一個政治綱領，這個政治綱領首先在英國和美國，然後在歐洲大陸，最後在人們居住的世界上的其它地區或多或少地成爲實際政策的準繩。但是，它在任何地方任何時候都沒有被全部貫徹實行過。甚至在人們視爲自由主義的故鄉和自由主義的模範國家英國，也沒有成功地貫徹自由主義的全部主張。從整體上看，世界上有些地區的人們只採納了自由綱領的某些部份；在其它一些國家或地區，人們不是一開始就拒絕它，或者至少在短時間內就否定它。本來，人們可以以誇張的口吻說：世界上曾經擁有一個自由主義的時代，但事實上，自由主義從來沒有能夠發揮它的全部作用。」〔註 1〕這段話提示了兩個基本事實：一，不管人們對它採取歡迎還是反對的態度，自由主義是十八世紀以來席捲全球的世界性風潮；二，即便在贊成自由主義思想的人們當中，對自由主義的理解和看法上都有相當大的距離。看來，人們對自由主義看法上的分歧，要遠遠大於對自十八世紀蔓延開來的其它兩大思潮——社會主義和民族主義的看法的分歧。這並不難理解，因爲與社會主義者和民族主義者相比，自由主義者似乎從來沒有一個明確的綱領。而且，在歷史的發展中，自由主義的思想軌跡一再發生變動，內容顯得斑駁雜陳，這不僅使它更易遭

〔註 1〕米瑟斯：《自由與繁榮的國度》，北京，中國社會科學出版社，1994 年版，第44 頁。

受對手的攻擊，即便是在同情和贊成自由主義的人們當中，也會引發對它的爭議和批評。西方近代以來的政治思想史既是以自由主義思想爲主旋律的演進史，同時也是一部對自由主義思想不斷地進行抨擊、瓦解、修正和重構的歷史。

對自由主義的一種最大誤解，莫過於認爲它是表達和維護資產階級利益的一種意識形態。即是說，它將社會上一部份人的利益，而且是只占全社會人口中的一小部份的人的利益，置於社會其它階層的利益之上。持這種看法的往往是社會主義者。在社會主義者的眼裏，像自由主義者所標榜的「法律面前人人平等」，只不過是資產階級掩蓋它剝削勞動人民的經濟活動的幌子；因爲在「經濟平等」沒有實現之前，是不可能有任何眞正的「政治平等」可言的。而自由主義公開標榜所謂「個人自由」，更反映出它代表資產階級利益的本性，這同社會主義者謀取全社會的利益，關注「社會正義」和「公正」，其思想境界是有高下之分的。這種看法的產生是有跡可尋的。因爲在歷史上，最早提出自由主義的口號並爲之浴血奮鬥的正是資產階級。當時，資產階級提出「自由」、「平等」的口號，是爲了從社會的統治階級——封建貴族手裏奪取政權，它關於「法治」、「有限政府」等一套「民主政治」的設計，其最初動機也是爲的從封建貴族那裏瓜分到權力或者限制其權力。而且，從後來歷史的實際來看，在西方國家，的確是資產階級較之其它階層或階級從「自由主義」的國策中獲取了更多的利益。但是，要以此爲據證明自由主義只是代表一個階級私利的意識形態的說法卻是站不住腳的。替自由主義辯護的人士宣稱，眞正的自由主義絕不是爲哪一個階級、階層或集團、派別謀私利的工具，相反，它是人類歷史上迄今爲止，最能代表大多數人的利益，並使這種利益得以落實到每個公民身上的思想體系及相關的一整套策略原則。當代自由主義最有力的辯護人米瑟斯寫到：「從歷史學的角度看，自由主義是第一個爲了大多數人的幸福，而不是爲了特殊階層服務的一種政治傾向。與宣稱追求同樣目標的社會主義截然不同的是：自由主義不是通過其追求的目的，而是通過它選擇的方法去達到這一最終目的。」〔註2〕

20 世紀頗爲盛行的另一種看法是將自由主義與社會主義相嫁接。持這種看法的人來自於自由主義陣營內部。這些人，可稱之爲「激進的自由主義者」或功利主義的自由主義者。他們認爲，既然自由主義是爲全社會和大多數的

〔註 2〕《自由與繁榮的國度》，第 50 頁。

人謀利益，那麼，也就應該吸取社會主義者的主張和做法，比如說，將社會改革的目標重點放在如何實施「社會公平」和體現「經濟平等」上。事實上，這種想法早在十八世紀的邊沁那裏就露端倪。作爲功利主義哲學的創始人，他提出「正確和錯誤的尺度正是最大多數人的最大幸福」，〔註 3〕爲了保證這一原則的實現，他要求對早期自由主義的「經濟放任主義」政策作出修定，認爲法律應當以相對平等地分配財富爲目的。而在後來的激進自由主義者——費邊派那裏，他們更將社會主義與自由主義劃上了等號。悉尼・韋伯在《費邊論文集》裏寫道：「民主理想的經濟方面實際上就是社會主義本身」，〔註4〕而另一位費邊社成員則宣稱：「社會主義只不過是理性化的個人主義」。〔註 5〕在激進的自由主義者或功利主義的自由主義者看來，社會主義的經濟政策和主張也許更能防止財富的兩極分化和分配不公，因此，他們強調國家對私人性經濟活動的干預，其中有些人更主張採取社會主義的計劃經濟。但由於他們仍極力維護個人自由，主張私人領域神聖不可侵犯，故仍可算得上是自由主義者。但在計劃經濟的條件下是否仍能保證自由主義者心目中所謂的「個人自由」，國家最重要的職能和憲法制定的依據是否在於保證社會成員在經濟上的平等，對這個問題，「純正」的自由主義者卻是持否定態度的。

此外，有一些人之贊同和傾向於自由主義，是基於他們對「自由」的熱愛。而他們心目中所謂的「自由」不是別的，乃是「凡事可以自己作主」和「我行我素」。這種想法有其理論上的「依據」，即認爲理想的社會是每個人都可以按照他自己的願望行事而不受到管束，也就是說可以眞正的「自我實現」。很顯然，這種人心目中的「自由」實乃「積極自由」。可對於眞正的自由主義者來說，他並不侈求這種「積極自由」。因爲在他看來，在任何社會裏，除非是屬於私人領域，任何人的行動和行爲都是受到限制的，不可能有隨心所欲的自由。情況反倒是，一個人的行爲和行動如不加以限制很可能會構成對另一個人或其它人的自由的侵犯。因此，自由主義原則在社會生活中的運用，恰恰是在公共領域中，如何防止和制止對公民的侵犯，其中也包括借用國家之名和濫用國家權力對公民個人自由造成的侵犯。從這個意義上說，自由主義所提倡的「自由」，乃是一種「消極的自由」或「防衛的自由」。

〔註 3〕薩拜因：《政治學説史》（下），北京，商務印書館，1986 年版，第 748 頁。
〔註 4〕同上書，第 809 頁。
〔註 5〕同上。

二、自由主義的信念與教條

　　人是理性的動物。人類作為群居動物之不同於其它群居動物，在於人類社會在某種程度上是人類自己理性的設計。健全的人類理性包括兩個方面：情感的、價值的因素和客觀地認識外部事物的能力。前者，一般稱之為「價值理性」，後者，則是「工具理性」。人類為求自身發展所設計出來的社會藍圖和社會改造方案皆包含有這二者。縱觀人類歷史上，思想家們提出來並且激勵過人們為之奮鬥的社會理想何啻萬千，這些社會理想在價值觀上實在是千差萬別。但真正偉大的、能激勵起人們長期為之奮鬥的社會理想，在價值觀上一定有其普同性，表達的是人性的基本要求和社會絕大多數人的基本願望。歷史上，千百年來人類曾追求一些美好價值的實現，諸如「公正」、「平等」、「自由」與「和平」等等。就對以上這些人類基本價值與願望的肯定來說，自由主義與社會主義並無二致。然而，在如何實現這些願望和理想的方式和方法上，自由主義者與社會主義者之間卻有相當大的距離。看來，自由主義與社會主義的區別與其說是在其追求的基本價值觀念或者說「價值理性」上，毋寧說是在其達到社會理想的方式方法或對「工具理性」的運用上。但是，這種區別無論對於自由主義或者社會主義來說都是重要的。正是在如何達到這些基本價值的方式與方法的看法不同，導致自由主義者和社會主義者分別選擇了不同的社會目標和行動策略。自由主義者與社會主義者的分歧和分野，一個是表現在對「市場經濟」的看法上，另一個表現在對「個體自由」的看法上。歷史上，所有「正宗」的自由主義者都堅持對「市場經濟」和「私有制」的承諾。社會主義者從消滅「不平等」和維護「社會正義」這一價值目標出發，主張採取「非市場經濟」和廢除私有制。但自由主義者認為，他們之所以堅持「市場經濟」是經過深思熟慮的。因為「市場經濟」就好像是一隻「看不見的手」，它可以自發地對社會資源進行最合理的調配，從而使社會生產獲得最大的效率。除了服從「效率原則」之外，他們還認為，只有在「市場經濟」和確立「私有制」的情況下，真正的「個人自由」才會獲得保障。較之「市場經濟」問題，也許對「個體自由」的看法更成為自由主義者同社會主義者的真正分水嶺。一般而言，社會主義者並不否認或取消「個體自由」這個口號，不過，在他們看來，「個體自由」只有在「集體獲得自由」的前提下才有意義；因為按照社會主義者的理解，可以脫離開集體而獨立的「個體」是不存在的，因此，社會主義者與其說是提倡「個體自由」，不如說

強調的是「群體的自由」或「階級的自由」。而對於自由主義者來說，「自由」的涵義只能是「個體的自由」。因為按照自由主義者的理解，人在社會中的活動總是受到限制的，但他卻應該有在私人領域中不受他人干涉和侵犯的自由；而由於個人的力量總是小於群體和社會，因此，在法制劃定「群己權界」的情況下，最值得擔心的是其它人，包括社會和政府會借「總體意志」的名義壓制和侵犯個人的自由。故對自由主義者來說，如何維護和保證個人的自由無論如何是第一義的。

從維護個人自由出發，自由主義者對於「民主政治」有自己的一套獨特理解和看法。通常的看法是將近代的民主政治理解為「大多數人的統治」，但在自由主義者眼裏，這只是民主的形式義而非實質義。按照自由主義的解釋，民主政治的實質是「法治」。「法治」的基本涵義一是「法律面前人人平等」，一是以憲政的形式肯定和保證基本人權。對於自由主義者來說，「大多數人的統治」只是相對於「少數人的統治」和「寡頭政治」的一種更為可取的統治形式和管治方式，但弄得不好，它帶來的暴政並不亞於專制政治。同樣是堅持「大多數人統治」的老牌自由主義者托克維爾在談到「大多數人的統治」也可能帶來的暴虐時說：「如果你承認一個擁有無限權威的人可以濫用他的權力去反對他的對手，那你有什麼理由不承認多數也可以這樣做呢？許多人團結在一起的時候，就改變了他們的性格嗎？在面對艱難險阻的時候，他們的耐力能夠因其力量強大而就強大嗎？至於我，可不相信這一點。我反對我的任何一位同胞有權決定一切，我也決不授予某幾個同胞以這種權力。」〔註6〕所以，對於真正的自由主義者來說，他絕不滿足於一般意義上的「大多數人的統治」；他更關心的是，假如民主政治要落到實處，一定要對政府的權力予以限制，確立「有限政府」的概念和採取權力制衡的措施。而且，自由主義者認為，這種對於「多數人的統治」可能帶來的暴虐的擔心，並不是多餘和不必要的，因為這種「大多數人統治的暴虐」的確在歷史上出現過。故而，在近代以後，在資產階級從封建貴族手中奪得政權並確立自己的統治之後，自由主義者首要關心的，並不在論證「大多數人的統治」如何之「合理」，而是尋求各種可行的辦法和措施，以防止政府權力的「越界」。

總括以上，作為近代以後出現的一種社會政治思想和社會改造方案，自由主義有它自己不懈追求的價值目標，這就是強調個體自由。它認為良好政

〔註6〕托克維爾：《論美國的民主》（上），北京，商務錢書館，1988年版，第288頁。

治之目的，就在於如何保障全體公民的個人自由。爲了保障公民的自由，它認爲理想的政治是民主政治。但民主政治的實質與其說在「大多數人的統治」，毋寧說在「法治」。爲了確保法治的實現，除了在憲法上要確保公民的各項基本權利和基本人權之外，尤其要制定有力的措施，防止政府權力之濫用，而這也就意味著「有限政府」。

三、中國自由主義運動的由來與發展

（一）嚴復與英國式的自由主義

在中國近代史的研究中，通常將 1895～1898 年這段時間稱爲「維新運動時期」，其上限及下限分別以 1895 年 4 月的「公車上書」和 1898 年 9 月的「戊戌政變」爲標記。與此相應，人們習慣上將這段時期的社會思潮稱之爲「維新思潮」。究其實，所謂「維新思潮」是一相當籠統的概念。因爲在甲午戰爭中國戰敗的情況下，要求「變法維新」不僅僅是少數得風氣之先的知識份子和開明官紳的要求，而且已經成爲朝野上下和舉國一致的呼聲。當時參加到「維新運動」中的各種政治派別和社會勢力是十分複雜的，其中有以翁同和爲代表的「帝黨」，有以張之洞爲代表的洋務派，有以康有爲爲代表的要求立即實行全面變法的政治激進派，還有以嚴復爲代表的提倡「開民智」的思想啓蒙派，等等。這些不同的思想派別與政治勢力，對中國該如何「變法」，及如何設計中國政治體制改革的模式，其看法都各不相同。這當中，以嚴復提倡的自由主義思想理論特別值得留意。也許，在「救亡圖存」的聲浪壓倒一切的情況下，嚴復的自由主義思想在當時並沒有爲人們所理解，更沒有能左右整個維新運動的發展，但歷史的發展證明，是嚴復的思想而不是當時的其它各種思想，對中國後來的社會思想卻產生了意義深遠的影響。

從維新運動開始，嚴復就以在中國提倡英國式的自由主義爲己任。這種英國式的自由主義，強調的是一種政治上的「消極自由」，亦稱之爲「防衛的自由」，其核心是強調個體自由的神聖不可侵犯。他說：「侵人自由者，斯爲逆天理，賊人道。……故侵人自由，雖國君不能。」〔註7〕這是中國歷史上首次對捍衛個人自由的最明確和最出色的表達。從重視個體自由出發，嚴復對中國的專制政治進行了尖銳的抨擊。他認爲，自秦朝以來，中國歷代的法律雖有寬苛的差別，但本質上都是一樣的，即「以奴虜待吾民」。這種剝奪百姓

個人自由的專制政治會導致怎麼一種後果呢？他分析說：「夫上既以奴虜待民，則民亦以奴虜自待。夫奴虜之於主人，特形劫勢禁，無可如何已耳，非心悅誠服，有愛於其國與主，而共保持之也。故使形勢可恃，國法尚行……一旦形勢既去，法所不行，則獨知有利而已矣，共起而挺之，又其所也，復何怪乎！」〔註 8〕可見，專制政治只能做就出奴才，而培養不出有人格自尊的國民。奴才對主人的馴貼只是迫於形勢，而非真正出於內心的服從；一旦形勢惡化，法禁不起作用時，奴才就會起來對主子不客氣了。因此，嚴復提出忠告：要人民能真正樹立起愛國心，要做的並不是向人民灌輸綱常名教和忠君思想，而是灌輸自由觀念以及引進西方基於自由主義理想的政治制度。他說：「西之教平等，故以公治眾而貴自由。自由，故貴信果。東之教立綱，故以孝治天下而首尊親。尊親，故薄信果。然其流蔽之極，至於懷詐相欺，上下相遁，則忠孝之所存，轉不若貴信果者之多也。」〔註 9〕這裡，嚴復明白指出，西方的社會倫理教育是重視「平等」思想的。但這「平等」觀念背後還有一個更根本的東西——個體自由。只有樹立個體自由的意識才能培養出有獨立人格的國民，也只有尊重個體自由才能賦予「平等」以實質性的內容。在嚴復眼裏，西方議會制度及其它種種政制的設立，目的無他，就在維護公民的個人自由權利。

對於自由主義的政治思想，嚴復作了精闢的論述。他強調，「自由」一詞的原義是「不受拘束」的意思。但在現實中，這種理想狀況是不存在的，因為管束或管治為人類社會所必需。因此，所謂「政治自由」的問題，要探討的其實是政府或國家的管治權到底有多大，也即它的權限問題。在《闢韓》一文中，他通過對韓愈提出的君臣之倫乃「道之原」的說法的駁斥，闡述了政府的作用在保障人民的個人自由這一原則。他根據西方自由主義者的「契約論」觀點立論，認為政府之設立是基於「通功易事」的原則，人民為了提高功效和發展生產，採取分工的辦法，將一些公共性的事務委託給政府去辦，並賦予政府及管理部門以相當的權力。儘管如此，一些屬於私人領域範圍的事情，任何他人，包括政府部門，卻是不得干涉的。這些「私人領域」到底包括哪些？嚴復雖未作正面的說明，但是，他通過給政府可以實施權力的領域劃出一個明確範圍的方式，指出有許許多多的個人權利，象生命權、財產

〔註 8〕同上書，第 31 頁。
〔註 9〕同上。

權、思想自由權、追求幸福權以及安排個人生活方式的權利等等，都是政府與國家不得橫加干涉的。他說：「知民所求於上者，保其性命財產，不過如是而已。更驚其餘，所謂『代大匠斲，未有不傷指者』也。」〔註10〕顯然，嚴復提倡「無爲而治」以及政府盡可能少干預百姓的生活，是深感於二千來中國的封建專制政治剝奪了人民的自由權利這一事實。他說，自秦以來的中國歷代帝王無不將天下作爲自己的財產，「知有一人而不知有億兆」，〔註11〕因此，最好的辦法莫過於學漢高祖入關，與民約法三章，除了「去其所以困吾民之才、德、力者，使其無相欺、相奪而相患害」〔註12〕者之外，其餘則毋再去打擾，而「悉聽其自由」。

嚴復的《政治講義》寫於 1906 年。其時社會思想的主潮已從提倡改良轉向倡言革命，從主張君主立憲轉向擁護民主共和，而嚴復的思想依然停留在贊成改良和君主立憲的主張，故他的思想已被時人視爲保守。其實，這種看似保守的理論依然獨樹一幟地體現了嚴復所堅持的英國式的自由主義的信念——注重政治過程的實際運作，從而與注重理念的法國啓蒙學派的自由主義政治思想區別開來。嚴復認爲。政治自由依其定義，爲與政令苛煩對立之名詞。他看到，西方的議會制與三權鼎立的民主制度，政令也並非不苛煩，那麼，議會制與政治自由到底是怎麼樣的一種關係呢？嚴復說，自由與管治雖然是一對矛盾，處於同一問題的兩極，但這兩者並非絕對排斥而不可調和。事實上，在西方的民主政治實踐中，它們通過「自治」獲得了統一。嚴復在談到自由與管治如何通過自治而得到統一時說：「夫自由云者，作事由我之謂也。今聚群民而成國家，以國家而有政府，由政府而一切所以治吾身心之法令出焉，故曰政府與自由反對也。顧今使之爲法，而此一切所以治吾身心者，即出於吾之所自立，抑其爲此之權力，必由吾與之而後有。然則吾雖受治，而吾之自由自若，此則政界中自治之說也」。〔註13〕他還舉了這麼一個例子說明「自治」不僅在理論上成立，在實踐中也隨處可見：在外來勢力入侵的情況下，人民奮然共起，執戈禦敵，這時候人民會主動地服從一個首領的指揮。這位首領雖有「生殺威嚴」的權威與權力，但卻不能說人民服從他的號令是受驅迫的，因爲這一切皆出於「彼之自發心」。所謂自治，指的是社會生活中

〔註10〕同上書，第 35 頁。
〔註11〕同上書，第 34 頁。
〔註12〕同上書，第 35 頁。
〔註13〕《嚴復集》，第 5 冊，第 1299～1300 頁。

本來存在的「非由己欲，亦非從人」的一種情況，它「但以事係公益，彼此允諾，既諾之後，即與發起由吾無異」〔註14〕而將它普及擴大到政府管理，就是指人民或群眾的願望以政府或管轄者的法令、條文的形式表達出來，它體現了由人民立法，又由人民共同遵守的一種政權組織形式。嚴復對這種自治的政治組織制度予以極度的評價，稱爲「政界之境詣」。

但是完全的自治只是一種理想的境界，真正實行起來頗爲困難。嚴復對「自治」形式分析後指出，要使民自治，要有兩個條件：第一，以個人言，他的願望是什麼，第二，個人作爲社會一份子，他對社會的祈望又是什麼。只有這兩個條件都滿足了，盡如其意，才是「雖受治而非強其所不欲爲」的完全的自治。但在實際的政治生活中，那怕是民主的議會制度中，這種條件是難以受到的。因爲它要求議會在通過任何法律條文時必須人人贊成，人人許可而後行。在西方的所謂議會制度中，真正能夠施行的並不是這種理想的自治制度，而只不過是「善鈞而後從眾」，即大多數決定的民主制，嚴復稱之爲「以眾治寡」制，而與「以寡治眾」的專制政體相區別。

與「以眾治寡」制聯繫在一起的是代議制度，也即是嚴復所說的「代表制」。嚴復指出，由大多數人決定的政府或國家事務管理形式只適用於小國，如古希臘的城邦國家，對於幅員廣大的國家來說，由國家中的大多數人直接行使政治權力的辦法是不實際的。他還談到，西歐歷史上羅馬的專制政體之所以代替了古希臘的民主政體，原因之一是當國家幅員擴大之後，原來的大多數人直接參政的方式既不適應形勢的需要，而當時的政治學家又未能找到有效地行使政權的民主方式。幸運的是，在近代以後，人們終於發明了代表制，即由人民公選若干名公民，這些公民代表全體公民來參政。嚴復盛稱這種「代表之制」的發明對於近代民主政治制度的貢獻時說：「雖其制發現之遲如此，而至今日，則已成最要之機關。……總之，自市府國家，不足自存，而民會廢，中經千年專制貴族之治，至有元之世，歐洲之民權復萌，其所以萌，由用代表。代表須所代者之推舉。推舉之眾，各國資格不同，享用此權，數有多寡，而政家遂以此覘各國自由程度焉。」〔註15〕

然而，值得注意的是，嚴復雖然認爲以眾治寡原則及代表制是近代民主政治必不可少的要素，但他並不認爲這種制度就完美無缺。以大多數人決定

〔註14〕同上書，第 1300 頁。
〔註15〕同上書，第 1306 頁。

的原則來說，既然是大多數決定，則總有少數人的意見未被採納，或遭到否決（「法出於眾，所謂眾者，吾之小己，不必即在其中」）另外，既然是「代表制」，則代表者是否真正代表被代表者還是個問題（「法定於代表人，是代表者，畢竟非我」）。這裡，正顯示出嚴復作為自由主義思想家關注個體自由的本色。我們知道，在西方近代民主政治的思想中，有兩個潮流、兩個學派：以盧梭為代表的民主共和派和以洛克、孟德斯鳩為代表的君主立憲派。同為主張自由、平等，但由於各自在價值取向上重點有所不同，盧梭重視的是社會平等，而洛克、孟德斯鳩關注的是個體自由。在這點上，嚴復顯然是師事洛克、孟德斯鳩的。他主張效法英國的立憲政治制度，包括對「大眾決定制」及代表制的看法，都是從它們是否能維護個體自由這一出發點來加以評價的。

　　嚴復眼光之銳利處，還表現在他對西方自由主義的經濟理論予以了足夠的重視。在《闢韓》中，嚴復這樣表述他對自由主義的放任主義經濟政策的響往：「今夫西洋者，一國之大公事，民之相與自為者居其七，由朝廷而為之者居其三，而其中之犖犖大者，則明刑、治兵兩大事而已。」〔註16〕如果說，在這段話中，其放任主義的思想不僅指經濟上的不干涉政策，同量還包括有同維護個人自由和政治理論相聯繫的「無為主義」的話，那麼，在後來翻譯亞當・斯密的《原富》時，他則著重從經濟政策與措施上強調實行放任主義對於中國改革的必要性。亞當・斯密是西方古典經濟學中重農學派的重要人物，其經濟思想的核心，是提倡自由貿易，反對國家對經濟活動，包括海外貿易的干涉，反對行業壟斷和政府的專賣政策。嚴復談到斯密這一經濟思想與英國富強的關係說：「觀於斯密氏此言，則英倫平稅之難行，每禁之難馳，於其時若渺然絕無可望者。然自嘉道之際，英相萬錫達當國之後，言商政者，大抵以自由大通為旨。至道光二十六年，而平稅之政行矣。其去斯密氏成書之日，為時僅四十有五年而已。夫何必其國之為烏托邦而後能哉！論者謂考英為計政之所以變，而國勢之所以日臻富強者，雖曰群策，斯密氏此書之功為多。」〔註17〕在嚴復看來，斯密《原富》一書的經濟思想不但是導致英國富強的秘密，而且其中所論多切合於中國。以「自由貿易」政策為例，嚴復認為：「自由貿易非他，盡其為地利民力二者出貸之能，恣賈商之公平為競，

〔註16〕《嚴復集》第 1 冊，第 219 頁。
〔註17〕《嚴復集》，第 4 冊，第 886 頁。

以使物產極於至廉而已。」〔註18〕這種自由貿易政策不僅可以使「物產極於
至廉」而有利於民生，而且最終也利國利君。原因在於「蓋國之財賦，必供
諸民，而供諸民者，必其歲入之利，仰事府畜之有所餘，而將棄之以爲蓋藏
者也。是故君上之利，在使民歲進數均，而備物致用之權力日大。」〔註19〕
而要使民富裕，又莫若貿易自由，以俾「凡日用資生怡情潃美之物，民之得
之。其易皆若水火。」〔註20〕反之，凡是與自由貿易經濟思想相違背的政策，
如「貿易相養之中，意有所偏私，立之禁制」〔註21〕等等之事，其君既必不
富，其冶也不隆。故在嚴復眼裏，自由貿易政策實是民富國強的關鍵項。

　　與貿易自由相聯繫，斯密的放任主義經濟思想的重要內容之一是反對國家
對社會經濟活動的隨意干預，強調市場經濟的自發調節作用。嚴復對斯密的這
一經濟思想極表贊同。他認爲，經濟活動是追求供求相劑之理，但這種供求相
劑之理由市場經濟的價格規律在起作用，必須使其事出於自然，若「設官幹之，
強物情，就己意，執不平以爲平，則大亂之道也。」〔註22〕嚴復強調斯密這一
學說在經濟思想史上的重大意義說：「供求相劑之理，非必古人所不知。其發
之精鑿如此，則斯密氏所獨到。此所謂曠古之慮也。蓋當時格物之學，如夜方
且，斯密氏以所得於水學者通之理財，知物價趨經，猶水趨平，道在任其自己
而已。顧任物爲變，則如縱眾流歸大墟，非得其平不止。」〔註23〕根據這一理
論，嚴復不僅反對政府的壟斷與專賣政策，認爲「壟斷，大抵皆沮抑不通義也」，
〔註24〕而且對由政府出令制定利息政策的做法提出質疑。他說：「以令制息，
斯密氏不以爲非。然既是云息者所以市用財之權，則息者乃價。凡價，皆供求
相劑之例之所爲；操枋者又烏能強定之耶！」〔註25〕在他看來，由政府出面來
頒佈「制息之令」，這就跟王莽時期由官府出來制定統一的物價政策一樣，是
十分荒謬的。原因在於它違背了市場經濟的價值規律。強行推行這種政策，必
將導致「靡靡大亂」。總之，無論是提倡自由貿易與反對政府對經濟活動的干
預上，嚴復都同斯密的思想十分接近。

〔註18〕同上書，第 895 頁。
〔註19〕同上書，第 855 頁
〔註20〕同上書，第 860 頁
〔註21〕同上。
〔註22〕同上。
〔註23〕同上書，第 888 頁。
〔註24〕同上書，第 887 頁。
〔註25〕同上。

　　綜合以上，嚴復分別從社會價值、政治制度、立法和經濟政策等各個方面闡述了自由主義的基本理論。近代中國人對西方自由主義思想的瞭解，是從嚴復開始的。

（二）梁啟超論「政治自由」

　　繼嚴復之後，20 世紀初，宣傳和介紹西方自由主義的另一著名人物是梁啓超。維新運動時期，梁啓超積極投身於變法的各項實際運動，當時，他是作爲康有爲的得力助手發揮作用的。戊戌變法以後，他開始擺脫康有爲的支配而作爲近代中國自由主義思想中的一支而在社會上產生重大影響。儘管梁啓超的思想前後多變，且同一時期中各種社會學說在他心中恒常處於交戰之中，但在其思想處於高峰時期的 1902～1903 年，梁啓超作爲輿論界的「驕子」，推進了自由主義在中國的發展。梁啓超介紹的自由主義學說如何引起了當時中國知識界的共鳴，從黃遵憲對《新民叢報》的稱讚中可見一斑：「驚心動魄，一字千金，人人筆下所無，卻爲人人意中所有。」〔註 26〕梁啓超的自由主義思想集中體現在他的《新民說》中。他認爲，一國之興亡、榮衰都繫於民德、民智和民力，從而將中國的富強之道歸結爲「新民」二字。

　　「自由」在「新民」中無疑佔據著核心的地位。在《新民說》的「論自由」一節中，他寫道：「自由之義，適用於今日之中國乎？曰：自由者，天下之公理，人生之要具，無往而不適用者也。」〔註 27〕他將「自由」作了具體的劃分，指出自由包括政治上的自由、宗教上的自由、民族上的自由和生計上的自由。所謂政治上的自由，是「人民對於政府而保其自由」，〔註 28〕宗教上的自由，指「教徒對於教會而保其自由」，〔註 29〕民族上的自由是「本國對於外國而保其自由」，〔註 30〕生計上的自由是「資本家與勞力者相互而保其自由」。〔註 31〕政治上的自由又可細分爲三：「一曰平民對於貴族而保其自由，二曰國民全體對於政府而保其自由，三曰殖民地對於母國而保其自由是也。」〔註 32〕這裡梁啓超對於自由的劃分併不十分準確，如其中「民族上和自由」

〔註 26〕《梁任公先生年譜長編初稿》，第 214 頁。

〔註 27〕《梁啓超選集》，上海，上海人民出版社，1984 年版，第 223 頁。

〔註 28〕同上。

〔註 29〕同上。

〔註 30〕同上。

〔註 31〕同上。

〔註 32〕《飲冰室文集》，第 1 冊，第 109 頁。

和「生計上和自由」的說法就有待推敲，但梁啓超對於自由觀念予以極度的重視，試圖用它來解決一切社會人生問題，並視之為「立國之本原」，用意則相當明顯。

在諸種自由中，梁啓超認為「政治自由」是中國當時亟待解決的。他在給嚴復的一封信中討論這個問題說：「國之強弱悉推原於民主。民主斯固然矣。君主者何？私而已矣。民主者何？公而已矣。」〔註33〕1902 年以後，他將政治自由具體歸結為「參政權問題」，提出：「凡生息於一國中者，苟及歲而即有公民之資格，可以參與一國政事，是國民全體對於政府所爭之自由也。」〔註34〕值得注意的是，他提出公民參政的要求除了是因為世界上強盛的國家都是「民主之國」這一理由之外。還直接訴諸於「民約論」這一先驗的原理。與嚴復曾從歷史進化的角度對盧梭的「民約」思想加以抨擊不同，梁啓超認為作為政治學理論的第一原理——自由觀念應是先驗的命題。他提出政府設立的原因有二：「一則因不得已而立也，一則因人之自由而立者也。」〔註35〕他特地指出：「是故盧梭民約之說，非指建邦之實際而言，特以為其理不可不如是云爾。」〔註36〕這樣看來，梁啓超對政治自由概念的闡發已不滿足於像嚴復那樣僅從人類社會歷史的演化中尋找經驗的證據，而還希圖訴諸理性的法則。這一思想取向終於使他接觸到民主政治之核心——個體自由及公民的個人權利思想。在《十種德性相反相成義》一文中，他對「政治自由」這一概念的闡發，主要是從「個人權利」這一角度出發的，視之為「天賦人權」。他說：「自由者，權利之表證也。凡人之所以為人者有二大要件：一曰生命，二曰自由。二者缺一，時乃非人。」〔註37〕這些個人權利包括：交通之自由、居住行動之自由、置管產業之自由、信教之自由、書信秘密之自由、集會言論之自由，等等。尤其值得注意和是，他認為以上這些自由在中國過去並非沒有，但卻沒有法律形式的保障。用他的話說，是「有自由之俗，而無自由之德」。〔註38〕中國之所以有這些自由之俗，是因為官吏沒有去禁止它們；一旦禁止，則這些自由就會消失得無影無蹤。他還特意指出，過去中國的官吏

〔註33〕同上。
〔註34〕《梁啓超選集》，第 224 頁。
〔註35〕《梁啓超哲學思想論文選》，北京，北京大學出版社，1984 年版，第 58 頁。
〔註36〕同上。
〔註37〕同上書，第 50 頁。
〔註38〕《梁啓超哲學思想論文選》，第 50 頁。

不去禁止這些自由，並非出於尊重人權而不敢禁，而是「其政術拙劣，其事務廢馳，無暇及此云耳。」〔註39〕通過這樣的分析，梁啓超得出結論：民主政治的實質無它，就是要通過立法的形式，確保以上的個人權利和自由。他指出，沒有法律保障的所謂自由，隨時隨地會遭到剝奪，這種自由不是真正的自由，只可稱之為「奴隸之自由」。

立法的問題既然對於民主政體來說具有如此至關重要的作用，因此政治自由又可歸結為制定什麼樣的憲法，如何立法的問題。針對這個問題，梁啓超提出了「立憲」的三原則：一，平等。他說：「憲法者何物也？立萬世不易之憲典，而一國之人，無論為君主，為官吏，為人民，皆共守之者也，為國家一切法度之根源。」〔註40〕二，有限政府。他說：「立憲政體，亦名為有限權之政體；專制政體，亦名為無限權之政體。有限權云者，君有君之權，權有限；官有官之權，權有限；民有民之權，權有限。」〔註41〕三，人民主權論。他說：「各國憲法，既明君與官之權限，而又必明民之權限者何也是？民權者，所以擁護憲法而不使敗壞者也。」〔註42〕在他看來，人民擁有主權可以防止君主和官吏濫用職權。反過來，制定得再好的憲法若沒有民權的督護，也不過是一紙空文。所以他尤其強調人民擁有主權的重要性：「憲法與民權，二者不可相離，此實不易之理。而萬國所經驗而得之也。」〔註43〕從以上立憲三原則的提出來看，梁啓超的確把握了西方「法治下的自由」的民主政治的特徵，是對嚴復在《政治講義》中關於「以眾治寡」制和「代表制」的政治思想的補充。

假如再進一步考察，可以看出，以上關於立法或「立憲」三原則的提出均圍繞一個中心問題進行，即如何劃定政府的權限問題。這也是西方近代以來自由主義思想家一直極度關心的問題。這個問題之所以重要，是因為即使在憲法已經制定的情況下，由於人民並不直接行使權力，而是採取「代議」或者其它形式，將權力委託給少數人掌管，這少數人在行使權力的過程中，濫用權力侵害人民利益的現象仍會發生。因此，對於直接運用權力者或者政府的權限加以一明確的規定是明智之舉。嚴復對這一民主政治的中心問題也

〔註39〕同上書，第51頁。
〔註40〕《梁啓超選集》，第148頁。
〔註41〕同上書，第149頁。
〔註42〕同上。
〔註43〕同上書，第150頁。

曾加以論述，他提出「侵人自由，雖國君不能」，〔註44〕換言之，政府的權限不得逾越個人自由的範圍。但個人自由到底何所指，在嚴復那裏還是一個不太十分明確的概念，爲此，梁啓超寫了《論政府與人民之權限》一文，專門討論這個問題，並對「個人自由」這一概念作了說明。他談到立法中爲什麼要突出限制政府權限這一問題的重要性時說，在歷史上，因人民之權大而害及國家利益的例子罕之又罕，而政府濫用權力侵犯其民的事實卻屢見不鮮，因此，在劃定政府與人民各自的權限時，應「以政府對人民之權限爲主眼，以人民對政府之權限爲附庸。」〔註45〕換言之，立法的中心問題就是如何防止政府濫用權力的問題。這裡，梁啓超又一次引述了盧梭「民約論」的觀點，指出政府之產生基於人民與代民任事者（即政府）之間的契約。政府的活動要有助於「公益」，因此其承擔的責任不外是兩件：一是助人民自營力之不逮，二是防人民自由權之被侵而已。假如政府的活動超出了這二者的範圍，則「有政府或不如其無政府」。〔註46〕然而，以上這兩件事仍只論到政府的責任及工作，並未明確政府的權限範圍有多大。況且，所謂「助人民自營力之不逮」，可以是一個範圍不固定的概念。對此，梁啓超是這樣回答的：「政府之正鵠不變者也，至其權限隨民族文野之差而變，變而務適合於其時之正鵠。」〔註47〕這裡，他如嚴復一樣，是根據進化論的觀點提出政府的權限是可變的。但當人問及當時中國的情況，政府的權限究竟應多大的時候，他明確地作答：「今地球中除棕、黑、紅三蠻種外，大率皆開化之民矣。然則其政府之權限當如何？曰：凡人民之行事，有侵他人之自由權者，則政府干涉之，苟非爾者，則一任民之自由，政府宜勿過問也。」〔註48〕可見，在梁啓超的眼裏，中國已完全進化到了同西方的白種人社會一樣的歷史階段，因此，完全有理由和有必要採取像西方的立憲民主制度那樣一種保障個體自由的政治制度。他歡呼立憲制已經成爲世界上不可擋阻的潮流，中國遲早亦必走上這條道路：「抑今日之世界，實專制、立憲兩政體新陳嬗代之時也。按之公理，凡兩種反比例之事物相嬗代必有爭，爭則舊者必敗而新者必勝。故地球各國，必一切同歸於立憲而後已，此理勢所必至也。……蓋今日實中國立憲之時機已到矣！

〔註44〕《嚴復集》，第 1 冊，第 3 頁。
〔註45〕《梁啓超選集》，第 315 頁。
〔註46〕《梁啓超選集》，第 316 頁。
〔註47〕同上。
〔註48〕同上書，第 317 頁。

當局者雖欲阻之。烏從而阻之？」〔註49〕梁啓超這段話寫於 1906 年，兩年之後，清政府在內外壓力下不得不宣佈實行「立憲」，又過了三年，辛亥革命爆發，民國宣告成立。然而，中國的社會和政治情況卻並無真正好轉。中國的自由知識份子依然面臨著在中國如何推進民主政治的問題。

（三）辛亥革命以後自由主義運動的開展

　　辛亥革命以後，自由主義曾一度成為中國思想界的主潮，並在青年知識份子當中具有極大影響。這種局面的出現，是與辛亥以後中國社會情勢的變化與政治格局的變動分不開的。辛亥革命推翻了滿清的統治，號稱實現了「民主共和」，但其實，所謂「民主共和」只是一塊牌子而已，民國臨時政府頒佈的「臨時約法」中規定的公民自由和參政權利根本無法得到保障。相反，民國建立沒多久，就發生了袁世凱復辟帝制的鬧劇，袁的「帝制夢」破滅之後，政權又落入「武人」手裏，中國出現了軍閥割據和南北紛爭的局面。這一切，的確是辛亥革命的倡導者們和具有自由主義信念的知識份子們所未料到的。所以，辛亥革命以後，整個中國思想界最活躍的話語就是反省辛亥革命，總結由倡導「民主共和」始，卻以「武人政治」終的經驗教訓。而對於自由主義知識份子來說，最重要的莫過於把握住當時政局不穩、思想統治相對鬆馳的契機，全力推進自由主義。這時候的自由知識份子認為，中國之所以沒能實現民主政治，原因很多，而其中最重要的一個原因是國人在思想觀念上由於受舊傳統的束縛，還沒有發生根本的轉變。按照胡適的理解，自由主義與其說是一種制度，不如說首先是一種「生活方式」。所以，在五四新文化運動時期，中國自由主義者將思想觀念和倫理道德的革命置於首位。1918 年，胡適在《新青年》上發表《易卜生主義》一文，借易卜生之口指責社會上三種勢力：一是法律，二是宗教，三是道德；而其中的道德不過是「許多陳腐的習慣而已」。〔註50〕更早，在 1915 年，受自由主義影響的陳獨秀在《新青年》的發刊詞中提出「新青年」之六義：自主的而非奴隸的，進步的而非保守的，進取的而非退隱的，世界的而非鎖國的，實利的而非虛文的，科學的而非想像的，等等。主張造就一代具有新的理想、新的人格、新的思想的新人，以為社會進步及文明的發展奠定基礎。他將「倫理的覺悟」稱為「吾人最後覺悟之最後覺悟」。〔註51〕提倡個性解放、個人獨立

〔註49〕同上書，第 151～152 頁。
〔註50〕《胡適哲學思想資料選》，第 161 頁。
〔註51〕《獨秀文存》，第 41 頁。

的倫理、道德革命的目的，正如當時的胡適們所說，是要提倡一種以個人爲本位的自由主義而取代以家族爲本位的宗法主義。

倫理、道德革命在新文化運動中借白話文運動而大張其幟。白話文運動除了改革文學的形式，提倡用白話文寫作之外，在內容上提倡一種寫「人」的文學，而與「文以載道」的舊文學相對立。胡適在《文學改良芻議》中提出八項主張，其中「言之有物」一項，他解釋說：「吾所謂『物』，約有二事，即『情感』與『思想』」。〔註52〕文學革命的另一翹楚人物周作人提出：「應以普通的文體，寫普通的思想與事實」，反對「偏重一面的畸形道德」。〔註53〕新文化運動的倡導者們不僅理論上提倡，而且身體力行，創作了一批抒發自我性靈，反映個體人格覺醒的文學作品。這當中包括胡適的新詩集《嘗試集》和周作人的小品文等等。

五四新文化運動中自由主義的高漲不僅表現在倫理、道德革命的提倡和白話文運動，而且在教育領域中產生回響。1917 年，蔡元培以辛亥革命元老的資格出任北大校長，力圖以北大爲試點，在中國教育界造成一種思想寬容和學術獨立的新風向，提出了「兼容並蓄」的方針。在蔡元培的主持下，北大成爲新舊思想交戰的激烈戰場，其中既有新文化運動的領袖人物，如胡適、陳獨秀、魯迅、錢玄同等，反對白話文最力的人物，如劉師培、辜鴻銘等人亦爲之提供講壇。思想爭鳴的結果北大學派林立，思想異常活躍，出現以提倡自由主義著稱的《新潮》刊物，並且培育出像傅斯年、羅家倫這樣一些日後活躍於政壇的自由主義份子。

20 年代末，以《新月》雜誌的創刊爲標誌，中國自由主義的發展進入一個新階段——致力於政治改革和人權運動。早在 1923 年，胡適、梁啓超、徐志摩等人就在北平組織了一個叫「新月社」的組織，它當時僅是一個俱樂部或沙龍式的團體。1927 年，徐志摩、潘光旦、聞一多等人又在上海創辦「新月書店」，由胡適任董事長。次年 3 月，《新月》月刊正式出版，新月派成員增加了梁實秋、葉公超、沈從文等人。開始，「新月派」只是以文學團體的面貌出現。但經過一年多以後，刊物的編輯方針有所改變。自第 2 卷第 2 期開始，對國內政治公開發表意見，直言不諱地表示「我們談政治了」，並且「以後還要繼續談」。《新月》之所以從文藝性刊物轉爲政治性刊物，一方面是國

〔註52〕轉引自司馬長風：《中國新文學史》上卷，第 4 頁。
〔註53〕同上書，第 5 頁。

民黨統治了全中國以後，政治氣氛一度沉悶，使新月派同人紛紛感到目前沉悶可能「醞釀著將來的更大的不安」，以致「覺得忍無可忍，便說出話了，說出與現在時局有關的話了」。〔註54〕另一方面，也反映了當時一批中國自由主義份子在中國實現英美式的民主政治的願望。他們關心時局而又信仰思想自由，因此試圖像英美國家的一些自由主義者一樣，採取不加入政治卻又議政的方式影響中國政治的發展。

在這種不參政卻要議政的思想推動下，1929年，以南京國民政府頒佈《國民政府公報》為契機，新月派發動了一場爭取人權的運動，對國民黨當局壓制人權的種種高壓措施和專橫做法表示不滿。其發難者，就是曾為新文化運動倡導人之一的胡適。胡適在《人權與約法》一文中針對國民公報中所謂「個人或團體」不得非法侵害他人人權，而沒有提及政府機關的說法，認為「我們最感痛苦的是種種政府機關或假借正義與黨部的機關侵害人民的身體自由及財產。如今言論出版自由之干涉，如各地私人財產之被沒收，……都是以政府機關的名義執行的。」〔註55〕因此他呼籲「快快制定約法」，以確立法治基礎和保障人權。

接著，羅隆基、梁實秋等人相繼發表文章，直截了當地指責國民黨當局侵犯人權的事實。羅隆基寫作《論人權》、《告壓迫言論自由者》等文章，比較全面地論述了他的人權思想；此外，梁實秋、潘光旦等人也寫了《論思想統一》、《論人丁兩旺》等文章，陸續參加討論。這樣，以胡適、羅隆基的《人權與約法》、《專家政治》等文章的發表為標誌，人權運動「事實上已經發動」。〔註56〕

「九‧一八」事變以後，中國的民族危機加深。在這種情勢下，中國的自由主義者創辦了另一份重要的政治性刊物——《獨立評論》。胡適在該刊的發刊詞中說：「我們叫這刊物作《獨立評論》，因為我們都希望永遠保持一點獨立精神，不依傍任何黨派，不迷信任何成見，用負責任的言論來發表我們各人思考的結果：這就是獨立的精神。」〔註57〕就刊物的宗旨說，它提倡超越黨派的偏見，對時局與社會採取一種理性的批評態度；同時，由於時局的動蕩和社會問題的嚴峻，它開始以更多的篇幅就當時形勢下應如何進行政治、經濟和社會等方面的改革提供具體的意見和建議。

〔註54〕 《新月》，第2卷第6、7期合刊，1929年9月。
〔註55〕 胡適：《人權與約法》，《新月》第2卷第2號。
〔註56〕 羅隆基：《論人權》，《新月》第2卷第5期。
〔註57〕 《獨立評論》，第1卷第1號，1932年5月。

　　值得注意的是，30 年代初是國民黨政權處於「內憂外患」的時期，也是國民黨對共產黨的蘇區根據地一再地進行圍剿，「紅色工農武裝割據」運動處於低潮的時期。這時候，中國的自由主義者從維護人權以及要求實行多黨制的立場出發，對國民黨的做法曾加以抨擊。1933 年，丁文江在《獨立評論》上發表文章，要求共產黨人變成非暴力的、公開的反對派政黨，同時國民黨應容忍其以這種資格存在下去。

　　然而，30 年代中期以後，中國的自由知識份子在思想上出現了分化。當日本開始擴大對華侵略，局勢進一步嚴峻時，中國的自由主義者大多開始放棄早期超黨派的立場而試圖同國民黨合作，他們中不少人加入了國民黨政權；而在國共兩黨的鬥爭中，他們也開始放棄其前期中立的立場，而偏袒於政府一方。也有一部份的自由知識份子有感於中國社會問題，尤其是農民問題之嚴重，對社會主義的經濟政策表示出好感，並對中國共產黨人表示同情和理解。而相當多一批自由知識份子既對國民黨的統治感到失望，同時亦對中國共產黨人的所作所為表示不理解；而他們最大的擔憂，乃是當時各種社會思想的爭奪霸權和意識形態的強化會導致對「思想自由」的取消和壓制。表面上，他們「不關心政治」和鑽進了「象牙之塔」，實際上，他們是以學術文化為最後的領地，提倡「學術獨立」和「思想自由」，以為自由主義思想留下種子和傳薪。

　　抗戰期間，如果說由於戰時原因，加之相當一部份自由主義份子採取了與國民政府一致的調子，中國自由主義者政治上獨立發出的聲音相對比較微弱的話，那麼，抗戰勝利以後，中國自由主義作為一股獨立的政治力量則空前活躍起來。不過，這時候，在政治舞臺上活躍的並不再是胡適等一批以英美式民主政治為取法榜樣的自由知識份子，而是主張在政治上採取英美的民主政治，而在經濟政策上取法蘇聯的計劃經濟思想的自由知識份子。由於這些自由主義者試圖利用當時特殊的政治氣候實現自己的政治抱負，並不惜對傳統的自由主義觀念作出修正，這批自由知識份子可稱之為功利型或修正型的自由主義者。1948 年前後，當國共兩黨在戰場上進行最後決戰，要以武力來決定中國未來命運之走向時，這批自由知識份子以《世紀評論》、上海《大公報》和《觀察》周刊等報刊為陣地，對時局，尤其是中國未來的政治前途發表意見，提出中國應該走既不同於英美，亦不同於蘇俄的「第三條道路」的中間路線。這批人物有張東蓀、張君勱、張申府、周綏章、施復亮、楊人鞭、章乃器、章伯鈞、羅隆基、儲安平，等等。

40 年代後期中國自由主義者空前活躍的原因在於：一方面，抗戰勝利以後，國共兩黨的鬥爭加劇，內戰爆發的危險迫在眉睫，自由主義者們從其一貫的「和平解決問題」的立場出發，試圖在國共兩黨之間進行幹旋；另一方面，更重要的是，他們從國共兩黨的相持不下中發現了有可能實現其政治理想的機會，試圖在國共兩黨的建國方案之外，另闢一條道路，即「第三條道路」，在中國實現民主政治。

1948 年，楊人鞭在《觀察》周刊上發表《自由主義者往何處去》一文，提出以「停止內戰以安定人民生活，重人權崇法治以奠定民主政治，反覆古尚寬容以提高文化水準」〔註 58〕的綱領，以作為「今日中國的自由主義者」的標誌，並說明這是「根據現狀」和綜合以往歷史而提出的。接著，施復亮在《論自由主義者的道路》一文中對楊人鞭這一思想作了發揮，認為在今日國際上有美蘇的對立，在國內有國共對立，而自由主義者則應該在這種對立之外另闢蹊徑。這第三條道路就是「新民主主義的政治和新資本主義的經濟」。〔註 59〕與此相呼應，在提倡自由主義的刊物中展開了關於何謂「自由主義」的討論。周綏章在《世紀評論》上發表文章為自由主義者「正名」說，左右兩派人士心目中的自由主義並不是一回事。對於左派人士來說，自由主義就是沒有主義或者「幫閒主義」；而右派心目中，自由主義就是「尾巴主義」、「投機主義」。他宣稱，真正的自由主義份子並非沒有信仰、沒有主義的人，而是「具有真正的自由思想、自由精神的人」。〔註 60〕

除了在刊物上展開關於自由主義以及中國未來政治走向的討論之外，40年代下半期中國自由主義的實際政治活動空前活躍。其突出標誌是「民主同盟」的創立。民主同盟的前身是 1941 年創建的「民主政團同盟」，原是為團結抗戰人士及各政派而成立的一個合作團體。張君勱、章伯鈞、羅隆基等都是其中的主要領導人物。1944 年，民主政團同盟改組為「中國民主同盟」，其中的領導成員仍以自由主義份子為主。抗戰勝利以後，如何阻止內戰的發生成為它活動的主要目標。1945 年底，民盟發言人就反對內戰發表談話，提出：「當前中國第一件事就是停止內戰，避免內戰。國家的一切問題，都應該用和平的方式來解決。誰要用武力來解決黨爭問題，誰就負內戰的責任，誰要

〔註 58〕《中國現代思想史資料選編》第 5 卷，杭州，浙江人民出版社，1983 年版，第 321 頁。

〔註 59〕同上。

〔註 60〕同上書，第 520 頁。

發動內戰誰就是全國的公敵。」〔註61〕

　　然而，由於民盟不是一個政黨，而是包括「三黨三派」的混合團體，一些主要領導人對時局的看法上意見並不一致。即同為主張自由主義路線，張君勱、章伯鈞、羅隆基、左舜生等人的意見就難以統一。因此，當 1946 年下半年，內戰的烏雲籠罩中國上空，內戰的爆發已無法逃避之時，民盟，包括民盟中的自由主義者發生了分裂。章伯鈞、羅隆基等人開始與共產黨合作，張君勱則以民社黨領導人身份參加了國民黨政權，成為「國大代表」。

　　1949 年以後，中國共產黨奪取了全國政權，中國自由主義思想的據點轉移到了臺灣。這期間，《自由中國》雜誌成為自由主義的中心堡壘，而代表人物則是殷海光。殷海光前期的自由主義思想具有強烈的反傳統特點，其後期思想因受當代西方新古典自由主義思想家海耶克的影響而發生轉變，對傳統文化攻擊的勢頭有所減弱。在《中國文化的展望》一書中，他對中國近百年來社會與文化的變遷作了反省，自稱是一個「後五四時代」的人物，這一方面表明他以「五四」時期自由主義的後繼者自任，另方面也流露出他作為自由主義思想家，對自由主義之遭世人誤解和非議而無可奈何的孤寂和苦悶心情。

　　從以上近代以來中國自由主義發展的歷史可以看出，中國的自由主義思潮和運動表現為一個「流」，而其實，這個「流」的構成是混雜的。這所謂「複雜」，主要還不是說參與到中國自由主義運動中的思想成分的複雜（這種複雜情況是存在的，但本文關心和討論的不是這一方面），而是說中國自由主義類型的複雜。毫不奇怪，如果說即便在西方，自由主義思想有不同的類型，而這些類型上的不同仍不妨礙它們之具有自由主義的共性的話，那麼，作為由西方傳入的思想和思潮，它進入中國之後，或者與中國本土文化相雜交，或者為要在中國近現代特定的社會環境和氣候中存活下來而發生變異，就更不奇怪了。況且，自由主義作為一種社會思想，是在西方的文化和文明傳統中發展起來的，而中國卻有著不同於西方的文化與文明傳統，因此，假如按照西方關於自由主義的標準和要求來看，可以說中國近代以來很難有「像樣」的自由主義。其實，正如韋伯在研究資本主義文明的興起時所指出的那樣，他考察的是一種「西方式」，更準確地說是「西歐式」的資本主義模式，而資本主義作為一種現代文明傳播到各地之後，廣大非西方地區和國家也產生和

〔註61〕《中國民主同盟歷史文獻》，北京，文史資料出版社，1983 年版，第 101 頁。

發展起來資本主義，而這種「後發性」資本主義的產生和發展，在其歷史過程中表現出來的類型形態，無論如何是不會與原發性的西歐式資本主義文明一模一樣的。與此類似，西方式的自由主義作為一種近代思想或思潮在非西方地區和國家流播開來以後，也產生了不同於西方自由主義的變種，但它們之可以被稱之為自由主義，依然在最根本的理念上與西方自由主義是一致的。這種在根本理念上一致，而表現形態上卻可以不一的自由主義，我們可以這麼來形容，即它們是「自由主義」這棵「大樹」的「分杈」；無論怎麼變異，它們在自由主義這個「家族」中依然有著「家族相似」。按照這種「類型劃分」的原則，我們看到，中國近代以來的自由主義可以劃分為四種類型：思想理念型自由主義、政治功利型自由主義、學術超越型自由主義以及文化反思型自由主義。但不可否認，在中國近現代，這幾種自由主義類型均未有發育為完全和成熟的形態，故我們與其說中國近現代的自由主義運動展現為這四種類型的自由主義運動，不如說在中國近現代存在有這四類自由主義知識份子。這四種類型的自由主義知識份子各有其代表和典型人物。下面，我們分別舉出一些代表人物對中國近現代這四類自由主義知識份子的思想特徵加以分析。

第七章　中國自由主義知識份子類型

一、胡適與思想理念型自由主義知識份子

在中國近現代思想史上，嚴復和胡適屬於「思想理念型」的自由主義知識份子。這裡所謂「思想理念」，是指將西方的自由主義思想作為一種終極信念與原則去追求。我們知道，西方的自由主義有兩個傳統、兩種思潮：以大陸唯理論哲學作為基礎的自由主義和以經驗論哲學作為基礎的英美式自由主義。而以嚴復和胡適為代表的自由主義知識份子，均是以英美式的自由主義作為其思想的藍本的。故中國的這種思想理念型自由主義，不僅在思想源頭上，而且在其思想內涵上也最接近英美式的自由主義。以嚴復為例，他介紹了十八世紀法國孟德斯鳩、十九世紀英國穆勒、斯賓塞等人的自由主義思想；而就思想源流上辨析，孟德斯鳩亦屬於英美式自由主義營壘。然而，就對整個 20 世紀中國思想界的影響來說，無疑以胡適的衝擊力為更大。事實上，他不僅是近現代中國無以倫比的自由主義者，而且是 20 世紀中國自由主義的旗幟和象徵。從這種意義上說，不瞭解胡適，也就不瞭解中國的自由主義。

胡適的自由主義思想首先表現在他對「自由」這一自由主義核心觀念的理解上。在《自由主義》一文中，他談到：「自由主義最淺顯的意思是強調尊重自由。現在有些人否認自由的價值，同時又自稱是自由主義者，那就好像長板坡裏沒有趙子龍，空城計裏沒有諸葛亮，總有點叫不順口罷！據我的拙見，自由主義就是人類歷史上那個提倡自由、崇拜自由、爭取自由、充實並推廣自由的大運動。」〔註 1〕然而，「自由」又是一個意思十分寬泛的字眼。

〔註 1〕《胡適哲學思想資料選》（上），第 430 頁。

他認為，按照自由主義的理解，「自由」是「自由作主」、「由於自己」，也即「不由於外力拘束」的意思。他對「自由」的解釋是從「消極自由」的意義上來理解的，既不同於無所限制的「積極自由」，也不是逃避外力壓迫、返回內心世界的「內在自由」。從這種意義上說，他所說的「自由」實乃「外部自由」，即要爭取不受外力拘束壓迫的條件。它不僅僅是具有參政權利的「政治自由」，更重要和更根本的是指個人的基本人權，這當中包括：宗教信仰自由、思想自由、言論自由、出版自由，等等。他還強調，這些自由不是天上掉下來的，需要人們去爭取。

對於胡適來說，自由主義的第二個基本原則是「民主」。這其實是「政治自由」的真正含義。他說：「一個國家的統治權必須放在多數人民手裏，近代民主政治制度是安格羅撒克遜民族的貢獻居多，代議制度是英國人的貢獻，成文而可以修改的憲法是英美人的創制，無記名投票是澳洲人的發明，這就是政治的自由主義應該包含的意義。」〔註2〕可見，所謂「大多數人的統治」不是口頭上說的和抽象的，而是有一整套的制度和措施為之保障的。

胡適賦予「寬容」在自由主義政治哲學中特殊的含義，這既基於他對西方民主制度的瞭解，更出於他對中國近現代現實政治中「黨爭」和「不寬容」的感慨和認識。他說：「自由主義在這兩百年的演進史上，還有一個特殊的，空前的政治意義，就是容忍反對黨，保障少數人的自由權利。向來政治鬥爭不是東風壓倒了西風，就是西風壓倒了東風，被壓的人是沒有好日子過的，但近代西方的民主政治卻漸漸養成一種容忍異己的度量與風氣。」〔註3〕在他看來，「容忍」甚至比「自由」本身更根本和重要，因為它是自由賴以存在的前提和條件。沒有了容忍，就沒有自由可說。他說：「至少在現代，自由的保障全靠一種互相容忍的精神，無論是東風壓了西風，是西風壓了東風，都是不容忍，都是摧殘自由。多數人若不能容忍少數人的思想信仰，少數人當然不會有思想信仰的自由，反過來說，少數人也得容忍多數人的思想信仰，因為少數人要時常懷著『有朝一日權在手，殺盡異教方罷休』的心情，多數人也就不能不行『斬草除根』的算計了。」〔註4〕胡適這番話，真的是觸到了中西歷史上之所以有那麼多集團與集團之間、黨派與黨派之間相互殘殺現象的根源。

〔註2〕《胡適哲學思想資料選》（上），第433頁。
〔註3〕同上書，第434頁。
〔註4〕同上。

　　從自由主義原則出發，胡適還闡述了「和平改革」的觀念。他認爲「和平改革」包括兩個意思：一是和平地轉移政權，一是用立法的方式，一步一步做具體的工作，求點滴的進步。而和平和政治社會改革又是以容忍反對黨、尊重少數人的權利爲基礎的。胡適談到爲什麼要有「反對黨」的對立說，這第一是爲政府樹立最嚴格的批評監督機關，第二是使人民可以有選擇的機會。而嚴格的批評監督和和平的改換政權都是現代民主國家做到和平革新的康莊大路。胡適舉了英國工黨執政這麼一個政權「和平過渡」的例子：五十多年前，工黨是一個小黨，只能選擇出十幾個議員，但經過多年的和平競爭，終於獲得了絕大多數的選票，然後可以放手來貫徹他們的各項社會和經濟綱領。從而把「資本主義」的英國變成了「社會主義」的英國。看來，「和平改革」是對執政黨和反對黨雙方的約束，但它畢竟以執政黨容忍反對黨的存在和反對爲條件。胡適說：「我們承認現代的自由主義正應該有『和平改革』的含義，因爲在民主政治已上了軌道的國家裏，自由與容忍鋪下了和平改革的大路，自由主義者也就不覺得有暴力革命的必要了。」〔註5〕

　　從以上胡適對「自由主義」的論述來看，要眞正地實現民主政治是多麼地艱難，需要多少的條件和準備：它不僅僅是制度層面的，更主要是心理素質，並且包括倫理道德方面的要求。從這種意義上說，胡適同意杜威的說法：民主其實是一種生活方式。因爲假如沒有民主的心理素質和民主的倫理道德方面的約束，即使是建立了民主制度，這種民主制也會是有名無實，甚至是假借其「民主」的外殼而行其反民主之實。明白了這點，就可以理解胡適這位自由主義者一方面不斷抗議和批評當局對人權的壓制和政治上的不民主，同時一生用主要氣力放在民主的思想啓蒙上。

　　從這裡可以看出胡適與西方自由主義者的分野。儘管在終極理念上，甚至在基本原則上，他追隨的是英美式的自由主義和民主政治，當具體到在中國如何實施民主政治這個問題上，他不得不花費很大的時間和精力用於普及民主政治的基本常識和見解，而將更專深的自由主義的政治理論和法學理論交給政治學者和法學家去討論；更有甚者，他甚至還不得不用相當多的時間和精力去進行「思想啓蒙」。這種「思想啓蒙」既包括對西方，尤其是英美式民主政治和自由主義理念的啓蒙，還包括對西方文藝復興時代以來關於「人」的解放的思想啓蒙。因爲在歷史上看，西方近代的自由主義的發生和發展是

〔註 5〕同上書，第435頁。

脫離不開「人」的解放這個背景的。也正因爲如此，我們看到，胡適的自由主義，尤其是在五四新文化運動時期的思想觀念，遠沒有西方英美式自由主義那麼地純粹和徹底，因爲在頗大程度上，胡適身爲一位「啓蒙者」，除了傳播和介紹西方的自由主義思想，還同時得肩負起文藝復興時代，乃至十八世紀啓蒙思想家的工作，胡適在五四時期的思想文字，在頗大程度上還有爲中國近代思想之發展落後於近現代西方，而進行補課的性質。這很可以解釋：爲什麼胡適在新文化運動時期會用很大力氣去談「文學改良」並掀起一場白話文運動，而且，他不僅在當時，而且在日後，都一再地強調「五四」新文化運動就是中國的一次「文藝復興運動」。明白了這點，也就可以解釋胡適在五四時期和以後的相當一段時間裏，一直是位激烈的「反傳統」主義者。從「人」的解放這一角度來看，無論是激烈反傳統還是「文藝復興」都是迫切需要，而且爲自由主義的傳播開拓道路的。

然而，胡適畢竟是一位漸進的自由主義者而不是其它。如果說在五四新文化運動時期，強調「人」的解放是時代的強音，有各種思想傾向的人們都在談「人」的解放或「個性解放」的話，那麼，胡適對「人」的解放和「個性解放」的理解與其它思潮，如無政府主義、社會主義的看法依然有別。1919年，當「人」的解放和「個性解放」的口號響徹思想界的時候，胡適在《新青年》上發表文章說：「現今的人愛談『解放與改造』，須知解放不是籠統解放，改造也不是籠統改造。解放是這個那個制度的解放，這種那種思想的解放，這個那個人的解放，是一點一點的解放。改造是這個那個制度的改造，這種那種思想的改造，這個那個人的改造，是一點一滴的改造。」〔註6〕這就是作爲一位和平漸進的改良主義者的胡適，明白了這點，就可以理解爲什麼同爲主張傳播「新思潮」，卻會有「問題和主義之爭」。在胡適看來，空談好聽的「主義」是極容易的事情，是「阿貓阿狗都能做的事，是鸚鵡和留聲機都能做的事。」〔註7〕不僅僅如此，空談「主義」的危險還在於：這種口頭禪很容易被無恥的政客利用來做種種害人的事。胡適說：「歐洲政客和資本家利用國家主義的流毒，都是人所共知的。現在中國的政客，又要利用某種某種主義來欺人了。羅蘭夫人說，『自由自由，天下多少罪惡，都是借你的名做出

〔註 6〕《胡適哲學思想資料選》（上），第 251 頁。
〔註 7〕同上書，第 91 頁。

的！』一切好聽的主義，都有這種危險。」〔註8〕這種對「主義」的警惕，終於將胡適的「思想啓蒙」引致對「工具理性」的啓蒙。我們看到，胡適在五四新文化運動期間的一項很重要的工作，是傳播杜威的「實驗主義」和「整理國故」。他介紹杜威的思想，主要是將它作爲一種「科學方法」來加以介紹的，而他的「整理國故」，目的也在推廣這「科學方法」。他談到他爲什麼要做考證《紅樓夢》的文章說：「在這些文字裏，我要讀者學得一點科學院精神，一點科學態度，一點科學方法。科學精神在於尋求事實，尋求眞理。科學態度在於撇開成見，擱起感情，只認得事實，只跟著證據走。」〔註9〕看來，胡適的用意很明顯，在各種「主義」紛爭的時代，他要通過「科學方法」的啓蒙，來教人一點「防身的本領」，「努力做一個不受人惑的人」。這就是胡適，一個重視「工具理性精神」的自由主義者的胡適。

二、政治功利型自由主義知識份子：以張東蓀爲例

從以上所論可以看到，胡適對西方自由主義，尤其是英美式自由主義理念的把握是相當準確的，由於他視自由和民主爲一種生活方式，故立足於「思想啓蒙」，要爲民主政治奠定一可靠的基礎。但這種從「根」做起的辦法無疑奏效太慢，在其它一些自由主義知識份子看來，卻有「遠水不解近渴」之虞。因此，四十年代以後，以當時特定的社會和政治情勢爲契機，出現了要求超出英美與蘇聯的對立、共產黨和國民黨的對立的「中間路線」或「第三條路線」的政治主張。持這種主張的大多是一批「政治功利型」的自由主義知識份子。這裡所謂的「政治功利」，並不是說這些自由主義者熱衷於從政或渴望掌握政權，而且說他們從策略上考慮，自由主義如果要在中國實現，必須要根據中國的國情和環境加以修正。在政治理想上，他們仍然堅持英美式的民主政治理想，而在經濟思想上，他們則主張吸取社會主義，甚至於主張採取計劃經濟。這種思想，在某種程度上是受到當時西方自由主義營壘中思潮轉換的影響。我們知道，早在19世紀下半葉，隨著社會主義的傳播，西方自由主義的主潮逐漸向功利主義和修正主義的方向轉變，其特徵是折衷調和自由主義和社會主義，即一方面重視個人自由，強調民主政治的目的在保護公民的基本權力不受侵犯；另方面，則從「社會正義」的要求出發，強調國家對

〔註 8〕同上書，第 92 頁。
〔註 9〕同上書，第 350 頁。

經濟活動的調控和干預，以縮小經濟上的差別和達到社會平等。但在中國，就經濟思想上對社會主義的吸取，四十年代的自由主義者要比西方的功利主義的自由主義者走得更遠。這方面，張東蓀的思想可謂典型。

從新文化運動開始，張東蓀就是中國思想界的活躍人物。他早年東渡日本，與梁啓超結識，1912 年至 1915 年間，擔任上海《大共和日報》和梁啓超主持的《庸言》、《大中華》的編輯，並在上海的反袁刊物《正義》上撰寫有關討論憲政問題的文字，可以說是梁啓超的政治思想的衣鉢傳人。但張東蓀的社會政治思想並不純粹，在一次世界大戰期間，受國際社會思潮影響，他傾心於民主社會主義。在《第三種文明》一文中，他談到「第三種文明」的特徵說，這種文明「一，思想上道德上必定以社會為本位。二，經濟上必定以分配為本位。三，制度上必定以世界為本位。四，社會上必定沒有階級的等次，雖不能絕對，也須近於水平線。」〔註 10〕顯然，這裡提出的「第三種文明」，是指的社會主義文明。張東蓀認為社會主義是人類社會發展的方向，是有感於西方近代以來的民主政治與個人主義並不能從根本上解決人類面臨的許多問題，並且認為大戰已經將西方資本主義文明的弊病暴露無遺。他將資本主義的文明稱作「第二種文明」，他說：「這次大戰把第二種文明的破綻一齊暴露了；就是國家主義與資本主義已到了末日，不可再維持下去。因為資本主義存在一天，那階級的懸隔愈大一天，結果沒有不發生社會的爆裂的。國家主義存在一天，那武力的增加愈甚一天，結果沒有不發生民族問題的慘劇的。這二個本來是互相結託，用國家的權力行經濟的侵略。到大戰告終，這二個已經同到了末日。除了一部份的政客還在那裏講什麼非牛非馬的國際聯盟以外，恐怕覺悟的人已經是不少了。」〔註 11〕但是，張東蓀儘管主張社會主義是人類的理想和發展方向，卻不認為中國可以立即實行社會主義，其理由是中國還不具備實行社會主義的條件。他認為中國最大的問題是產業的不發達和知識及教育水平的低下，若在條件不成熟的時候進行社會主義的革命，只能是發生「偽勞農革命」，他說：「我所謂偽有二個意思：一個是破壞的意思；一個是假借名義的意思。就是只能是破壞的不能是建設的，只能是假借的不能是真正的……民不聊生則挺而走險，所以破壞是自然的趨勢。至於假借名義，雖不敢斷言，不過已經有些黨人一面幹護法分贓的勾當一面自

〔註10〕《中國現代思想史資料簡編》（一），第 613 頁。
〔註11〕同上書，第 614 頁。

命爲社會主義者。這些人一旦把固有的招牌用完了，必定利用這個招牌。因爲這是世界的新潮可以駭倒一切。況且這個主義究竟沒有試驗過，一班人心容易傾向。我們推論到此，便知眞的勞農主義決不會發生，而僞的勞農革命恐怕難免。至於僞勞農革命發生，不消說不能福民而必定是害民，則不必我多說，只須一想便可推知了。」〔註12〕正因爲如此，他認爲「中國即有社會改造亦當在五十年以後」，〔註13〕中國的當務之急是發展實業，造就「紳商階級」和提高人民的教育和素質，他說：「中國之貧民階級非特知力不發達，即本能亦不發達。天性不厚，無論何事不能爲。故今日之中國非組織貧民專制之時，乃改造貧民性格之時。中國下級社會之人性不能逐漸改善，則一切社會革命皆爲空譚。」〔註14〕也正因爲如此，從二十年代起，他一直堅持其自由民主的理想，並同主張立即在中國進行社會主義革命的馬克思主義者進行思想論戰。

但是，四十年代末，張東蓀的思想趨於「激進」，尤其當國共兩黨在戰場上以武力較量的形式來決定中國未來的命運時，他力圖超越國共兩黨的對立，提出一條即不同於英美，亦不同於蘇俄的「中間性的政治路線」，這也就是他所謂的「民主主義的社會主義」路線。他說，所謂「中間性的政治路線」就是：「在政治方面比較多採取英美式的自由主義與民主主義，同時在經濟方面比較上多採取蘇聯式的計劃經濟與社會主義。從消極方面來說，即採取民主主義而不要資本主義，同時採取社會主義而不要無產階級的革命。」〔註15〕

張東蓀對他的「民主主義的社會主義」理論所作的一個論證，是認爲「民主主義」與「社會主義」在基本理念方面相同。他說：「民主主義的概念基型是自由平等。這二概念可說是一個理想的基本概念。自由與平等有互相關係遂又發生一些概念，介乎其間，即公道、人權、與理性等是已。再把這一些概念加入其中便形成一簇或一個概念群。這個概念群（是一串概念），是民主主義與社會主義的在概念方面的根底。我要鄭重告訴國人的是：民主主義的概念基型是這些概念，而社主義的概念基型亦正是這些概念。並非有兩個不

〔註12〕同上書，第 95 頁。

〔註13〕同上。

〔註14〕《中國現代哲學史資料彙編》，第 1 集，第 3 冊，瀋陽，遼寧大學出版社，1981 年版，第 98 頁。

〔註15〕《中國現代思想史資料簡編》（五），第 204 頁。

同的概念基型。正因爲民主主義與社會主義同依據於同一的概念群爲其基型，所以二者在本質上，就是一個東西。」〔註16〕但他著重指出，西方式的「個人主義」與「資本制度」的結合給西方社會帶來許多問題：「因爲既以個人爲本位，便不能不尊重個人之所有。於是私產製度便必然成立，且必須確定。既有私產則自由企業即自然而來；有了自由企業則只有聽其自由競爭。自由競爭在原則上是公平的，而在實際上不然，資本厚的便可把資本薄的壓倒，結果資本愈大辦法愈多，另外一部份人遂永久爲勞工，至此乃因爲與資本主義相結合之故，首先把平等在無形中取消了，平等失掉了以後必致自由亦無法完全。於是個人主義的文化本身乃陷於跛形中。」〔註17〕在他看來，挽救「個人主義的文化」以免其破產的辦法就是廢除資本主義的經濟制度而代之以社會主義的計劃經濟。他說：「自由平等之觀念基型爲民主主義與社會性義所共有。無奈這些在天空中的理想必須拉下來落在地上方眞有價值。而要眞能拉下來又必須發明有一個中間的媒介物以爲銜接。我曾舉出兩個東西：即建立於個人主義的資本制度與基於民族一體的國族主義。⋯⋯現在要討論到此外的一個第三個。就是所謂計劃經濟。⋯⋯這個媒介物在表面上看，好像是一個嶄新的東西，而其實卻至少有一大半是與前二者相混合⋯⋯蘇聯之所以能實行計劃的緣故，乃是由於採取了『國家資本主義』」〔註18〕張東蓀介紹蘇聯這種「國家資本主義」的計劃經濟模式說：「蘇聯這種辦法乃是對於生產之全民總動員。⋯⋯把全國人民編成有類乎軍隊一樣的一個組織，則一聲號令，全國便動起來了！」〔註19〕又說：「除此之外，蘇聯還有一點最是爲一切產業落後國家所應取法的。那就是對外貿易完全由國家辦理，決定何種貨應入口，何種貨可出口。⋯⋯除了上述的國際貿易由國家統辦一點以外，尚有一點亦大足以後進的農業國家所取法。那就是所謂集合農場。」〔註20〕其實，在張東蓀設想的未來「計劃經濟」的社會藍圖中，不僅僅是對社會經濟實行計劃，而且還要對整個社會生活的各個方面實行計劃和組織。他說：「爲了生產既須用計劃經濟，須知在經濟方面要有計劃，則勢必連帶到其它方面，如政治方面、教育方面等等。所以，就因爲經濟的計劃性必須把全社會亦成

〔註16〕 同上書，第 220 頁。
〔註17〕 同上書，第 215～216 頁。
〔註18〕 同上書。
〔註19〕 同上書，第 227 頁。
〔註20〕 同上書，第 228 頁。

爲有計劃性的。我們爲便利起見，可稱之爲計劃內的社會。」〔註21〕談到「計劃的社會」，這就牽涉到一個很重要的問題，即這種「計劃的社會」是否會做成對個人自由的限制？張東蓀認爲：「我以爲論者們主張經濟平等必使政治自由有虧，固然是只知二五不知一十之言，但說經濟平等了以後自由更可增加，亦非探本之論。」〔註22〕在他看來，「計劃是以增加生產，使全體人民生活標準提高爲目的的，則凡自由之足以妨害生產的提高，凡平等之足以使生產降低，則都應該在限制之列。」〔註23〕可見，張東蓀認爲經濟平等與個人自由之間並不會構成衝突，但無論自由或者平等，它們二者都得服從一個基本的要求：不妨礙社會經濟的發展。而張東蓀對「計劃經濟」的論證，除了它可以避免「個人主義」帶來的危害之外，還因爲它較之資本主義的「自由經濟」可以使社會生產力更大幅度地得以提高。

　　張東蓀對「民主主義的社會主義」所作的第二個論證是認爲中國已經錯過了發展資本主義的機會，再重頭來補資本主義這一課已經爲歷史和社會條件所不允許。他說：「中國第一個大不幸是鴉片戰爭時，中國不急起直追來採取西方個人主義的文化，因爲那時候採取西方的個人主義還來得及，到了今天乃變成了來不及了。中國第二個大不幸是在今天中國正在需要確立個人人格的時候而偏偏西方已走上了資本主義的末流，百病叢生了。中國實在沒在法子吸引這樣的資本主義，但對於做資本主義的根基的個人主義卻正在渴望需要之……中國的一切毛病與外國文化相遇時錯過了時期的階段。」〔註24〕張東蓀這話包含兩重意思：一是歷史到了現在這個時候，世界環境不容許中國再發展資本主義，一是歷史到了這時候，中國也無須再按照西方的老路來發展資本主義。因此，中國社會發展的模式應該是吸取西方「個人主義文化」與蘇聯計劃經濟的優點而避免其缺點的「中間性的道路」，爲此，他著力論證蘇聯的「計劃經濟」模式以及馬克思主義的理論與西方的「民主主義」並不是截然對立的東西。他說：「不僅在馬氏的主張上從無反對民主之說，並且恩格斯更主張在實際運動上共產主義者應該與民主主義者合作。……我說這番話是要證明馬克思的意思在理論上根本不想與民主主義分家，在行動上亦不想與民主主義者背道而馳。」〔註25〕

〔註21〕《中國現代哲學史資料彙編》，第 4 集，第 2 冊，第 117 頁。
〔註22〕同上。
〔註23〕《中國現代哲學史資料彙編》，第 4 集，第 2 冊，第 177 頁。
〔註24〕《中國現代思想史資料簡編》（5），第 216～217 頁。
〔註25〕同上書，第 229 頁。

但張東蓀畢竟看到並且承認，「計劃經濟」的發展模式並非與民主主義理論中關於「自由」與「平等」的理想那麼天然地和諧和一致的，要是兩者不一致甚至發生矛盾時怎麼辦呢？張東蓀提出，在「自由」與「平等」這些社會價值之間，還有一個稱之為「生產」的環節，它可能是比「自由」與「平等」更基本和更重要的東西。他說：「照理論，自由當然必須發揮到最高度方好；平等亦當然辦到最高度乃最合理。……無如倘使是一個產業落後的國家公民急切的需要還不是如何高度自由與高度平等，而反只是如何能增加生產，先解決一班人民對於物質生活提高的要求。以此為標準來決定自由平等的程度。……自由必恰如其量，平等亦必恰如其量，在增加生產的各種措施的過程中。倘使不然：自由之量超過了其所需要而足以反使增加生產的措施與努力發生妨礙，則便不能不為了生產而犧牲一些自由。即就是必須把自由加以相當的限制。平等亦是如此：倘其量足以對於生產的努力的進行有所阻撓，則不能不拋棄一些理想，而遷就現實。上述蘇聯的各種辦法都是好例，證明只有這樣辦，方能走得通。」〔註26〕看來，張東蓀之所以主張中國走蘇聯的「計劃經濟」的道路，在頗大程度上是有感於中國「生產」的不發達，從優先解決中國物質不富裕這一現實情況出發來考慮問題的。

但是，張東蓀畢竟是一位自由主義者而不是其它，他雖然從當時中國的國情出發提出中國應該走蘇聯式的「計劃經濟」的道路，他卻始終沒有放棄自由主義的終極信念。這表現在他對「個體主義」原理的肯定和他對「思想自由」原則的強調。張東蓀對西方的自由主義思想觀念有準確的把握和理解，他認為：「歐洲近世文化所以能卓然特出者，而與中古為劃期的不同，其根本卻靠了這個思想自由。可以說歐美之所以成為今日之歐美，完全是由思想自由的花而結成的果。一班人不明此理，以為思想自由不過是民主政治的條件之一而已。其實不然。須知民主政治不僅是一種制度，乃是一個生活。這種生活不是由一紙憲法所能養成。中國自辛亥以來，屢次制憲，然迄今未成。不是因為憲法成則民治立。乃正是因為中國人世間根本上沒有民主式的『生活』，所以憲法永無成立之望。明白了民主是一種生活，就好像魚在水中一樣，人們生活於民主政治之下，則便可知思想自由之在民主政治上占何等地位了。」〔註27〕在

〔註26〕《中國現代思想史資料簡編》（五），第 229 頁。
〔註27〕《張東蓀文化論著輯要》，北京，中國廣播電視出版社，1995 年版，第 414～415 頁。

四十年代，張東蓀是「思想自由」的堅決捍衛者。他說：「思想倘使不與行為直接相連則任何危險思想都不含毒素。從反面言之，即欲使思想自由只得有益而不見其害，則必把思想與行為劃為二事。」〔註28〕針對國民黨政權對於思想與言論的壓制，他說：「即以共產主義而論，有人視為洪水猛獸。其實倘使共產主義者只是著書立說，不但沒有絲毫害處，並且藉此可以使人知資本制度之不合理與其必自行奔潰。」〔註29〕在他看來，一個國家只有真正實現了「思想自由」，才可以獲得長治久安。他說：「自由（即思想自由）是一個國家能得治安與平和的基本條件。因為沒有自由，勢必各訴諸武力，鬥爭即起。故有自由始有平和，始有治，否則平和不保，必釀亂。」〔註30〕他還認為，思想自由是一個文化得以發揚的基本條件，是國民道德的基本條件，所以也就是一個國家立國的根本。

　　張東蓀的自由主義思想還表現在：他自始至終主張以和平與漸進的方式推進中國的政治與社會改革。他提出的社會改革方案雖然有「激進」的成分，但在手段上卻反對「激烈」和「暴力」。他說：「中國必須走上『社會主義的民主主義』之途。所謂漸進的乃是指採用平和手段而言。為什麼要主張用平和方法呢？著者研究中國歷史得到了一個教訓，就是任何激烈的改革其後必有反動，足以將改革抵消，使其仍復原位。」〔註31〕作為自由主義者，張東蓀自始至終未有放棄對民主政治的要求與嚮往，他認為解決中國問題的出路是「徹底實行民主主義」，他看到在中國要實行民主政治的艱難，說：「中國今後要實行民主政治不僅是一個政治上的制度之問題，乃確是涉及全部文化教育的一個問題。」〔註32〕儘管如此，在四十年代當時特殊的歷史條件與氣候下，作為一位自由主義者，他卻具有調和與折衷自由主義與社會主義於一爐的性質，從這種意義上說，張東蓀算得上是一位「政治功利型」的自由主義者。

三、潘光旦與陳寅恪：學術超越型自由主義知識份子

　　30～40 年代是中國自由主義運動向縱深發展的時期，與五四新文化運動時期對自由主義理念的一般性介紹與提倡不同，這時期，既有以胡適為代表

〔註28〕同上書，第 420 頁。
〔註29〕同上。
〔註30〕同上書，第 424～425 頁。
〔註31〕同上書，第 198 頁。
〔註32〕《中國現代思想史資料簡編》（五），第 198 頁。

的思想理念型自由主義知識份子力圖將英美式的自由主義理想付諸實踐，開展了爭取人權與要求民主政治的運動，也出現了如張東蓀等人為代表的政治功利型自由主義運動，提出調和折衷自由主義與社會主義的「中間路線」。與此同時，值得注意的是，還出現了一批「學術超越型自由主義知識份子」。所謂「學術超越型自由主義知識份子」，是指這麼一批知識份子：他們在政治與社會理念上嚮往與要求自由主義，但行動上，他們主要從事學術與教育活動，故其自由主義的理想主要體現於其學術與教育活動中，其口號是提倡「教育獨立」與「學術自由」。這種「學術超越型自由主義」思想的出現，要同當時整個中國特殊的政治環境及社會氣氛圍聯繫起來才可以得到理解。

當時的中國處於這麼一個特殊的歷史時代：一方面，「內憂外患」深重，另一方面，各種思潮震蕩澎湃。毋寧說，這兩個方面又是相互聯繫和互為影響的：「內憂外患」的問題刺激起各種社會與政治思想的發生與發動，這些思想各思「以其道易天下」，另一方面，各種社會與政治思想之運作與付之實踐，使中國面臨的社會與政治問題顯得更加複雜和撲朔迷離。同時，由於國共兩黨的存在，這兩個黨派還不是一般意義上的「政黨」，而分別有其強大的武裝和軍隊作後盾，當時是，國民黨與共產黨的鬥爭與較量固然主要表現為武裝和軍事的較量，但也同時採取了意識形態與思想鬥爭的方式。總之，這是一個思想文化極其容易「意識形態化」的時代，是某些思想與學說極力爭取思想霸權的時代；同時，這也是一個官方加強與加緊思想控制，極力推行「以黨治國」的時代。處於這麼一個特殊的社會環境與歷史情勢之中，自由主義者固然要向當局抗爭，爭取民主政治與思想自由，反對思想統制；同時，也要抵禦自由主義的聲音有被各種社會思潮淹沒的危險，甚至還要防止「自由」理念的庸俗化和被政客和政治野心家利用的危險。事實上，早在 1929 年，當汪精衛與蔣介石爭奪國民黨內部的權力時，汪氏就曾在當時的報刊上登載文章，指責在國民黨統治下，人民「生命財產及自由，毫無保障」；〔註33〕1931年，國民黨內部的反對派胡漢民亦提出「推倒獨裁，實行民主政治」的口號。可見，所謂「自由」、「民主」等，在30～40年代，已經淪為政客們爭權奪利的煙幕彈和幌子。在這種情勢下，一些自由主義份子認為，分清真假「自由」、「民主」，防止「自由」、「民主」之濫用實在是當務之急。

潘光旦是30～40年代著名的自由主義者，與胡適等人積極發動與組織自

〔註33〕《胡適的日記》（手稿本）第 8 冊（1929 年 3 月 14 日）。

由主義的實際運動不同，他將主要氣力用於自由主義理念的傳播與闡釋方面。他認為，民主政治有其形式，更有其內在的精神。有感於中國所謂「民主」政體的有名無實，他注重的是民主政治的「精神」。關於自由，他認為自由有兩個先決條件：第一個條件是「自我認識」，第二個是「自我的控制」。他說：「自我認識是第一步，自我控制是第二步。控制的過程中雖也可以增加認識，但兩者大體上有個先後；知行難易，雖可容辯論，知行先後，卻不容懷疑。」〔註 34〕潘光旦還認為，民主政治的落實要從教育抓起。對於只注重知識的灌輸和技能的訓練，而忽視人格的培養的教育，他提出自己的批評意見，認為「從這種學校教育出身的人，既沒有認識自己，不能度德量力，不知誠中形外之理，便不免妄自尊大，希圖非分；因為不能控制自己，便不免情慾橫流，肆無忌憚。他們根本不配講自由，不配講而偏要講，則末流之弊，以個人言之，勢必至於放縱不羈，流連忘返，以團體言之，勢必至於散漫淩亂，爭攘不休。自由本不易言，在比較良好的教育之下已自不易，何況在目前支離滅裂的學校教育之下呢？」〔註 35〕為此，他提倡「自由的教育」。「自由的教育」是與「填鴨子」的過程恰好相反的一種過程。自由的教育不是「受」的，也不應當有人「施」。自由的教育是「自求」的。自由的教育既著重在自求自得，必然以自我為教育的對象。他說：「自由的教育是『為己』而不是『為人』的教育，即每一個人為了完成自我而教育自我。……自由教育下的自我只是自我，自我是自我的，不是家族的、階級的、國家的、種族的、宗教的、黨派的、職業的……這並不是說一個人不要這許多方面的關係，不要多方面生活所由寄寓的事物，乃是說教育的主要目的是在完成一個人，而不在造成家族的一員，如前代的中國；不在造成階級的戰士，如今日的俄國；不在造成一個宗教的信徒，或社會教條的擁護者，如中古的歐洲或當代的建築在各種成套的意識形態的政治組織；也不在造成一個但知愛國不知其它的公民，如當代極權主義的國家以至於國家主義過份發展的國家；也不在造成專才與技術家，如近代一部份的教育政策。」〔註 36〕

　　潘光旦的「自由教育論」與其說是對近代以來的「專才教育」的一種批評，毋寧說是針對當時一方面社會思想之混亂，另一方面國民黨強化「黨化教育」

〔註34〕《潘光旦文集》，第 5 卷，北京大學出版社，1997 年版，第 231 頁。

〔註35〕同上。

〔註36〕同上書，第 260 頁。

這一情況而發的。在他看來，「自由的教育」在於養成獨立的人格。針對當時國民黨的「黨化教育」和學校中盛行的黨派宣傳，他連續寫了《宣傳不是教育》和《再論宣傳不是教育》等文，認爲教育的最大危險，就是在從事教育事業的人心目中，教育與宣傳混淆不清，甚至於合而爲一。他寫道：「所謂社會教育，或公民教育，名爲教育，實際上大部份是宣傳，可以不用說。即如比較嚴格的學術教育裏，宣傳的成分近來也一天多似一天，而主張宣傳即是教育的人還慮其太少，而慮之之人事實上又不盡屬一派，於是流弊所至，非把學術自由、思想自由的學校環境變換做宣傳家鉤心鬥角出奇制勝的場所不可。」〔註37〕在他看來，大學是培養人才、追求眞理之地，應當奉行「學術自由」和「思想自由」的原則，假如將其作爲宣傳意識形態及開展黨派鬥爭的場所，則完全違背了辦學的宗旨和要求。事實上，潘光旦的擔憂並不是沒有道理的。當時是，隨著「黨爭」的加劇與升溫，社會上「全民政治」與「全民革命」的空氣極度蔓延。而一些人更利用青年學生政治上的無知與幼稚來擴展黨派勢力。潘光旦談到當時這種「黨派政治」對學校正常教學和學術活動的摧殘說：「在最近的幾年裏，這種明爭暗鬥的大小局面，已經是數見不一見。學生的社團生活裏，課餘作物上，甚至於數仞的門牆之上，隨在可以發見此種爭鬥的瘢痕！我們眞不知道這種宣傳，和因所宣傳的內容不同而引起的更多的宣傳，究有幾許教育的意義，幾許學術的價值，更有幾許作育人才的功效。唯一的效果是鼓勵青年們入主出奴的情緒與行爲罷了。」〔註38〕明白了這點，就很可以解釋：作爲一位自由主義者，他對社會與政治本有強烈的現實關懷，但他卻反對外部政治勢力插手學校活動，也反對教師利用課堂上的機會來向學生灌輸「政治」。他強調教師要以自己的人格力量及知識來培養學生成才，對當時官方要求教師向學生們灌輸「三民主義」，進行「思想教育」的做法予以痛斥，他說：「大學教師似乎根本不感覺到有這樣一種責任。他們中間，有少數是已經入黨的，但入黨是一回事，宣傳主義往往又是一回事，好比西洋的基督教徒不必盡人要負起宣教的責任一樣，至於絕大多數未入黨的自更無從瞭解這種責任。」〔註39〕同樣，他指責當時「外界」勢力之插手學校，乃至學校的「學生自治會」變成了「學生被治會」的情況說：「近年來因爲政治的原因，外界常有種種勢力，種種很有組織的勢力，直

〔註37〕同上書，第400頁。
〔註38〕同上。
〔註39〕《潘光旦文集》，第5卷，第304頁。

接和學生與學生團體發生關係。所謂直接，指的是不經過學校當局的手，甚至於完全不知照學校當局，學校當局要知道它們一些內容，猶且不可能，遑論管理。結果就發生兩種怪現象。一是學校系統內橫生了一些新的系統，為學校的統治所不及。喻以生物學，好像是人體內長了癌，喻以政治組織，是邦國之內又產生了一個邦國……第二種怪現象是這樣來的。這些外來的有組織的勢力種類似乎很多，性質不一樣，往往不一樣到彼此不相能的程度，於是乎傾軋與衝突便層見迭出。」〔註40〕總的來說，他認為，青年學生正處於長知識，尤其是人格培養和形成的階段，應以發展自己的理性能力、培養自己的獨立人格為目的，所以，對於學生，他說：「我是一向不主張學生入黨，不入任何黨的，我如今還是這樣主張，我如今借這個機會，一面奉勸大學的青年要明白自己的地位，要尊重一去不再來的青年時代，於理智方面力求自知，於情緒方面力求自勝，能自勝即能自治，能自治方能自強，一面更要替他們向外界的政治派別請命，讓他們有一個真正能自治的機會。」〔註41〕另一方面，對於政府當局，他則強調「教育獨立」，要求政府不要對學校的活動橫加干涉，他特別提出為了保證「教育獨立」的兩條措施說：「第一，國家的統制應儘量的輕減，特別是在大學教育一方面，政府和其它有組織的社會勢力應自處於一個輔翼的地位，特別是在經濟一方面，而於意識一方面應力求開放，避免干涉。第二，應辨別教育與宣傳是相反的兩回事，宣傳工作的擴大就等於教育工作的縮小，要真心輔翼教育，就得儘量的限制宣傳，小學教科書應該大大的修正，就是一例。」〔註42〕實際上，潘光旦認為，「教育獨立」其實不僅僅是限於教育界的事情，它其實是衡量一個國家或政府是否真正奉行「民主政治」的試金石；反過來，「教育獨立」的實施又可以為「民主政治」奠定起牢固的地基。他說：「從教育的立場看，惟有一個真正民主的政治環境，始能孕育真正自由或通達的教育，而從政治的立場看，惟有真正的自由或通達的教育才可以造成一個真正的民主國家，二者實在是互為因果的。」〔註43〕他要求中國朝野人士對如下一段話應有共識：「知道自由教育與民主政治不但是不可分離的兩個東西，而是一個健全而成國體的社會所必具的兩個方面。」〔註44〕

〔註40〕同上書，第 347 頁。
〔註41〕同上書，第 348 頁。
〔註42〕同上書，第 262 頁。
〔註43〕同上。
〔註44〕同上。

從上面看來，潘光旦對當時各種干擾和破壞「教育獨立」的社會現象大加撻伐，向政府當局要求和爭取「教育獨立」及「學術自由」，具有一種積極向外爭取「學術自由」的性質，這是一種「外向型」的學術超越型自由主義。此外，還有一種屬於「內向型」的學術超越型自由主義，其代表人物是陳寅恪。所謂「內向型學術自由主義份子」是指這麼一批知識份子：他們在整體上對當時中國的民主政治已經失望；或者說，認為在當時中國的情況下，無論是提倡「民主政治」或反對「民主政治」的人都還不具備實踐「民主政治」的基本素質和內在條件，因此而採取了「疏離政治」或「逃避政治」的方式，與當時的各種「政治」保持相當的距離，而傾全力於學術與教育事業。在他們看來，真正的「民主政治」還是要從教育，尤其是學術工作做起。原因在於：是否真正信仰與追求「自由」，從各種空談「自由」的政治口號中是無從檢驗的；而一到具體的教育與學術活動中，卻立即可以判定真假。而只有對「自由」有真實的信仰與信念，方談得上可以去追求自由的實現。陳寅恪談到「做學問」或具體的學術研究工作與「自由」（「思想自由」）的關係說：「士之讀書治學，蓋將以脫心志於俗諦之桎梏，真理因得以發揚。思想而不自由，毋寧死耳。」〔註 45〕這段話包括兩個意思：一是提倡「思想自由」，「自由」是比生命更可貴的東西；二是肯定「學術」有卻除錯誤的成見，探索真理的功用，換言之，人可以在學術中獲得「思想的自由」與「心靈的自由」；值得注意的是，陳寅恪這裡用「俗諦」一詞，既指人們頭腦中的各種日常「成見」，更指當時的各種「意識形態」的糾纏，故陳寅恪之提倡「學術獨立」與「學術自由」，實有以「學術」對抗當時的流俗政治和意識形態的霸權之意。陳寅恪對於當時流俗政治的鄙視和痛恨，從下面這段話看得更明顯，在《楊樹達積微居小學金石論叢續稿序》一文中，他寫道：「百年以來，洞庭衡嶽之區，其才智之士多以功名著聞於世。先生少日即以肄業於時務學堂，後復遊學外國，其同時輩流，頗有遭際世變，以功名顯者，獨先生講授於南北諸學校，寂寞勤苦，逾三十年，不少間輟。持短筆，昭孤燈，先後著書高數尺，傳誦於海內外學術之林，始終未嘗一藉時會毫末之助，自於立言不朽之域。與彼假手功名，因得表見者，肥瘠榮枯，固不相同，而孰難孰易，天下後世當有能之者。」〔註 46〕表面看來，陳寅恪是在為楊樹達「鳴不平」：以楊的「時務

〔註 45〕《金明館叢稿二編》，第 218 頁。
〔註 46〕同上書，第 230 頁。

學堂」的出身和背景，假如走「政治」的路，可能會獲取「功名」，給個人帶有很大好處。因為當時不是有許多人並沒有像楊樹達這樣的「出身背景」，由於因緣際會，走「政治」的路很快就飛黃騰達起來了嗎？其實，功名之士常有，而執著追求真理之士難求。陳寅恪對於那些所謂「功名之士」是頗不以為然的。因為以陳寅恪自己的家世出身及留學背景，尤其是他本人的淵博學識及對中西方社會與文化的透徹瞭解，他要是在政治上尋找自己的「出路」和求「發展」，是相當容易的（事實上，他很年輕時就做過蔡元培的秘書），但陳寅恪卻放棄「政治」這一當時「熱門」的選擇；他自己選擇和要走的，也是這麼一條從事學術研究的崎嶇之路。故某種意義上，陳對楊的看法，其實也是他自己人格的一種寫照。但不要由此而以為陳寅恪是一位不關心「世事」和社會，只是一心「為學問而學問」的書齋型學術知識份子。陳寅恪是有高度的政治與社會關懷的。也許，正因為陳寅恪對「世事」和「政治」太關心了，其自由主義的政治信念太執著和認真了，他太看不慣當時「掛羊頭賣狗肉」的流俗政治和庸俗政治，並要與以劃清界線。但這種「劃界」並不等於他是在逃避政治。由於當時「民主」、「自由」已成了時髦的詞彙，懷抱有各種政治目的的政治勢力與派別都樂於使用這些詞語，但它們心目中的所謂「自由」和「民主」其實是五花八門的。陳寅恪則提出，真正的「自由」只能是「個體自由」，而「個體自由」不是別的，首先要樹立個體的獨立人格，要保證個人有真正獨立思考和作出判斷的思想自由。只有具備了這種「內部的自由」，然後才可以去爭取「外部的自由」；也只有具備了這種「內部自由」，才能去識別和判斷真自由還是假自由。所以，作為學術超越型自由知識份子，陳寅恪之提倡與維護「學術自由」，除了認為只有保證了「學術自由」，學術才可以繁榮發展這一學術之內的動機之外，他還認為，通過提倡「學術獨立」和「學術自由」，還可以孕育出一種真正的以「個體自由」為本位的真正自由。反過來，任何學術研究也只與「自由」意識結合起來，才具有永恒的生命與價值。王國維的學術成就當時為世所稱道，但一般人只看到王國維治學的成就，並沒有看出王國維之所以進行學術研究的精神動力。只有陳寅恪獨具慧眼，指出王國維表面上「遠離政治」和「為學術而學術」的背後，其實寄寓著一種追求「自由」的獨立人格精神。這可以說是一種「自由理性」，這是一種「超越時間地域之理性」。當王國維自沉昆明湖而死，陳寅恪借悼念王國維繼續發揮他的自由理念說：「先生以一死見其獨立自由之意志，非所論於一人

之恩怨，一姓之興亡。」〔註47〕他還認爲，王國維的學問是很了不起的，但「來世不可知者也，先生之著述，或有時而不章。先生之學說，或有時而可商。惟此獨立之精神，自由之思想，歷千萬祀，與天壤而同久，共三光而永光。」〔註48〕不要小看陳寅恪這種「內向型學術自由主義」的意義。也許，它很不顯眼；甚至在「政治市場」上「民主」與「自由」的口號被當作時俏商品販賣時還不被人視爲自由主義。但這種自由主義卻是經得起時間的檢驗的。曾幾何時，歲月鎏金，當「自由」的口號不再走俏，甚至於成爲「犯忌」的詞語時，一些當年鼓吹「自由」甚力的「自由愛好人士」紛紛改弦換轍，但獨有極少數像陳寅恪這樣的自由知識份子依然執著其自由主義理念。原因無它，「三軍可奪帥也，匹夫不可以奪志也！」對於像陳寅恪這樣的自由知識份子來說，「自由主義」不僅僅是一套政治哲學，更是一種人格操守與人格要求，它已經「內化」爲個體的生命，或者說，它本來就是個體自由生命的展現形式；這也難怪在任何政治高壓的情況下，對於眞正的自由主義者來說，「自由」都不可能從他的生命中奪去，而且，他爲自由主義的信念去奮鬥，依然是可以有所作爲的。

其實，陳寅恪之恪守「內向型學術自由主義」，除了要同流俗政治劃清界線之外，在某種程度上，還是爲的抵制當時的「政治激進主義」。「政治激進主義」是中國近代以來政治與社會運動的主流方式。爲了獲得社會聲威，懷抱有各種不同政治目標和動機的政治勢力與政派在行動策略上往往都很「激進」，在教育程度落後和「民智」不高的情況下，這種行動策略非常容易進行「社會動員」和獲得近期「政治效果」，但從長遠看，它對於它要求實現的社會目標和理想來說並不會有任何實質性的推進。本來，自由主義者主張以和平、漸進的方式推進中國的民主政治改革，對於這種「激進主義」的政治神話是頗不以爲言的。何況像陳寅恪這樣有著豐富政治閱歷出身的自由知識份子來說，對於「激進主義政治」給中國近現代社會做成的不良後果，當然更會有具體、感性的認識。陳寅恪的祖父陳寶箴在維新運動時期任湖南巡撫，當時推行「新政」甚力。按陳寅恪的回憶，在當時守舊派與改革派力量對比懸殊的情況下，假如「維新變法」不那麼地「激進」，在方式和方法上較爲「緩和」地進行的話，也許「變法」事業可獲得成功。故他在總結「維新運動」

〔註47〕《金明館叢稿二編》，第218頁。
〔註48〕同上。

的經驗教訓時，指出當時同爲主張「變法」，其實有激進和改良兩條路線的對立。不幸的是，「維新變法」失敗之後，人們並沒有眞正吸取「維新變法」的教訓，「激進主義」思潮反而愈演愈烈。1945 年，陳寅恪借《讀吳其昌撰梁啓超傳書後》一文再次總結中國近代以來政治變革的歷史教訓，寫下了這麼一段值得深思的話：「自戊戌政變後十餘年，而中國始開國會，其紛亂妄語，爲天下指笑，新會所嘗目睹，亦助當政者發令而解散之矣。自新會歿，又十餘年，中日戰起。九縣三精，颺回霧塞，而所謂民主政治之論，復甚囂塵上。余少喜臨川新法之新，而老同涑水迂叟之迂。蓋驗以人心之厚薄，民生之榮悴，則知五十年來，如車輪之逆轉，似有合於所謂退化論之說者。是以論學論治，迴異時流，而迫於事勢，噤不得發。因讀此傳，略書數語，付稚女美延藏之。美延尚知乃翁此時悲往事，思來者，其憂傷苦痛，不僅如陸務觀所云，以元祐黨家話貞元朝士之感已也。」〔註 49〕這段話包含好幾方面的意思：首先，它說明陳寅恪雖以「學術」爲自己的志業，但決不是一個逃離現實、不食人間煙火之人，相反，他憂國憂民，有極其強烈的社會正義感和現實關懷；其次，他認爲，自「戊戌維新」以來中國政治與社會改造運動是愈來愈「激進」，其結果，也距離原來的社會改革目標越來越遠；再者，他認爲提倡「民主政治」者是魚目混珠，沙泥俱下，其中更有不少人是混水摸魚。這最後一點尤爲重要。在他看來，在人們沒有瞭解「民主政治」究竟爲何物之前侈談「民主政治」的建設是徒勞的。抛開那些「掛羊頭賣狗肉」者不論，即便是一些眞心實意地想在中國實現民主憲政的人，假如他們不瞭解或者忽視在中國實現民主政治的現實條件，也常常會事與願違。因此，從解決如何才能在中國眞正實現民主政治這個問題出發，陳寅恪將問題的思考轉向注重「民主政治」的「軟件」——文化問題。假如說作爲「民主政治」的「硬件」——政治制度等姑且是可以從西方或先進的民主國家「引進」的話，那麼，「民主政治」的「軟件」則無法直接從外來租借用或「拷貝」，因爲它牽涉到一個國家和民族的「傳統」問題。爲了解決西方的民主政治制度在中國生根的問題，陳寅恪提出了他賦予「新義」的「中體西用」說。關於陳寅恪的「中體西用」說，通常論者常常忽視了他強烈的政治關懷和自由主義思想的一面，僅僅從字面意義出發，視他爲「文化保守主義者」。其實，與其說他是「文化保守」，毋寧說他是「文化改良」：他從注重「工具理性」的態度出發，認爲

〔註 49〕《寒柳堂集》，第 149～150 頁。

任何外來「文明」或「文化」要在本土生根，一定要與本土文化相適應或「化合」。他在《馮友蘭中國哲學家史下冊審查報告》一文中說：「竊疑中國自今日以後，即使能忠實輸入北美或東歐之思想，其結局當亦等於玄唯識之學，在我國思想史上，既不能居最高之地位，且亦終歸於歇絕對得。其真能於思想上自成系統，有所創獲者，必須一方面吸收輸入外來之學說，一方面不忘本來民族之地位。此二種相反而適相成之態度，乃道教之真精神，新儒家之舊途徑，而二千年吾民族與他民族思想接觸之所昭示者也。」〔註 50〕在陳寅恪的其它許多「論學」文字中，他屢屢情不自禁，都會發出這樣的「弦外之音」。

四、殷海光：文化反思型自由主義知識份子

50 年代以後的臺灣，由於種種的原因，國民黨當局對臺灣社會的控制要比其 49 年以前在大陸的統治嚴峻得多和嚴密得多。可以說，從 50 年代直到70 年代中期，臺灣的國民黨政府是一個不容許有黨外不同聲音和黨內「異端」存在的政權，在這種情況下，可想而知，自由主義的運動要開展和發動是多麼地困難。事實上，50 年代初，國民黨的元老雷震曾幻想在國民黨之外另組一個「新黨」，以推進臺灣的民主政治；但此計劃還在母胎中就被流產，而雷震本人也因此獲罪而遭監禁。雷震試圖「黨外組黨」的事，殷海光也曾經參與，但由於以「政黨」形式進行的自由主義運動沒法開展，從此之後，殷海光就以筆為伍，不斷撰寫和發表宣傳和闡述自由主義思想的文字，儘管如此，他還是難逃獨裁政治的迫害：作為教授，他被剝奪了在臺灣大學哲學系任教的資格，五十歲那年終在窮貧和疾病的折磨下離開了人世。就個人命運來說，殷海光的遭遇是悲劇性。其實，對於這點，他本人早有預料。在他看來，當一名「真正的」的自由主義者，是要支付出代價，甚至於個人生命的代價的。但他毫不怨悔。1969 年，他在臨終前為他自己的文集《海光文選》的「自敘」寫了如下這麼一段話：「我自命為五四後期的人物。這樣的人物，正像許多後期人物一樣，沒有機會享受到五四時代人物的聲華，但卻有份遭受著寂寞、淒涼和橫逆。」〔註 51〕在殷海光眼裏，五四新文化運動是中國自由主義運動的象徵。當「五四」在許多人心目中成為過去，甚至於其意義被「糟蹋」之

〔註 50〕 《金明館叢稿二編》，第 252 頁。
〔註 51〕 《殷海光文集》，臺北，桂冠圖書有限公司，1985 年版，第 1317 頁。

時，他一而再，再而三地爲「五四」的價值與意義辯護，並以「五四」的後繼人自許和自任，那怕在自由主義思想已被人嫌棄的時代。這意味著會給他個人的命運帶來不幸。

　　殷海光儘管以「五四」的後繼者自任，但他並不認爲「五四」時期的自由主義運動是完美無缺的。自「五四」以來，中國的自由主義運動屢起屢敗，這當中原因固多端，而從自由主義本身方面檢討，自「五四」新文化運動開始到以後，中國自由主義者對於西方自由主義思想的介紹一直停留於表面上，對於西方自由主義思想的理解也很膚淺，這不能不是重要原因之一。以「五四」提倡的「科學」與「民主」口號爲例，殷海光說：「提倡科學，不只是把人家現成儀器搬過來應用而已，也不只是學點應用技術而已。這些都只是科學之樹所開的花所結的果。我們如果只把人家現成的儀器搬過來用，或只是學點應用技術，只等於從人家樹上採點果而已。一旦花果用完了，又得從人家那裏去取。提倡科學，得根本上培養科學之樹，就是純粹科學。純粹科學以物理學與數學爲主幹。這是開天闢地的百年大計，主持教育的自由主義者，有幾人認清這點，堅持這點，集中精力來培養純粹科學之研究？幾十年來，有幾部關於科學史，科學方法的大部頭書籍被翻譯過來？大學裏教『科學概論』的人有多少是肯用功以求深通科學精神的？」〔註52〕在殷海光看來，自由主義不僅只是一套政治原理，而且還是同科學精神以及科學方法緊密聯繫在一起的，換言之，離開了「科學精神」與「科學方法」，無所謂「自由主義」。從這裡正可反映出作爲經驗論的自由主義者的殷海光的本色。明白了這點，就很可以理解殷海光爲何不僅一般性地提倡實證科學和邏輯，而且花費很多時間去寫作和翻譯關於邏輯的書籍。按照殷海光的理解，自由主義這棵大樹是需求有堅實的科學精神與科學方法作爲肥料來養成，自由主義只有在一個普及了科學知識及掌握了科學方法的民族和社會中才能眞正生根。

　　關於民主，殷海光寫道：「提倡民主不僅是喊口號而已。有見識有抱負有責任感的人，必定會從深遠處培養民主思想。我們應該至少將洛克以來盎格羅撒克遜第的民主思想，有系統地介紹給國人，有計劃地將其中的代表作翻譯注釋出來，教育國人，使大家知道民主思想是這麼個東西。如果這樣做，對於中國之民主理論，一定有著相當的幫助。然而，三十餘年來，自命爲自由主義者的新學者明幾個人這樣做了？民主政治思想的大部頭書有幾部被翻

〔註52〕《殷海光文集》，第106頁。

譯介紹出來了的？」〔註53〕在他看來，中國自由主義運動自「五四」以來已有數十載而成效甚微，同中國自由主義者忽視對西方自由主義原典的介紹和翻譯有很大關係，或者說，中國的自由主義者們進行「思想啓蒙」大抵有一種「急功近利」和急躁病的傾向，不願意或忽視對西方自由主義原典的翻譯和介紹這類「基礎性」的工作，其結果是，「這一啓蒙運動，雖然其來也勢甚銳，可是，先沒有站穩腳跟，而且其所吸收的東西太少了，其所憑證的基礎太薄弱了，所以，像一陣暴風一樣，其興也銳；但沒有後勁，太不深厚了，所以露出無以為繼的樣子。」〔註54〕事實上，自「五四」過後幾十年，中國許多知識份子對西方自由主義的理解還是以嚴復翻譯穆勒的《群己權界論》為依據的；或者說，仍停留在當年嚴復對西學瞭解的水平上。中國自由主義運動其理論上的薄弱和欠缺，由此可見一斑。為了糾正這種缺陷，殷海光身體力行，翻譯了海耶克的《到奴役之路》一書，並對他的自由主義思想作了很詳盡的介紹。海耶克是西方當代自由主義的巨擘，自稱「老輝格黨人」，其自由主義思想以繼承英國17世紀革命時「輝格黨人」的傳統自居。殷海光不僅將他的自由主義觀念介紹過來，他本人也深受海耶克思想的影響。他回顧他自己的思想經歷說：「我是一個自由主義者。正同五四運動以後許多傾向自由主義的年青人一樣，那個時候我之傾向自由主義是從政治層面進入的。自由主義還有經濟的層面，受到社會主義者嚴重的批評和打擊。包括以英國從邊沁這一路導衍出來的自由主義者為主流的自由主義者，守不住自由主義的正統經濟思想，紛紛放棄了自由主義的這一基幹陣地，而向社會主義妥協。……中國許多傾向自由主義的知識份子醞釀出『政治民主，經濟平等』的主張。這個主義是根本不通的。……我個人覺得這個主張是怪彆扭的。但是，我個人既未正式研究政治科學更不懂得經濟科學。因此，我雖然覺得這個主張怪彆扭，然而只是有這種『感覺』而已，說不出一個所以然來。正在我的思想陷於這種困惑之境的時候，忽然讀到海耶克教授的『到奴役之路』這本論著，我的困惑迎刃而解，我的疑慮頓時消失。」〔註55〕殷海光這段話非常值得注意，因為它觸及到20世紀中國，甚至20世紀上半葉世界範圍內自由主義主流思想的一個大問題，即將自由主義的政治思想與經濟思想分

〔註53〕 同上。
〔註54〕 《殷海光文集》，第107頁。
〔註55〕 《殷海光文集》，第1297頁。

開，從而使自由主義有誤入歧途的危險。殷海光非常贊同海耶克的觀點，即一個人的「飯碗」問題倘且不能自己做主，是沒有自由可言的。

　　除了介紹和提倡海耶克的自由主義思想觀念之外，殷海光還對當代其它重要的自由主義思想家柏林、波普爾等人的思想予以很高評價。他同意柏林的說法，認為自由可區分為「消極自由」與「積極自由」兩種；政治上要爭取的「自由」是「消極自由」，它應當以「法治」的形式予以保障。他還提出，按照經驗論的自由主義理論，政治哲學是要從「無知論」出發，即承認我們的所知甚少，我們所保有的知識不足以作過多的預測，也不足以負擔進行社會改造的全盤計劃；故在某種意義上，人類的社會改造是一項不斷「試錯」的工程。可以說，就嚴復過來以後，真正對英美式自由主義之真諦有深刻瞭解的，殷海光堪稱第一人。

　　然而，處於「後五四時期」中國自由主義運動走向低落，甚至於自由主義思想處於「花果飄零」之時，殷海光提出，除了要對中西方歷史上的自由主義思想理念重加反省之外，很重要的一點是要重新確立自由主義的信念。這方面，他突出了自由主義的「倫理基礎」問題。在《自由的倫理基礎》一文中，他指出，自由的最大剋星是「鎮制」；鎮制依強弱來定可劃為三個等級：暴力是第一級，經濟是第二級，神話是第三級；而由這三級還可以衍生出多種不同的形態。但他指出，一項鎮制對一個人施行的效力如何，是與這個人的「內在力量」成反比的。他說：：「每一個人是社會文化的實體。每一個人的『內在力量』則是他這一個超生物的力量實體的核心。而這一『實體』的核心是社會文化乘個人特質的產品。它不是什麼形上學的有元，而是人人可以經驗的，人人可藉自我觀察來認知的，人人可由自我訓練得到的。」〔註56〕他還認為，如果一個人的「內在力量」夠堅強，那麼他是可能不在鎮制的刀尖前退卻的。殷海光對「內在力量」的強調，是針對中國近代以來特定的歷史情況和中國知識份子的具體境況有感而發。他認為，近代以後，許多新的因素正腐蝕著「人的弱點」來建造權勢的投機人物，斫喪著人的這種「內在力量」；時至今日，有這種「內在力量」的人是越來越少了。不僅僅如此，在特定的社會文化裏，這種「內在力量」的保有，甚至反而妨害著個人基本的生物邏輯的生存，使個人的生活發生困難。但在殷海光看來，這種「內在力量」的保有卻是一種人格與道德，它是不能失去的。他說：：「我們須知，提

〔註56〕同上書，第784頁。

倡道德只有藉道德。道德是沒有代用品的。人的『內在力量』消散時，勢必成為一具失去原則的肉體。一具失去原則的肉體，只聽命於生物邏輯。最廉價的恭維可以使人起舞，最浮囂的抨議可以使人暴跳，少許金錢可以攻破心防，暴力可以決定是非。」〔註57〕殷海光對「後五四時期」中國自由知識份子面臨的嚴峻與險惡形勢的刻畫眞是入木三分。

作為「文化反思型自由主義知識份子」，殷海光對自嚴復以來的中國自由主義運動及其思想的開展作了回顧與檢討。他認為中國的自由主義是「先天不足，後天失調」，這在某方面確實是觸到了中國自由主義的要害。他衷心希望看到自由主義在中國實現和開花結果，但展望中國自由主義的前景，他的調子卻是低沉的。在《中國文化的展望》一書的結尾，他提出，在中國近代以來巨大的歷史變動中，有兩種不同類型的人物：觀念人物與行動人物。所謂「觀念人物」是指「搞觀念」的人，這些人善於著書立說，以鼓吹思想見長，並執著於自己的思想觀念；「行動人物」則富於對付人的經驗，頭腦冷靜，精於計算，且行動不為自己口頭所標榜的主義所限。他認為，在一個群眾性運動的初期，這兩種人也許還能相安無事，甚至於可以很好合作，但到了運動的後期，當新的權力形態形成時，這兩種人無法不分手。他說，眞正的觀念人物和行動人物有內在心性上的不適調；當勢利抬頭時，眞理一定遠避；而且，就特定的情況而言，眞正的觀念人物是對付不了行動人物的。儘管如此，殷海光依然以「觀念人物」自居。他說：「某一個時代，在許多不同類型的人物之中，究竟是那一類型的人物居於導演的地位，這是各種現實情勢造成的。這樣的結果。我叫做『歷史的偶然』。關於『歷史的偶然』，我現在沒有什麼可說的，這只有留待別的柄去討論。」〔註58〕他認為，自由主義現在不實現，不等於永遠無法實現。他雖然將中國自由主義的實現寄希望於將來，他卻不認為目前是可以無所作為的。在《中國文化的展望》的最後，他談到「知識份子」的「責任」問題。他認為一個知識份子要成為一個健全的知識份子，必須同時滿足兩個條件：第一個是注重「德操」，第二個是獻身「眞理」。他所說的「德操」，是指要堅持自由主義的操守；他所謂的「獻身眞理，是指要以敢於擔當的精神，從事於傳播眞理的社會文化的建設。他說：「從事社會文化的創建，正同從事一切根本之圖一樣，收效是比較緩慢的，但確會宏大。

〔註57〕同上書，第786頁。
〔註58〕殷海光：《中國文化的展望》，北京，中國和平出版社，1988年版，第598頁。

讓一切短視的現實主義遠離我們。我們應須走一條沈長的路。除了這一條遠路以外，別無近路可抄，也無近功可圖。」〔註59〕他知道在他的生命有生之年，已無法看到自由主義在中國的實現，但他並不氣餒，他要接續當年嚴復開創的道路，當一名現代的「普羅米修士」，將西方「自由主義」之聖火偷運至之 20 世紀的中國。

五、中國自由主義的「幻象」

自 1895 年～1898 年嚴復將西方自由主義理念介紹到中國以後，中國的自由主義運動風風雨雨地走過了百年，留下了太多的遺憾，太多的歎惜！也許，自由主義在中國並不是一個消失的夢，迄今，作爲一種社會價值與政治理想，它依然被保留在現代中國人心裏。而且，由於它視「個體自由」爲最高價值，這對於夢想實現自由的中國知識份子來說簡直是如同雨水和甘露，爲之魂牽夢繞。然而，這樣一個牽動中國知識份子心靈、幷使多少中國精英知識份子爲之奮鬥的自由主義運動卻流產了，這究竟是何原因？

人們在檢討中國自由主義運動失敗的經驗教訓時往往將其歸究爲社會歷史的原因，即認爲中國近現代不具備實現自由主義的條件和土壤。這種看法未嘗沒有道理。的確，中國近現代處於歷史的劇變之中，種種的社會矛盾異常尖銳複雜，尤其是「救亡圖存」成爲壓倒一切的時代中心課題，這時候，什麼「民主」、「自由」……等等自由主義提倡的社會理念，似乎都不是「當務之急」；即便是提倡或肯定「自由」，對於社會大眾來說，似乎也指的是「民族獨立」的「自由」，而提倡或肯定「民主」，也不過視它爲可以富強中國和解決社會問題的工具。而且，西方自由主義本質上是中產階級爭取自身權利的運動，而中國近現代中產階級一直不發達；更何況，「自由」、「民主」的憲政之實現還與全社會的整體素質有關，而中國教育水平低下，「民智」落後，……如此等等，總之，持以上看法的論者認爲，從中國近現代的這些情況來看，即便不是說中國近現代還不具備實現「自由主義」的條件，也可以得出這樣的結論，即在中國開展自由主義的運動，必將歸於失敗。而後來歷史的發展，似乎更「印證」了這一結論。

從這種看法中，很自然會引申出如下的結論，即既然在中國近現代實現自由主義的「條件」或時機不成熟，因而，中國的自由主義是不符合中國「國

〔註59〕同上書，第 602 頁。

情」的，甚至要麼是「超前」了，要麼就是「逆時代潮流」而動。這種看法到底對不對呢？應當說，這種看法是有「根據」的，並且上面的說法都符合歷史的事實。但是，假如由此而導出這樣的結論：中國近現代的自由主義運動並未對中國近現代的社會變革作出積極的貢獻，完全是多餘的；中國近現代的自由主義思想家對西方自由主義思想學說的介紹是毫無價值的，並未給中國近現代思想提供任何積極的成果。那麼，這種看法則脫離歷史的真相實在太遠。

事實上，歷史上任何一種有價值的社會與政治思想在剛剛產生或提出時，並不一定會為社會上大多數人所接受，而且在社會實踐的過程中，它都有經受失敗的可能。但是，這種「失敗」或暫時的不為社會上大多數人所接受，並不意味著它是沒有價值的。因此說，在評判一種社會與政治思想學說時，任何「以成敗論英雄」的做法都是不可取的。故而，中國自由主義運動雖然失敗了，但這並不會貶低它的思想意義與社會價值。現在的問題是：中國的自由主義運動為什麼會失敗？它在歷史上會有實現的可能嗎？看來，這個問題既不是「價值判斷」的問題，也不是什麼「事實判斷」的問題，而是一種「或然判斷」的問題。也許，就歷史研究而言，最值得我們注意的，應該是人類運用自己的「理性」對自身命運與制度作出安排時成功與否的「或然性」。就中國自由主義的研究亦然。應該說，在中國近現代歷史上，中國自由主義的失敗是一種客觀事實；但是，自由主義在中國的失敗，卻並非是一種「宿命」——一個無可逃避的劫運。這裡且不說，根據一種歷史哲學的觀點，相對於「歷史必然性」，任何歷史上的事件，包括社會歷史的種種條件、環境，等等，都不過是「歷史的偶然性」而已；最重要的是，在以往的歷史中，所謂「事實歷史」充其量不過是各種「因素」、「條件」的「湊合」或「湊巧」而已。一旦這些「因素」或者「條件」發生改變，則「歷史事實」也會發生改變。這話的意思是說：人們在分析和探索歷史上某一事件成功或失敗的原因時，總愛列舉當時歷史上的種種「條件」，而事實上，這些「條件」如此之多，以至於無法完全列舉；即便是表面上完全列舉了，這些條件中的一個發生改變，事件的「結局」也就發生改變。從這種意義上說，我們討論中國自由主義失敗的「原因」，與其說是著眼於當時歷史上的種種客觀環境，不如來探究一下：假如自由主義要有可能在中國實現，就自由主義本身來說，最低限度還需要補足哪些條件？也許，這樣地來提出問題和分析問題，方是

總結歷史經驗的更爲可取的方法。

從自由主義運動內部加以檢討，可以認爲，中國自由主義者對在中國實現自由主義的「熱情」有餘，而「理解」不足。這裡的理解，主要還不是指對中國具體「國情」的瞭解，而是指對西方自由主義理論與實踐的瞭解。大多數的中國自由主義者都是在對西方自由主義理論並未充分吸收和消化的情況下就急於將其運用，但西方自由主義的整個理論思想體系到底如何？西方各國在實現自由主義的過程中曾遭遇過哪些問題？這些問題在歷史上到底是如何解決的？……如此等等的問題，許多中國的自由主義者自己都還沒有弄清楚，就急於將其去宣傳和傳播，其結果，在社會上流行的一些所謂「自由主義」的理論和思想，其實根本上就不是什麼「自由主義」。而還有些人要對這種已經走樣和變形了的自由主義加以歪曲，使之更失其眞，在這種情況下，近現代中國社會普遍存在著對自由主義的不信任和不理解，也就不足爲怪。試想想，中國自由主義者提倡自由主義已經有一百年，但迄今爲止，我們對西方自由主義的經典著作譯出了幾部？關於西方自由主義歷史發展的史學著作又譯出了幾部？更不用說西方人寫的林林總總、從不同角度闡述的普及自由主義思想的通俗性讀物了。在如此對西方自由主義思想及其實踐尚未充分瞭解的情況下，要想將這種「外來的」思想在中國紮根並在實踐上取得成功，難免是有點不切實際的了。

其次，對中國具體「國情」瞭解和研究的不夠。中國的自由主義者大多是「西化論者」。自由主義本是由西方傳入的一種社會與政治思想；自由主義心目中的「民主政治」等一整套制度安排，都是以西方近現代國家的民主政體爲藍本的。而且，西方自確立自由主義的「立憲政治」以來，其民主政治的確有許多東西可供中國吸取。從這點上說，走「西化」的道路和提倡「西方化」，並無不對之處。問題在於：眞正的要在中國實現民主政治並不是簡單地提一個口號的問題。問題只要是不停留於理論，當考慮自由主義在中國如何付諸實踐的話，我們就面臨著一個如何來看待中國的「國情」的問題。提起「國情」，一種很流行的說法是中國的「國情」不適合行自由主義。這種說法並非一派胡言，也不能說持這種說法的人就是「反自由主義者」。也許，持這種說法的人還眞的是對中國的「國情」頗爲瞭解者。但我們說，即便是承認中國近現代的「國情」不適合自由主義，卻不等於自由主義不適合中國的需要。假如我們承認作爲一種社會與政治理念，自由主義確爲中國人所需要，

而且中國的確有向西方的民主政治學習的話，那麼，這種所謂的「國情論」是不能作為抵制西方自由主義的藉口的。因為要知道：任何「國情」都不是一承不變的。因為所謂「國情」，其實就是「條件」。要在中國實現自由主義，的確需要有很多的「條件」；這些條件不具備，自由主義是不可能實現的。但如上所述，實現自由主義的這些條件並不是唯一的。也就是說，在這些條件中，其中有的可能是必要條件，有的可能是非必要條件；假如是非必要條件的話，這些非必要條件是可以用另外的一些非必要條件來代替的。可見，假如不是具體的分析和研究近現代中國社會生活的各個方面，籠統地從「國情」出發得出自由主義不適於中國，或自由主義無法在中國生根的看法是站不住腳的。但是，「國情論」的說法卻提醒我們：要想讓自由主義在中國生根的確是很不容易的事。因為作為一種「舶來品」移植到中國來，自由主義已脫離了它原來在西方社會中具有的那種環境。因此，研究自由主義在中國如何紮根的問題，提問的方式不是說中國的「國情」是否與西方社會相同（這肯定是不同的），而是說，假如要這種「舶來品」移植到中國而且不失其真，到底要創造哪些條件？「國情論者」的看法之一是認為中國文化不同於西方文化，這種文化傳統的不同，導致西方自由主義在中國傳播的困難。應該說，對這一點，中國的自由主義者，從嚴復開始，直到殷海光，都是注意到了的。所以，為了使自由主義在中國生根，中國的自由主義者普遍地採取對傳統文化大加撻伐的做法，但其成效甚至微；甚至反過來，加大了中國社會抵制西方自由主義的烈度。這說明，中國的自由主義者對中國的基本「國情」其實是缺乏真切的認識。要知道，假如要移植一種外來文化與價值觀念到中國來，而本土文化不適合或不利於它生長，可取的做法不是將原有的文化徹底拋棄或粉碎，而是設法加以改良。這就如要將一枝外來植物移植到新的土壤中時，假如要使這枝植物很好地生存，我們只能將土壤加以改良，而不應該拋棄這土壤。從這點上說，中國的自由主義者大多急功近利，不願去做「改良」中國文化土壤的工作。即便是一些自由主義者認識到自由主義到中國必須同中國的傳統文化相結合，但如何去「結合」？對中國傳統文化到底如何改良？這中間，依然有許許多多艱苦細緻的工作要做。而這些工作當中重要者之一，就是要對傳統文化作深入的研究，在對傳統文化加以改良的時候，還要仔細尋求到傳統文化與西方自由主義的交接點。

但除了中國自由主義者對西方自由主義認識的偏差，及其對中國近現代

「國情」瞭解之不足之外，中國自由主義運動的失敗，在頗大程度上還同它介入社會與政治生活的方式和方法有關。我們知道，中國的自由主義運動主要是一種「知識份子」的運動，甚至於這種「知識份子運動」主要還限於精英知識份子，而不包括數量廣大的「小知識份子」和青年學生。中國自由主義運動的「社會基礎」不廣原因有二：一是某些自命爲「自由主義者」的知識份子有一種「清高」的傾向，認爲「自由主義」這種理念只有知識份子才能理解和掌握，而廣大的社會民衆與它無緣；二是即使對於熱心於社會與政治改革的自由主義者來說，當涉及到像「社會不公」、「貧富懸殊」、「大衆福利」，乃至於像「國家富強」、「抵禦外侮」等等這些問題時，他們不是對這些問題難以置啄，就是將其這些問題推給社會主義或民族主義。這除了反映出中國自由主義者對於自由主義理念在理論上隔膜的一面之外，恐怕主要的，還是對中國社會問題的隔閡和不敏感。應該說，自由主義從來是一個完整的思想理論與價值體系，它絕不限於「個體自由」、「公民權利」、「立憲政治」等幾條抽象原則，而是對所有社會問題，包括人類未來問題都有自己的態度和該有發言權。而事實上，如本文開始所言，自由主義在對人類及社會問題的終極關心上，與社會主義等人類的其它有價值思想體系並無二致，不同點僅在達到這些價值目標的方式、方法和手段的運用上。既然如此，諸如像「社會分配不公」和「國家積弱」等這些中國近現代社會必須正視和迫待解決的問題，同樣是中國自由主義者及自由主義運動必得加以解決的問題。但在處理這些問題上，中國的自由主義者遠未有像社會主義者及民族主義者來得「理直氣壯」，似乎對於這些問題的處理是自由主義的「難項」和「弱點」。這不能不使自由主義的形象在中國的「老百姓」中大打折扣，同時，更使自由主義運動的開展失腳了廣大民衆的援助。因此，假如說自由主義在中國缺乏廣大民衆的支持是中國近現代的「國情」的話，那麼，這一「國情」之形成同中國自由主義運動的缺陷其實是相聯繫著的；也唯其如此，它也是可以改變的。

　　通過以上所論可以得出這樣的看法：近百年來，中國的自由主義運動主要是知識份子的運動。其實，這是中國自由主義份子自己塑造的「幻象」，卻未必是正確的幻象。就作爲一種由西方引進的社會與政治理想，自由主義開始時在知識份子中傳播，並且通過知識份子向社會滲透和擴散，這有其歷史的必然和歷史的合理性。但這種「歷史的合理性」並不意味著它必得採取如

此的方式。總結近百年中國自由主義運動的歷史經驗，應該說，中國自由義運動的主力和載體，在今後相當一段時間內還可能由，也需要由中國的知識份子來承擔，但這不意味著它只是一種「知識份子」或者「知識份子化」的運動。假如說在近現代西方，自由主義運動的開展主要是由「中產階級」來承擔責任，但它卻不局限於「中產階級」自身，並且也不僅只代表「中產階級」的利益和要求的話，那麼，中國的自由主義運動由知識份子來擔當「旗手」，也絕不意味著它將其局限於「知識份子」自身。由知識份子擔當主角的中國自由主義運動要有所作為，它將同民眾一道，面對中國重大的社會問題，並對這些問題表達出它自己不同於其它社會思想的聲音。

第八章　文化激進主義與「反智論」

一、作為「政治文化」的文化激進主義

　　「激進主義」的急劇升溫與膨脹，是 20 世紀中國社會文化的獨特景觀之一。但是，在如何理解「激進主義」這個問題上，學術界在基本概念的使用上，迄今還存在不少分歧，以致引起爭論。目前學術界的主流看法，關注的往往是一種「文化」意義上的激進主義，並將它與社會其它領域（如政治、經濟等等）的「激進主義」區分開來。這種「劃界」的處理方式固然有避免籠統地談論一般性的「激進主義」的好處，會有助於分門別類的研究的深入，但其帶來的嚴重後果之一是：它割斷了各種激進主義之間的聯繫。事實上，「激進主義」作為一種廣義的社會思潮，它不僅漫延和散佈於社會文化諸領域，如政治的、經濟的、文化教育的、學術文化的、社會風俗的……等等各個方面，而且這諸種領域的激進主義之間常發生密切的關聯。因此要將某一方面的「激進主義」與其它方面的「激進主義」完全地區別開來，往往並不會像想像的那麼容易。就對「文化激進主義」的研究來說亦是如此。目前對中國近現代「文化激進主義」思潮的研究存在的誤區，與其說在混淆了「政治激進主義」與「文化激進主義」的界限，毋寧說是過於狹隘地理解「文化激進主義」。即是說，人們常常過於拘泥「文化」這一字眼字面上的含義，將「文化激進主義」理解為「文化的激進主義」，而在對「文化的激進主義」的解釋上，又狹義地將「文化」理解為「傳統文化」，故在不少研究者那裏，「文化激進主義」已變為「激烈反傳統文化」或「反傳統主義」的代名詞。

這種由於詞義上的誤置而導致的理解上的失誤，其結果是模糊了我們對「文化激進主義」的本質認識。事實上，「反傳統主義」可以說是「文化激進主義」中的一支，就是說，在歷史上某個時期，文化激進主義會採取「反傳統文化」的形式，但這通常只能作為歷史中的特例，並不能用它來涵蓋中外歷史上的各種文化激進主義。重要的是，即便在採取「反傳統文化」的激進主義思潮當中，假如深入考察一下，可以發現，這所謂「傳統文化」在不同的「反傳統主義者」那裏的指向不一。而這種對所謂「傳統文化」的理解不一，又是由「反傳統主義者」之發動「反傳統運動」，其所要達到的目的有所不同所決定的。這樣看來，關於什麼是文化激進主義，尤其什麼是中國近現代歷史上的文化激進主義的解答，從消極意義上說，是應該不停留於對「文化」或「傳統文化」的字面上的解釋，而就其積極意義說，則應當去追尋「文化激進主義者」採取「反文化」的策略動機。只有理解了「文化激進主義者」的反文化策略原則，我們才能懂得什麼是真正社會文化意義上的「文化激進主義」。

　　將文化激進主義理解為「文化的激進主義」，又進而將它等同於「反傳統文化」或「反傳統主義」帶來的另一後果是：它會模糊「文化激進主義」與其它社會文化思潮的界限，其結果是不僅認識不清什麼是真正社會文化意義上的「文化激進主義」，而且還會將一些不是文化激進主義的思想或思潮誤當作「文化激進主義」。最明顯的例子是對於五四新文化運動時期社會思潮的認識。在五四新文化運動時期，幾乎所有的「新思潮」都帶有「反傳統」的性質，然而，這些新思潮並不能都歸結為「文化激進主義」。事實上，當時「新思潮」中影響最大的兩種社會文化思潮——以胡適為代表的自由主義思潮和以陳獨秀、李大釗為代表的社會主義思潮，它們之間的區別點要遠較它們作為一種「反傳統」思潮的共同點要大。假如因為它們在「反傳統」這點上的相似而認為胡適也是如同陳獨秀、李大釗這樣的「文化激進主義者」的話，那麼，這種「文化激進主義」實在是非常含混的說法，它除了使我們知道「文化激進主義」是所謂的「反傳統文化」的之外，並不能給我們提供關於「文化激進主義」的更多的知識。因此，單純地以所謂「反傳統」來定義「文化激進主義」是不恰當的。應該說，胡適與陳獨秀等人雖同為「反傳統」，但其「反傳統」所要達致的目標完全不同：對於胡適來說，他激烈地批判中國的傳統文化，是因為他認為傳統文化有如下缺陷：1，它扼殺人的個性，2，它

是一種與西方的「科學文化」相反對的「倫理文化」，3，它具有獨斷論和權威主義傾向。以上三點，只有在第一點：反對傳統文化是爲了解放人的「個性」上，胡適與陳獨秀等人可以達致共識之外，其它兩點，胡適與陳獨秀等的看法並不一樣。而且，即便是強調「個性解放」，胡適重視的是人格的自尊和人的自立，而陳獨秀和李大釗心目中的「個性解放」則意味著要達到和去實現「積極自由」。更重要的區別在：與胡適在批判傳統文化的同時極力提倡西方的經驗論、懷疑論哲學和科學方法論不同，陳獨秀等人在新文化運動初期熱衷於對法國大革命思想的介紹，在新文化運動後期則大力倡導社會主義。假如進一步分析，可以發現，陳獨秀等人無論是反對舊傳統抑或提倡「新思潮」，都有以思想文化或學術文化作爲政治運動和社會運動附庸的考慮，這與胡適之批判舊文化和提倡「新思潮」其著眼點在於「思想啓蒙」並不一樣。應該說，胡適的「思想啓蒙」也具有政治的或社會的功用目的，但畢竟在胡適那裏，思想文化或學術文化依然保持其獨立義；而在陳獨秀等人那裏，思想觀念和學術文化要對政治與社會變革起直接的作用，並被視爲達成政治與社會目標的工具。從這種意義上說，陳獨秀、李大釗等人的「文化激進主義」，實具有「政治文化」的性質。其實，不光是五四新文化運動時期的陳獨秀和李大釗，在維新運動時期的康有爲，其「託古改制」，以學術思想觀念作爲達成政治與社會改革之工具，其性質與陳獨秀等人並無分別，假如從社會文化思想上歸類，應當說是與陳獨秀屬於同一類型。反過來，維新運動時期的嚴復，其激烈反傳統和傳播西方新思想，由於強調學術文化的獨立意義，故可歸入與胡適同樣的社會文化類型。這樣看來，劃分「文化激進主義」的標準，主要並不根據其是否「反傳統」而定，而在於其是否將思想觀念與學術文化作爲政治與社會改革的工具而定。我們看到，在維新運動時期，是康有爲，而不是嚴復被當時人視之爲思想「激進」；在五四新文化運動時期，是陳獨秀、李大釗等人，而不是胡適被時人視爲思想「偏激」。這也說明在歷史上，人們之判斷思想文化上之「激進」與否，並不根據其是否「反傳統」而定，而是著眼於其中蘊含的「政治文化」之成色多少而定。就社會文化的角度而言，維新運動時期的康有爲和五四新文化運動中的陳獨秀和李大釗，由於以思想觀念和學術文化作爲政治的工具，我們將其稱之爲「文化激進主義者」；而嚴復和胡適，他們之批判傳統文化和引進西方文化，目的在改良和革新中國的舊文化，從這種意義上說，他們是「文化改良主義者」。

二、文化激進主義的「社會性格」

　　將思想觀念與學術文化作爲謀求政治的工具，這使文化激進主義者具有一種「反智論」的傾向。所謂「反智論」，按照余英時的說法，它並非一種學說、一套理論，而是一種態度；其特點是對「智性」的憎恨和懷疑。這裡余英時還特意對「智性」與「理性」作出區分，認爲「智性」包括「理性」而不限於「理性」，而他對「反智論」是以「反智性」來加以定義的。這種看法與我們這裡使用的「反智論」一詞的用法有別。依我們的看法，所謂「反智論」其實就是「反理性論」，尤其是反對「工具理性」的運用；因爲作爲一種社會文化思潮和思想文化運動，眞正的、徹底的反對「智性」的現象在歷史上甚少出現過，而反對和懷疑「理性」之運用的現象倒屢屢地發生。而在中國近現代，文化激進主義是以極端的「反理性」的形式出現的，而其反對「理性」的思想武器，恰恰是所謂「高於」理性的「智性」。說到這裡，有人會問：既然如此，你這裡爲何不使用「反理性論」而卻要使用「反智論」一語？其實，這並非有意的倒用。在日常用語中，「智」可解釋爲「知」，實乃「理性知識」；「反智論」也即是「反對理性」以及「反對理性知識的運用」。至於「反理性論」或「反理性主義」，那是哲學上的用語，在哲學史上已經有了固定的含義和所指，假如採取「反理性論」一詞來指稱社會中的具有「反理性」傾向的一種思想運動或思潮，反倒會引起所指上的混淆。

　　中國近現代歷史上，「文化激進主義」之所以以「反智論」的形式出現有其歷史的必然。我們知道，「近代化」或「現代化」的標誌或迹象之一是政治的普遍參與。而政治的普遍參與離不開「大眾動員」；尤其在現代化起步的過程中更是如此。那麼，這種「大眾動員」到底會採取何種方式進行呢？我們說，在民主政治和法制健全的情況下，這種「大眾動員」一般可以納入法制的軌道，採取更爲「理性化」的形式進行。但在民主政體沒有確立，或者法制並不健全的情況下，一方面，由於以「理性化」的形式進行大眾動員的渠道可能阻塞，另一方面，也由於受民眾教育程度和文化水平的限制，以一種「非理性」甚至「反理性」形式出現的大眾動員方式更容易激發起民眾和全社會的政治參與意識。可能看到，在中國近現代，對如何動員民眾普遍參與這一問題上，思想並不是沒有分歧的。同是啓蒙思想家，維新運動時期，嚴復主張先從「開民智」，提高民眾和全社會的知識水平入手，然後在這基礎上實行政治改革。五四新文化運動中，以胡適爲代表的自由知識份子亦持與嚴

復類似的想法，將民主政治的希望寄託在全民整體素質，尤其是知識水平的提高上。但在「大眾動員」的效果上，這種做法並不成功，至少很不理想。原因無它，因為這種想法與當時中國的社會實際狀況相差太遠。情況很可能是：要麼以主要的精力集中於「開民智」，而將「大眾動員」這一行動推至日後；要麼是集中精力於全社會的政治動員，但必得放棄「理性方式」，而訴諸於「非理性」乃至於「反理性」的方式。我們看到，在維新運動和五四新文化運動中，康有為和陳獨秀們都選擇了後者，而就「政治動員」的效果看，康有為和陳獨秀的影響無疑大大超過嚴復和胡適。

在中國近現代，以「反智論」為標識的「文化激進主義」在「政治動員」和政治的「大眾參與」方面取得了成功，這當中，很大程度上包含有「文化激進主義者」自覺的選擇。梁啟超談到康有為在維新運動時期之寫作《孔子改制考》等著述的目的說：「先生之言宗教也，主信仰自由，不專崇一家，排斥外道，常持三聖一體諸教平等之論。然以為生於中國，當先救中國，欲救中國，不可不因中國人之歷史習慣而利導之。又以為中國人公德缺乏，團體散渙，將不可以立於大地，欲從而統一之，非擇一舉國人所同戴而誠服者，則不足以結合其感情，而光大其本性，於是乎以孔教復原為第一著手。」〔註1〕梁啟超是康有為的入室弟子，並且當年一起參與過康有為有關著作的討論和寫作，這段話出自其口，應該是可信的。從這段話看來，康有為之「研究」孔子「改制」，與其說是一種「學術研究」，不如說是一種「政治策略」，是要利用孔子在當時廣大士人當中的權威和影響，宣傳他自己的政治改革思想。其試圖利用「孔聖人」的權威來推行他那一套政治理論，其「反智論」的傾向是明擺著的。就連梁啟超也承認：「其師好引緯書，以神秘性說孔子」，「有為心目中之孔子，又帶神秘性矣。」〔註2〕然而，在當時情況下，這種做法卻取得了驚人的效果。康有為的名字不徑而走，梁啟超等人就是在聽了康有為這些「非常可怖之論」而後追隨康有為走上維新變法道路的。當然，這些驚人之論也在守舊派和社會上層中間引起軒然大波，但引發社會上的注意並造成社會傳統思想的巨大震蕩恰恰是「大眾動員」所冀盼和需要的。因為所謂「大眾動員」不是別的，它要調動的不是已經「制度化」安排了的政治力量，而是游離於制度之外或處於政治邊緣，卻準備和希圖參與到政治中去的那部份

〔註1〕梁啟超：《康南海傳》。
〔註2〕梁啟超：《清代學術概論》。

社會勢力和力量。而在維新運動時期，這些處於「政治邊緣」卻隨時準備突入政治中心中去的社會勢力主要是廣大的士人。

　　較之維新運動中的康有為，五四新文化運動及以後的文化激進主義者其「反智論」採取了更自覺的形式。與此同時，也派生出一系列的基本特徵，通過對這些特徵的分析，有助於我們瞭解到底什麼是 20 世紀中國的「文化激進主義」。（一），唯意志主義取向。20 世紀中國的文化激進主義者一般都是「唯意志論」者，即極力強調和誇大「心力」或人的主觀能動力。陳獨秀在《抵抗力》一文中寫道：「抵抗力者，萬物各執著其避害禦侮自我生存之意志，以與天道自然相戰之謂也。」〔註3〕對於陳獨秀來說，這種「抵抗力」實乃人的主觀意志。他認為：「吾國衰亡之現象，何止一端？而抵抗力之薄弱，為最深最大之病根。」〔註4〕因此，解決中國一切問題之關鍵，就在培養這種「抵抗力」。與此類似，李大釗在《政治對抗力之養成》一文中認為政治問題之解決依賴於「人心」。他說：「人心有來復之幾，世運即有回轉之勢，雖有權謀，莫能抗也。勢力既基於人心，人心能卓自樹立，則鄉之所謂勢力者，斯弗能表示群眾之意志，則將馴伏於人心之下，勿敢自恣。人心自覺其固有之權威，不甘為弗能表示其意者所利用，雖有強暴，莫由施也。」〔註5〕他提倡尼采的意志主義，因為「其說頗能起衰振敝，而於吾最拘形式，重因襲，囚錮於奴隸道德之國，尤足以鼓舞青年之精神，奮發國民之勇氣。」〔註6〕儘管以上所引是陳、李二人接受馬克思主義以前的言論，實際上，唯意志論思想一直與他們兩人相始終。（二），民粹主義傾向。如果說「維新時代」的康有為其「政治動員」以「士人」為對象，其文化氣質中尚有一種「精英主義」的取向的話，那麼，到了五四新文化運動時期，隨著「政治動員」對象之改變，這時候的「文化激進主義者」逐漸具有了民粹主義傾向，並且這種取向往後愈演愈烈。為表示對「民眾」的好感，醉心於民主政治的李大釗特將「民主主義」一詞改譯為「平民主義」；他稱俄國十月革命的勝利為「庶民的勝利」，提倡「我們要想在世界上當一個庶民，應該在世界上當一個工人。」〔註7〕在《青年與農村》一文中，他將現代文明與農村相對立，強調「到農村去」。他

〔註3〕《獨秀文存》，第 21 頁。
〔註4〕同上書，第 23 頁。
〔註5〕《李大釗文集》（上），合肥，合肥人民出版社，1984 年版，第 109 頁。
〔註6〕同上書，第 189 頁。
〔註7〕同上書，第 596 頁。

寫道：「在都市裏漂泊的青年朋友們呵！你們要曉得：都市上有許多罪惡，鄉村裏有許多幸福；都市的生活黑暗一方面多，鄉村的生活光明一方面多；都市上的生活幾乎是鬼的生活，鄉村中的生活全是人的活動；都市的空氣污濁，鄉村的空氣清潔。你們為何不趕緊收拾行裝，清結旅債，還歸你們的鄉土？」〔註8〕如果說在李大釗對農村生活的詩意美化的描繪中還有勸說都市青年到農村去改造社會的一面的話，那麼，到了五四新文化運動的後期，一些提倡「社會改造」的文化激進主義者則極力鄙薄知識的無用，強調知識份子與工農群眾的對立，要求知識份子接受工農的「改造」。惲代英在《中國革命的基本勢力》一文中談到「革命」為什麼不能依賴「知識階級」說：「知識階級中間，雖然有些人的想像力比較發達，所以同情心比較旺盛；然而他們的欲望是大的，虛榮心亦比較利害。因此，他們雖然有時候特別肯為國家與國民的利益努力，然而他們是很容易被誘惑，很容易被收買的。他們自己沒有經濟上的地位；雖然他們在惡劣的政治經濟中間，亦要受許多窘迫，然而他們並不一定與統治階級的利害相衝突。他們有時受了軍閥或外國勢力所豢養，亦會變成他們忠順的奴隸。」〔註9〕（三）崇拜暴力和鼓吹「直接行動」的取向。作為一種「政治文化」，五四及其後的「文化激進主義者」都有一種崇拜暴力和提倡「直接行動」的傾向。這種傾向早在創辦《新青年》的時候就由陳獨秀流露出來。1915年，他在《今日之教育方針》一文中提倡一種「獸性主義」。他解釋：「獸性之特長何？曰，意志頑狠，善鬥不屈也；曰，體魄強健，力抗自然也；曰，信賴本能，不依他為活也；曰，順性率真，不飾偽文也。」〔註10〕在他看來，「晰種之人，殖民事業遍於大地，唯此獸性故；日本稱霸亞洲，唯此獸性故。」〔註11〕所以，中國教育培養青年，提倡和發展「獸性教育」乃當務之急。如果說在陳獨秀那裏，這種「獸性主義」還只是一般性的提倡，那麼，到了李大釗那裏，它終於發展為對「暴力革命」的歌頌。1918年，當俄國十月革命爆發之後，李大釗一連寫了多篇文章，介紹和宣傳俄國革命。在他看來，十月革命最成功的經驗就是「暴力」。在成功地使用「暴力」這點上，他將俄國革命與法國大革命相提並論，認為「二十世紀初葉以後之文明必將起絕大之變動，其萌芽即茁發於今日俄國革命血潮之

〔註8〕同上書，第651頁。
〔註9〕《惲代英文集》（上），北京，人民出版社，1984年版，第499頁。
〔註10〕《獨秀文存》，第20頁。
〔註11〕同上。

中，一如十八世紀末葉之法蘭西亦未可知。今之爲俄國革命抱悲觀者，得毋與在法國革命之當日爲法國抱悲觀者相類歟。」〔註12〕與此同時，惲代英提倡「直接行動」論，他認爲中國問題之沒有解決，是過去一般自命爲「愛國之士」者皆「口說爭辯」而不「實行」；或「實行而不切實，不勇猛之過」，於是他提出：「吾意今日欲救國家，惟有力行二字。力行者，切實而勇猛之實行是也。」〔註13〕他認爲：「苟能切實而勇猛以實行矣，無須口說也，無須爭辯也。」應該說，這種輕「知」重「行」的價值取向，本是文化激進主義者「反智論」的題中應有之義。(四)，組織化取向。爲了有效地「行動」和進行「大眾動員」，文化激進主義者十分重視「政黨」的作用。我們知道，陳獨秀和李大釗都是中國共產黨的創建人。在陳獨秀和李大釗眼裏，這種「政黨」不同於以往一般政黨的地方，就在於它的組織的嚴密性和高度的紀律性。李大釗說：「近二三年來，人民厭棄政黨已達極點，但是我們雖然厭棄政黨，究竟也要另有種團體以爲替代，否則不能實行改革事業。」〔註14〕他談到在這種「團體」中強調組織和紀律的重要說：「最近時代的勞動團體，以及各種社會黨，組織更精密，勢力更強大。試看各國罷工風潮，及群眾運動之壯烈，不難想見。俄羅斯共產黨，黨員六十萬人，以六十萬人之活躍，而建設了一個赤色國家，這種團體的組織與訓練，眞正可駭。」〔註15〕針對有的青年學生提出參加「政黨」會妨礙「個性」發展的疑問，惲代英極力強調組織原則的重要，他認爲「必須有有紀律能服從團體的革命黨員，像軍隊一樣的強固而整齊，才打得倒那些，我們今天不敢誹謗的一般惡魔。不然，若兵士已被人家圍困，卻在自夥子中間講獨立自由，我眞不懂這是什麼意+思。」〔註16〕(五)，權力集中化取向。爲了更有效的「直接行動」和進行動員，文化激進主義者們不僅強調組織，而且強調權力必須集中。惲代英說：「一盤散沙的民眾，要他們怎樣恒久的做全國一致的行動，無論是哪一國的人民都是做不到的。但是若在這些民眾中間有了能號召指揮他們的黨，便容易全國一致的行動。黨應當是在各種民眾中的進步份子所組成的，這樣的份子，每個人都要活動，每個人都要逐漸具有號召指揮他那一方面的民眾的能

〔註12〕《李大釗文集》（上），第 572 頁。
〔註13〕《惲代英文集》（上），第 70 頁。
〔註14〕《李大釗文集》（下），第 443 頁。
〔註15〕同上。
〔註16〕《惲代英文集》（上），第 529 頁。

力。」〔註17〕權力不僅必須集中到黨的手裏，而且在黨內，必須又集中到極少數人，即「領導人」的手裏。因此，必須強調「服從」。惲代英說：「中國人向來是沒有組織訓練的，向來是不知道團體生活的。他們只願意做一些無系統的鼓譟式的群眾運動，不知道有服從領袖的必要。」〔註18〕他呼籲：「我們為革命，尤其要大的會黨，猶其要加入一種組織，服從一種領袖。我們是軍隊，我們要開始為中國而作戰。誰是熱誠為中國作戰的大將軍呢？我們不加入他的軍隊，卻只要做一個孤立的軍人，那有這樣一種辦法？」〔註19〕「我們要在熱誠為中國作戰的領袖的旗幟下面聯合起來。我們要使這種領袖，確實有權力指導他的全軍隊。我們靠這幫助他組織一個很大、很有紀律的革命團體。」〔註20〕（六），意識形態化取向。以上所論容易給人一種印象，似乎文化激進主義者既然提倡暴力和直接行動，因此必然會輕視理論或思想觀念。其實，文化激進主義作為一種「反智論」，其反對的是「理性知識」和「工具理性」，而就其作為一種「政治文化」的意義來說，它不僅不忽視理論或思想觀念，反倒十分重視思想觀念的作用，存在一種將理論或學術觀念意識形態化的傾向。理論與學術觀念的意識形態化首先意味著將這種理論或學術觀念絕對化，這種理論的獨斷論傾向在陳獨秀那裏表現得很明顯。他在與胡適討論「文學改良」問題的信中說：「改良文學之聲，已起於國中，贊成反對者各居其半。鄙意容納異議，自由討論，固為學術發達之原則；獨至改良中國文學，當以白話為文學正宗之說，其是非甚明，必不容反對者有討論之餘地，必以吾輩所主張者為絕對之是，而不容他人之匡正也。」〔註21〕此外，意識形態化意味著強調「主義」的「統攝」功能。五四新文化運動時期發生的著名的「問題與主義」之爭，爭論的焦點不在要不要「主義」和要不要解決「問題」，而在如何理解一種理論或思想觀念的性質與作用的問題。在胡適眼裏，一種理論或「主義」是否有價值，在於這種理論或「主義」在實際中之運用，看運用它是否能去解決實際的「問題；否則，「空談好聽的『主義』，是極容易的事，是阿貓阿狗都能做的事，是鸚鵡和留聲機都能做的事。」〔註22〕而

〔註17〕同上，第 595 頁。
〔註18〕《惲代英文集》（上），第 383 頁。
〔註19〕同上。
〔註20〕同上書，第 384 頁。
〔註21〕《獨秀文存》，第 689 頁。
〔註22〕《胡適哲學思想資料選》（上），第 91 頁。

在李大釗看來，胡適這種注重解決具體問題的看法是只注意到問題的枝末細節。理論，或者說「主義」的作用，首先在於它能調動群眾的積極性，激發起群眾的熱情。他寫道：「我覺得『問題』與『主義』有不能十分分離的關係。因為一個社會的解決。必須靠著社會上多數人共同的運動。那麼我們要想解決一個問題，應該設法，使他成了社會上多數人共同的問題。要想使一個社會問題，成了社會上多數人共同的問題，應該使這社會上可以共同解決這個那個社會問題的多數人，先有一個共同趨向的理想主義，作他們實驗自己生活上滿意不滿意的尺度。（即是一種工具。）有尋共同感覺生活上不滿意的事實，才能一個一個的成了社會問題，才有解決的希望。不然，你盡可以研究你的社會問題，社會上多數人卻一點不生關係。那個社會問題，是仍然永沒有解決的希望；那個社會問題的研究，也仍然是不能影響於實際。」〔註 23〕從這段話看來，李大釗認為，理論或「主義」的功能主要在於影響群眾，起到一種「動員群眾」的作用，至於用它來「解決」問題，那倒是其次的；值得注意的是，這裡李大釗也提到理論或「主義」可以是一種「工具」，但這裡所謂「工具」，是指作為一種「價值尺度」的工具，而不同於胡適將理論視之為「方法」那樣的工具。而這，恰恰透露出李大釗之重視「價值理性」而忽視「工具理性」的信息。這種將理論與「主義」意識形態化的取向，終於導致五四以後的中國文化激進主義者一種輕「學術」而重「宣傳」的傾向。惲代英說：「談到宣傳問題，這卻是我們今天最要努力的事。決不是說等我們生活與求學問題解決了以後，再從事於宣傳革命；當真我們不須要革命而可以解決求學與生活的問題，我們亦可以不宣傳革命了。正惟無法解決求學與生活的問題，我們非革命不可，我們非宣傳革命不可。」〔註 24〕他還認為，「為學習怎樣宣傳組織，這不是要甚麼高深的哲學、文學，只是要常看研究革命方法的書報——我敢介紹說，《中國青年》便是這中間之一種。」〔註 25〕從「宣傳」出發，惲代英提倡一種「救國的學術」。這種「救國的學術」無須去研究各種實際的學問，只須利用和運用各種現成學問的結論。他說：「一切學術，都可以七彎八轉的使他與救國發生關係，這是我承認的。但是沒有救國的學術，而只有別的東西，終究永遠不能收救國的成效。倘若我們為研究救國的

〔註 23〕同上書，第 104～105 頁。
〔註 24〕《惲代英文集》（上），第 611 頁。
〔註 25〕同上書，第 612 頁。

切實方略，一切學術都有可以供給我們一些基本的資料；但是這不是說，我們應去研究一切學術，這是說，我們應研究而接受他們所供給的那些資料，以供需我們爲社會科學的研究。倘若只有人供給這些資料，而沒有研究接受他們，應用他們以解決社會問題的人，我看這與救國。終究是風牛馬不相及呢！」〔註26〕

以上六個方面，可以說是「五四」及其後中國文化激進主義的典型特徵。在這六個方面中，前三個屬於作爲一種政治文化的中國文化激進主義在理念方面的特點，而後三個方面則屬於它在行動策略方面具有的特徵。應該說，作爲「反智論」的政治文化的具體表現，這幾個方面並非孤立的，而彼此之間具有密切的聯繫。但在不同的文化激進主義者那裏，這幾方面的特點中，有的這方面比較明顯，有的則那方面突出。但這些個性方面的差異，並不能抹殺其作爲一種「反智論」的政治文化的共同點。

三、中國文化激進主義的緣起

（一）康有爲的「託古改制」說

在中國近代史的研究中，通常將1895～1898年這段時期稱作「維新運動時期」，而維新運動走向高潮的一年～1898年，則稱之爲「戊戌維新」。在維新運動時期，要求進行社會與政治改革的呼聲是十分高漲的。即便如張之洞這樣在朝廷具有舉足輕重勢力的重臣，也提出政治改革是朝廷舉措的當務之急，足見政治改革是當時大勢之所趨。當時朝廷上下爭論的問題，主要不是要不要改革，而是如何改革，以及以一種什麼樣的思路進行改革的問題。在當時，主張要進行政治改革的思想派別與社會勢力有四種：以翁同和爲代表的帝黨、以張之洞爲代表的洋務改良派、以康有爲爲代表的激進政治改革派和以嚴復爲代表的溫和政治改革派。這四種社會勢力與思想派別在如何進行當時中國的政治改革問題上分歧非常之大，人們通常注意到前兩個思想派與後兩個思想派別之間的分歧和對立，即認爲前兩個思想派別是要在不根本觸動傳統的封建統治的情況下對政治方面進行一些修修補補的變革，而後兩種社會思潮則要求對整個政治制度進行徹底的改革。但假若我們將問題的討論再深入一步，則會發現，在前兩個派別之間，以及後兩個派別之間的思想分歧卻是非常之大的。對它們的進一步研究，不僅可以加深我們對「維新運動」

〔註26〕同上書，第449頁。

的瞭解，而且還會有助於我們對維新運動以後社會與政治思潮的認識。事實上，我們看到，20 世紀中國兩大重要的社會文化思潮──文化激進主義思潮與文化改良主義思潮，其思想源頭就來自於維新運動中的後兩種思潮。那麼，從社會文化的角度看，這兩種思潮的分野在哪裏呢？

應該說，在試圖全面引進西方近代的民主政治制度這一總體目標上，康有爲與嚴復的看法是一致的。但在如何使這一目標得以貫徹實行上，康有爲與嚴復在策略上有極大的分歧。按照嚴復的看法，西方近代民主制度的背後是有一整套的價值倫理奠其基的，這些價值倫理支撐，既包括西方的自由價值觀念，同時亦包括其重視科學的工具理性精神。所以，在維新運動中，儘管嚴復對西方民主政治的追求很大膽，對中國傳統政治文化的抨擊很尖銳，但在其上遞光緒皇帝的奏摺中，其具體的政治改革方案卻相當溫和。在他看來，不僅當時採取「全盤性」或「整體性」的政治改革方案，對於全社會來說還難以承受，更重要的是，就當時的整個國民素質來看，還不具備實行這種「整體性」的政治變革的條件。所以，從維新運動開始到其後，嚴復給自己設定的具體操作目標是「新民德」和「開民智」。他致畢生精力於介紹西方學術文化到中國來的工作，就是希圖爲中國未來長遠的政治體制改革奠定地基。與嚴復看來「保守」、緩進的政治體制改革方案不同，康有爲認爲，當時中國需要的是全力推進政治改革，這所謂「全力推進」，是指要在極短的時間內全方位地、徹底地實現「憲政」。故康有爲在給光緒皇帝的前後六次上書中，隨著「救亡」形勢的日益緊迫，其政治改革的方案與措施也一次比一次激烈。到了 1898 年 10 月，在光緒皇帝的信任下，康有爲原先停留在紙面上的變法方案終於化作了政治的實踐。平心而論，假若康有爲的「政治改革」方案眞能貫徹執行，中國也許就會由此而走上「民主憲政」的道路。從這點上說，康有爲的政治改革方案本無可以非議之處。但是，假若我們不是從「價值目標」的設定出發，而是從「工具理性」的角度來考慮問題，我們會提出這個一個問題，即在當時情況下，康有爲這個「一攬子」的政治改革方案到底是否眞的可取？也許，在當時守舊派勢力還異常強大的情勢下，採取「費邊式」的策略原則是更爲理智和可行的做法。康有爲式的「全盤推進」的政治改革最後終於流產，歷史也終於判定了這是一種頗爲冒進的做法。

假如再深入一層考察，可以發現，康有爲與嚴復的分歧不僅表現在政治改革策略的「激進」與「緩進」上，而且反映在對政治改期最終目標的期待

上。毫無疑問，康有為與嚴復都希望在中國實現西方式的民主政治，但思路上，兩人對於民主政治的理解卻迥然有別。對於嚴復而言，民主政治的內容是實現君主立憲，即建立一個以英國立憲政治為藍本的「以法治國」的政體。這種「法治」政治雖不能賦予人民以種種「幸福」和「美滿」，卻至少可以保證人人有不受外力壓迫的「消極自由」。可對於康有為來說，民主政治的內容卻要更多得多，它不僅意味著人壓迫人現象的消除，而且是一個「無差別」、人人平等的極樂世界。儘管在維新運動時期，康有為還未有發表他的極端空想的《大同書》，但《大同書》的社會理想圖景在這一時期已經完成，而且成為他進行社會與政治改革的「最高綱領」。在《禮運注》中，他描繪「人理至公」的「太平世之道」說：「夫有國、有家、有己，則各有其界而自私之，其害公理而阻進化甚矣。惟天為生人之本，人人皆天所生而直隸焉，凡隸於之下者皆公之。故不獨不得立國界，以至強弱相爭，並不得有家界，以至親愛不廣；且不得有身界、以至貨、力自為。故祇有天下為公，一切皆本公理而已。」〔註27〕總之，「公者，人人如一之謂，無貴賤之分，無貧富之等、無人種之殊，無男女之異。分、等、殊、異，此狹隘之小道貌岸然也。平等公同，此廣大之道也。無所謂君，無所謂國，人人皆教養於公產而不恃私產；人人即多私產，亦當分之於公產焉，則人無所用其私，何必為權術詐謀以害信義，更何肯為盜竊亂賊以損身名？非徒無此人，亦復無思。內外為一，無所防虞，故外戶不閉，不知兵革。此大同之道，太平之世行之。惟人人皆公，人人皆平，故能與人大同也。」〔註28〕康有為這個「大同之世」的烏托邦成分是一目了然的，他希望而且認為人類社會的未來必將走向這一泯消一切差別的世界，其對未來社會目標的設定不是基於一種經驗主義的「工具理性」，而是訴諸於主觀願望和意圖的「價值理性」。

不僅僅如此。同為主張引進西方近代民主政治制度，康有為與嚴復之思想分野還表現在究竟以何種理論作為政治與社會改革的基礎。我們知道，嚴復的政治社會理論是以英國式的自由主義理想為其基的，而康有為的社會與政治改革方案則訴諸於孔子的權威。假如僅從字面上理解，嚴復大力引進西方近代的社會政治理論，而且對於舊傳統，包括儒家思想攻擊甚力，嚴復似

〔註27〕《中國近代政治思想論著選輯》（上），北京，中華書局，1986 年版，第 312
　　　頁。
〔註28〕同上。

乎是一個「文化激進主義者」，而康有爲極度「尊孔」，應該是一個「文化保守主義者」才對。究其實，如我們前面所言，判定一種社會文化之「激進」與否，主要不是根據其對傳統文化的態度，而是依據其對一般的思想文化及學術觀念的解釋而定：假若一種社會文化思想將思想觀念完全理解爲達到某一政治目的的手段與工具，那麼，其對作爲政治之「工具」的思想文化與學術觀念的運用必然不遺餘力，甚至於爲達到其政治目的而不惜歪曲和「編造」學術思想之原意。我們看到，就對傳統文化實行「意義顛覆」而言，康有爲遠遠甚於嚴復，而這種從政治需要出發實行對學術與思想觀念的「意義顛覆」，方是「文化激進主義」之眞諦。

康有爲對傳統儒家思想「意義之顛覆」，借助的是「今文經學」的武器。所謂「今文經學」本是漢代針對「古文經學」而起的一種學術思想或學術思潮。東漢以後，它走向沒落，直到晚清又開始復興。而晚清「今文經學」之所以復興在頗大程度上是由於這種今文經學的學術思想喜歡「言政」，也就是說，它往往以假託孔子講述「微言大義」的形式，表達對政治和時事的態度和看法。而由於要「言政」，故其對孔子和儒家思想的理解往往不是孔子和儒家思想之本意，不過借用孔子和儒學的權威來表達自己的政治見解而已。但就如何利用今文經學來議政而言，晚清的龔自珍和魏源等人仍然採取的是傳統的今文學家的路數，只有到了康有爲那裏，今文經學才成了其不僅表達政見，而且直接用來進行政治鼓動和政治動員的形式。

要利用今文經學來進行政治動員，首先得將儒家思想的創始人——孔子極度的神聖化。在《孔子改制考》中，康有爲將孔子抬高爲「教主」。他說：「天既哀大地生人之多艱，黑帝乃降精而救民患，爲神明，爲聖王，爲萬世作師，爲萬民作保，爲大地教主。」〔註 29〕看來，孔子之於中國，就如耶穌基督之於西方的「救世主」之性質。而且，孔教不僅適合於中國，還普遍適用於整個人類世界。爲什麼呢？因爲其中有關於人類社會如何到達「大同世界」，實現人間天國的教導，這就是孔子的「三世說」。在康有爲眼裏，孔子的教誨決不是空中樓閣，而是切實可行的社會和政治改造方案。他在《禮運注》中說：「孔子三世之變，大道之眞在是矣；大同小康之道。發之明而別之精，古今進化之故，神聖憫世之深在是矣；相時而推施，並行而不悖，時聖之變通盡在是矣。是書也，孔氏之微言眞傳，萬國之無上寶典，而天下群生

〔註29〕康有爲：《孔子改制考》，北京，中華書局，1958 年版，第 1 頁。

之起死神方哉！」〔註30〕因此，為了實現人間從「小康之世」到「大同之世」
的過渡，當務之急是恢復孔子教導之原義，並以「孔教」作為社會與政治改
革的指導方針。

康有為一方面將孔子尊為「教主」，另一方面卻又對中國二千多年來的整
個傳統文化與學術研究進行了摧毀廓清。他的《新學偽經考》一書的目的，
是要說明中國自漢代以來儒學所視之為「經典」的東西其實都是「偽經」。而
且，整個中國傳統學術自漢代以後就進了歧途。他談到孔子學說後來的命運
說：「人好其私說，家修其舊習，以多互證，經久相蔽，以小自珍。始誤於荀
學之拘陋，中亂於劉歆之偽謬，末割於朱子之偏安。於是素王之大道，暗而
不明，鬱而不發，令二千年之中國安於小康，不得蒙大同之澤。」〔註31〕看
來，康有為的《新學偽經考》與《孔子改制考》兩書出來後在社會上引起軒
然大波，除了其依今文學派的觀點對孔子思想重新改鑄之外，還同他對傳統
學術文化的這種「全盤性否定」不無關係。

然而，康有為對傳統學術文化的「掃蕩」雖然激烈，他卻並非是傳統文
化的「虛無主義者」，對於康有為來說，對儒學研究傳統的批判，乃是為了
樹立和塑造成一種新的學術傳統——以今文經學為思想資源的學術傳統。在
康有為那裏，今文經學的核心內容除了是「託古改制」之外，還在於它是一
種「政治文化」；即是說，它不是遠離現實政治的、只供「學究」們去作純
粹學理研究的學問，而且還要利用它去直接干預政治。明乎此，就很可以理
解為什麼同為提倡「今文經學」，康有為卻會與同時代的另一位今文學家—
—廖平發生齟語。廖平一生致力於對今文經學的研究，其學術思想前後發生
「九變」。顯然，廖平是把今文經學作為一種純粹的「學問」來看待和研究
的，故埋頭於今文經學學術思想與思想源流的整理，而在康有為眼裏，廖平
的這種研究實在是「捨本逐末」之舉。不過，康有為也並沒有忘記要利用和
運用廖平學術研究的一些成果。在康有為的《新學偽經考》和《孔子改制考》
成書前，他和廖平曾兩次晤面。關於這兩次見面，後來廖平回憶說：「廣州
康長素，奇才博識，精力絕人，平生專以制度說經，戊巳間從沈君子豐處得
《學考》（即《今古學考》），謬引為知己。及還羊城同黃季度過廣雅書局相
訪，余以《知聖篇》示之；馳書相戒近萬言，斥為好名騖遠，輕變前說，急

〔註30〕《中國近代政治思想資料選輯》（上），第 308 頁。
〔註31〕同上書，第 307 頁。

當焚毀，當時答以面談，再決行止，後訪之城南安徽會館，黃季度病未至，兩心相協，談論移晷。明年聞江叔海得愈蔭老（即俞樾）書，而《新學偽經考》成矣。」〔註32〕與廖平會見後僅幾個月，康有為就寫成了《新學偽經考》，未多久，《孔子改制考》一書又告完成。康有為原先是信奉古文經學的，自與廖平會見後不久，就有《新學偽經考》和《孔子改制考》相繼問世。《新學偽經考》一書的學術思想來自於廖平的《闢劉篇》，《孔子改制考》一書的思想內容多取自於廖平的《知聖篇》，此點已經當時人及後人所指出，這裡無須再辯。而康有為本人之所以一再地否認其與廖平的學術關係，除了如一般的研究者所指出的那樣，是因為康有為為顯示其學問「一無剿襲，一無依傍」的自負和自傲心理外，恐怕在內心深處，同他對廖平這種「為學術而學術」的經學研究有看法，不願意引為同道很有關係。事實上，廖有為借「學術」而「論政」和「干政」，當時的明眼人已指出。如梁啟超作為當年康有為變法維新的助手，就對康有為的講解孔子改制的學術思想予以褒揚，稱之為「則一種政治革命，社會改造的意味也。」〔註33〕反過來，守舊派也深知康有為以「學術」為名，行「政治」之實的用意，這從當時守舊派對康有為「學術思想」的恐懼和警惕可以概見。如葉德輝在《長興學記駁議》中就指責康有為的「孔子改制」說說：「假素王之名號，行張角之秘謀」。〔註34〕

　　總括以上，康有為的文化激進主義與其說表現在「反傳統」，不如說表現為對中國二千多年來整個學術傳統的徹底「顛覆」上面。本來，中國傳統學術就有與「政治」掛鈎「的一面，但在康有為看來，中國傳統學術的這一方面還不徹底，於是，他以談論「今文經學」為外衣，重新塑造出一個具有「教主」地位的孔子，並試圖以這種「神化」了的孔子學說作為改造現實政治的原則。在康有為的學術思想中具有強烈的「反智論」的成分。中國近代以「反智論」形式出現的政治文化，實自康有為始。

（二）譚嗣同《仁學》中的反傳統主義

　　其實，在維新運動中，比康有為更值得注意的另一位文化激進主義者應該是譚嗣同。儘管譚嗣同在維新運動中的實際作用不如康有為大，但作為文化激進主義者，他對20世紀中國激進主義思潮的影響卻遠遠超過康有為。可

〔註32〕轉引自黃開國：《廖平評傳》，百花洲文藝出版社，1993年版，第239頁。
〔註33〕《清代學術概論》。
〔註34〕葉德輝：《長興學記駁議》。

以說，本世紀中國文化激進主義之所以染上「全盤反傳統」的色彩，實是由譚嗣同奠其基的。譚嗣同對傳統文化的激烈批判集中體現於他的《仁學》一書。《仁學》寫道：「二千年來之政，秦政也，皆大盜也；二千年來之學，荀學也，皆鄉愿也。惟大盜利用鄉愿，惟鄉愿工媚大盜，二者交相資，而罔不託之於孔。」〔註35〕他認爲，二千多年來中國政治專制局面之造成，自荀子以來的儒學實難辭其咎，因此，對儒學的批判是他的鋒芒指向。在他看來，傳統的儒家文化可以用「以名爲教」一語來概括，其具體內容則爲「三綱五倫」。他寫道：「嗟乎！以名爲教，則其教已爲實之賓，而決非實也。又況名者，由人創造，上以制其下而不能不奉之，則數千年來，三綱五倫之慘禍烈毒由是酷焉矣。君以名桎臣，官以名軛民，父以名壓子，夫以名困妻，兄弟朋友各挾一名以相抗拒，而仁尚有少存焉得乎？」〔註36〕不僅僅如此，他還將對中國傳統文化的批判擴展至儒家之外的各家思想和一般意義上的中國傳統倫理。例如，他將中國文化稱之爲「靜」的文化，而西方之所以稱霸五洲，是因爲它的文化是「動」的文化。他又提出，西方之富強是由於提倡「奢」，而中國之落後是由於提倡「儉」。他說：「李耳之術之亂中國也，柔靜其易知矣。藉夫力足以殺盡地球含生之類，胥天地鬼神之淪陷於不仁，而卒無一人能少知其非者，則曰儉。」〔註37〕總之，他處處將中國文化和習俗同西方文化與習俗對立起來，以西方文化爲價值座標激烈地抨擊中國文化。表面看來，譚嗣同之激烈反傳統類似於嚴復，但我們看到，嚴復是一位經驗論者，他重視「工具理性」，其對傳統文化的批判在頗大程度上是因爲它迷信和盲從古人，而譚嗣同對傳統文化的批判無論如何激烈，卻具有「反理性」的性質。這主要表現在如下三個方面。

首先，譚嗣同對傳統文化的攻擊是集中在荀子以後的中國學術思想和文化，對於孔子思想並未加以批評。非但如此，他對孔子思想頌揚備至，如同康有爲一樣，視孔子爲「變法維新」的思想教主，認爲二千多年前的孔子早已爲中國如何實施「民主政治」制定有具體的方案。只不過到荀子那裏，才將孔子學說篡改爲替君主專制制度辯護的學說。他說：「方孔之初立教也，黜古學，改今制，廢君統，倡民主，變不平等爲平等，亦汲汲然動矣。豈謂爲

〔註35〕《譚嗣同文選注》，中華書局，1981 年版，第 147 頁。
〔註36〕同上書，第 111 頁。
〔註37〕同上書，第 132 頁。

荀學者，乃盡亡其精意，而泥其粗跡，反授君主以莫大無限之權，使得挾持一孔教以制天下！彼爲荀學者，必以倫常二字誣爲孔教之精詣，不悟其爲據亂世之法也。且即以據亂之世而論，言倫常而不臨之以天，已爲偏而不全，其積重之弊，將不可計矣；況又妄益之以三綱，明創不平等之法，軒輊鑿枘，以苦父天母地之人。無惑乎西人輒云中國君權太重，父權太重，而亟勸其稱天以挽之，至目孔教爲偏畸不行之教也。」〔註38〕總之，中國二千多年封建專制政治制度的形成，實乃由於荀子歪曲和纂改孔子學術的結果，因此，當務之急莫如恢復孔子學說的眞精神。從這裡看出，譚嗣同雖然對傳統的綱常名教進行了異常激烈的批判，其依據的思想武器依然是孔子；他對荀子以後中國傳統思想的批判雖然動搖了傳統政治的思想基礎，卻又將孔子思想獨斷化和權威化。所以說，譚嗣同的「激烈反傳統」其實只是以一種古人的權威代替了另一種古人的權威而已。

其次，譚嗣同理解的「民主政治」及其建構的未來社會藍圖，具有明顯的空想和烏托邦成分。他寫道：「故民主者，天國之義也，君臣，朋友也；父子異宮異財，父子，朋友也；至於兄弟，更無論矣。其在佛教，則盡率其君若臣與夫父母妻子兄弟眷屬天親，一一出家受戒，會於法會，是又普化彼四倫者，民爲朋友矣。無所謂國，若一國；無所謂家，若一家；無所謂身，若一身。夫惟朋友之倫獨尊，然後彼四倫不廢自廢。亦惟明四倫之當廢，然後朋友之權力始大。」〔註39〕看來，他心目中的「理想國」與康有爲的「大同世界」是頗爲相像的。譚嗣同還認爲，在「五倫」當中只有「朋友」一倫值得保留和提倡，原因無它，在於擇友之道基於三原則：「一曰『平等』；二曰『自由』；三曰『節宜惟意』。」〔註40〕這裡雖然將「自由」與「平等」並列，其實在譚嗣同心目中，「平等」卻具有比「自由」更突出的地位。這從他在《仁學》中對「仁」的解說中，以「平等」爲第一義可以看出。因此說，他對封建綱常名教的批判，與其說是如嚴復認爲的那樣，是由於其對「自由」的壓制，不如說是因爲綱常名教之有礙於「平等」。他分析「父子」一倫說，父子關係只是一種血緣關係：「父非人所得而襲取也，平等也。且天又以元統之，人亦非無所得而陵壓也，平等也。」〔註41〕由於重視平等，他將平等互利作

〔註38〕同上書，第 148 頁。
〔註39〕《譚嗣同文選注》，第 188 頁。
〔註40〕同上書，第 187 頁。
〔註41〕同上書，第 186 頁。

爲他整個「仁學」思想的最上位概念，這使他的思想學說帶有無政府主義性質，即主張取消一切的限制：取消種族，取消國家乃至取消家庭，他認爲這樣才能達到眞正「平等」。

再次，譚嗣同強調「心力」，誇大主觀精神的作用，具有明顯的唯意志主義傾向。《仁學》中說：「人所以靈者，以心也。人力或做不到，心當無有做不到者……心之力量雖天地不能比擬，雖天地之大可以由心成之毀之，改造之，無不如意。」〔註42〕在譚嗣同看來，不但天地由「心力」所做，而且它還決定社會和歷史的發展。譚嗣同是進化論者，主張社會「日新」，這「日新」雖然是歷史發展的規律，但其動力卻來自「心力」。所以他說：「天下皆善其心力也，治化之盛當至何等地步子？」值得注意的是，譚嗣同將「心力」分爲「機心」和「願心」。按照譚嗣同的解釋：「西人以在外之機械製造貨物；中國以在內之機械製造劫運。」〔註43〕所以對於譚嗣同來說，「機心」實乃「工具理性」或「知性」；而「願力」則是「慈悲之念」。在譚嗣同看來，從「機心」出發，只能製造「劫運」；而他寄希望於「願力」這種「心力」來消除「劫運」。他說：「以心挽劫者，不惟發願救本國，並彼極強盛之西國，與夫含生之類，一切皆度之。心不公，則道力不進也……以此爲心，始可言仁，言恕，言誠，言挈矩，言參天地，贊化育。以感一二人而一二化則以感天下而劫運可挽也。」〔註44〕可見，譚嗣同對於「心力」的提倡，乃具有強烈的「反智論」的意味。不僅僅如此，他還將這種子「心力」上升到本體論的高度，視之爲永恒的「實體」。他說：「遍法界、虛空界、眾生界，有至大至精微，無所不膠黏、不貫洽、不管絡而充滿之一物焉，目不得而色，耳不得而聲，口鼻不得而臭味，無以名之，名之曰以太。」〔註45〕對於譚嗣同來說，「以太」不過是「心力」的代名詞，它顯於用，是「仁」、「兼愛」、「慈悲」、「愛力」、「吸力」，等等。只要這種「心力」專誠精一，「則冥冥中亦能換回氣數」。〔註46〕譚嗣同就這樣將社會的改造最後歸結爲「心力」的提倡。

此外，譚嗣同在對傳統文化進行批判的同時，對中國傳統政治表現了一種「整體性」和徹底性的失望，他認爲中國封建政治已經病入膏肓，這種腐

〔註42〕同上書，第 460 頁。
〔註43〕同上書，第 193 頁。
〔註44〕同上書，第 195 頁。
〔註45〕同上書，第 106 頁。
〔註46〕同上書，第 24 頁。

朽的政治統治是如此過時，已至僅停留於文字和輿論的批判不行，還必須將它徹底地予以推翻。於是，在譚嗣同發起的對封建主義政治的批判中，同時就蘊含著一種讚頌和提倡「暴力革命」的傾向。《仁學》中寫道：「法人之改民主也，其言曰：『誓殺盡天下之君主，使流血滿地球，以泄萬民之恨。』……夫法人之學問，冠絕地球，故能唱民主之義，未爲奇也。」〔註47〕在譚嗣同看來，中國封建專制統治之罪惡是如此深重，不採取激烈的手段實在是難以清除。他說：「且舉一事，而必其事之有大利，非能利其事者也。故華人愼毋言華盛頓、拿破侖矣，志士仁人求爲陳涉、楊玄感，以供聖人之驅除，死無憾焉。」〔註48〕這話的意思是說：在當前人民處於水深火熱之中，還不要高談什麼「民主」、「共和」，只要起來武裝反清就行了，就可以解民於倒懸。假若起義的時機還不成熟，那麼，採取「任俠」之風也可以：「西漢民情上達而守令莫敢肆，匈奴數犯邊而終驅之於漠北，內和外威，號稱一治。彼吏士之顧忌者誰歟？未必非游俠之力也。」〔註49〕他甚至認爲，日本之變法成功，乃由於其有「游俠」之風：「與中國至近而亟當效法者，莫如日本。其變法自強之效，亦由其俗好帶劍行遊，悲歌叱吒，挾其殺人報仇之俠氣，出而鼓更化之機也。儒者輕詆游俠，比之匪人，烏知困於君權之世，非虎益無以自振拔，民乃益愚弱而窳敗！言治者不可不察也。」〔註50〕從這裡看出，譚嗣同的「變法觀」，乃具有擯斥理性、追求直接行動的非理性取向。

總括以上，徹底的「反傳統」構成譚嗣同思想的一個鮮明底色。譚嗣同對傳統思想的批判乃因爲它違背孔子關於「仁」的主張。在這點上，他與康有爲借孔子之名貫徹其「變法」思想的做法相似。但譚嗣同在「激進主義」的道路上比康有爲走得更遠，這就是他對「暴力」的讚揚。與康有爲主要著眼於構造具有「空想」性質的社會理想方案不同，譚嗣同的《仁學》一書更多表達的是對封建政治壓制人性的憤懣，因此，就維新運動的具體策略來說，他重視對舊制度的「破壞」一面更甚於對舊制度的「修改」或「改良」，從這種意義上說，《仁學》一書充分發揮了它進行「政治動員」的意識形態方面的功能。《仁學》的實際政治影響主要還不在維新運動而在以後，在辛亥革命中，甚至五四新文化運動中，我們都有可以看到譚嗣同式的激越反傳統聲音的回響。

〔註47〕 《譚嗣同文選注》，第 181 頁。
〔註48〕 第 182 頁。
〔註49〕 同上。
〔註50〕 同上。

第九章　中國文化激進主義的歷史演進

一、五四新文化運動：陳獨秀與李大釗

（一）陳獨秀的唯意志主義

　　陳獨秀是五四新文化運動中的風雲人物。以「五四運動」爲界，人們將陳獨秀的思想與活動劃分爲前後兩個時期：前期從 1915 年 9 月他在上海創辦《青年雜誌》起到 1919 年「五四運動」爲止，這時期他是一位急進的民主主義者；後期則從 1919 年的「五四運動」起到 1923 年新文化運動的結束爲止，這時候，他成爲一位馬克思主義者。就從陳獨秀的政治態度與社會思想來看，作出這種劃分是有道理的。但是，僅此還很不夠。它沒有告訴我們：陳獨秀從一位急進的民主主義者轉變爲馬克思主義者，拋開其外在的機緣，他思想轉變的內在根據是什麼？然而，假若考察陳獨秀整個五四新文化運動中的思想理路，他的思想轉變是有跡可尋的。

　　作爲急進的民主主義者，前期陳獨秀信奉的是達爾文的生物進化論。例如，他在談到近代社會思想時說：「近代文明之特徵，最足以變古之道，而使人心社會劃然一新者，厥有三事：一曰人權說，一曰生物進化說，一曰社會主義是也。」〔註1〕他不僅將達爾文的生物進化論視爲近代以來的三大重要思潮之一，而且用進化論觀點來解釋社會歷史乃至道德的變化。他說：「進化公例，適者生存。凡不能應四周情況之需求而自處於適宜之境者，當然不免職

〔註 1〕《獨秀文存》，第 10 頁。

於滅亡。」〔註2〕又說：「蓋道德之爲物，應隨社會爲變遷，隨時代爲新舊，乃進化的而非一成不變的。此古代道德所以不適於今之世也。」〔註3〕就表面看來，陳獨秀提倡進化論，似乎與嚴復的進化論思想無異，其實不然，陳獨秀的這種「進化論」乃是一種「急進」的進化論，有以「人爲」的作用加快和干預社會與歷史進程的性質。這種思想明顯地表現在 1915 年 9 月，陳獨秀爲《青年雜誌》的《創刊號》發表的《敬告青年》一文。陳獨秀在這篇文章中將中國改革的希望寄託於青年，他寫道：「青年之於社會，猶新鮮活潑細胞之在人身。新陳代謝，陳腐朽敗者無時不在天然淘汰之途，與新鮮活潑者以空間之位置及時間之生命。人身遵新陳代謝之道則健康，陳腐朽敗之細胞充塞人身則死；社會遵新陳代謝之道則隆盛，陳腐配敗之份子充塞社會則社會亡。」〔註4〕這裡，陳獨秀與其說是在借「新陳代謝」的生物進化的規律說明青年勝於老年，不如說是在強調要發揮青年人特有的活力和勇猛精神來改造社會環境。他認爲，對社會的改造應立足於對具有主觀能動性的「個體」的改造之上。所以，在《敬告青年》中，他列舉了如下六項：1，自主的而非奴隸的，2，進步的而非保守的，3，進取的而非退隱的，4，世界的而非鎖國的，5，實利的而非虛文的，6，科學的而非想像的，作爲「新青年」的標準。他強調，社會的「疾病」很多，而只有靠青年「利刃斷鐵，快刀理麻，決不作牽就依違之想，自度度人，社會庶幾其有清寧之日也。」〔註5〕這裡，陳獨秀強調對舊社會的改造取決於對主體「戰鬥精神」的發揚，其距離進化論強調社會逐步進化與「改良」的思想已遠。

最能體現陳獨秀唯意志主義思想的，莫過於他對「抵抗力」和「尙力」精神的提倡。他說：「萬物之生存進化與否，悉以抵抗力之有無強弱爲標準。優勝劣敗，理無可逃。」〔註6〕這裡，他將「優勝劣敗，適者生存」的生物進化的規律用「抵抗力」的有無與強弱來解釋，從而得出結論：物種要在自然界中存活，首要的是發揮自己的「抵抗力」。社會與人生競爭的舞臺亦是如此：「世界一戰場，人生一戰場，一息尙存，決無逃遁苟安之餘地」〔註7〕爲此，他將

〔註 2〕同上書，第 40 頁。
〔註 3〕同上書，第 68 頁。
〔註 4〕同上書，第 3 頁。
〔註 5〕同上書，第 4 頁。
〔註 6〕同上書，第 22 頁。
〔註 7〕同上書，第 26 頁。

「抵抗力」提到生存的本體論的高度，認爲「抵抗力者，萬物各執著其避害禦侮自我生存之意志，以與天道自然相戰之謂也」〔註 8〕他還將中國人「抵抗力」之薄弱與中國傳統文化的影響聯繫起來，認爲是「老尙雌退，儒崇禮讓，佛說空無」〔註 9〕的結果。這也就爲他之所以要對傳統文化大加撻伐埋下了伏筆。

之所以說陳獨秀對「抵抗力」的提倡是一種「唯意志主義」，乃由於他將「抵抗力」歸結爲一種「生存意志」，這種「生存意志」是一種本能的衝動，具有非理性性質。他說：「吾人之心，乃動物的感覺之繼續。人間道德之活動，乃無道德的衝動之繼續。良以人類爲他種動物之進化，其本能與他種動物初無異致。」〔註 10〕又說：「執行意志，滿足欲望（自食色以至道德的名譽），是個人生存的根本理由，始終不變的。」〔註 11〕從這裡看到，陳獨秀不僅提倡一種非理性主義的「生存意志」，而且用這種「生存意志」來解釋道德的起源，甚至視之爲道德的本質規定。所以，在新文化運動的前期，儘管陳獨秀與胡適同時提倡「反孔」和反對中國傳統舊道德，但其憑藉的思想資源是完全不同的，即前者基於唯意志主義，而後者則基於經驗論的理性主義。

1919 年五四運動爆發之後，陳獨秀的政治觀點發生了變化：他從急進的民主主義者轉變爲馬克思主義者。關於其思想發生變化的原因，他在 1933 年獄中寫的《辯護狀》有一番說明。他說他一生「奔走呼號，以謀改造中國者」，「前半期，即『五四』以前的運動，專在知識份子方面；後半期，乃轉向工農勞苦人民方面。蓋以大戰後，世界革命大勢及國內狀況所昭示，使予不得不有虎轉變也。」〔註 12〕這種「世界革命大勢」及「國內狀況」，很顯然，指的是俄國十月革命的成功及中國面臨的國內外問題的進一步進迫，誠如陳獨秀自云「半殖民地的中國，經濟落後的中國，外困於國際資本帝國主義，內困於軍閥官僚。」〔註 13〕陳獨秀受俄國革命影響及國內外形勢之險惡的刺激，思想趨於激進，這是他在五四運動以後接受馬克思主義的原因。但無論如何，這種思想的趨向於激進或「革命」只發生在如陳獨秀一類知識份子身上，而沒有出現在如胡適一類的知識份子身上，可見，較之「外部原因」，個人的精

〔註 8〕同上書，第 21 頁。
〔註 9〕同上書，第 25 頁。
〔註 10〕同上書，第 20 頁。
〔註 11〕同上書，第 126 頁。
〔註 12〕《陳獨秀文章選編》（下），北京，三聯書店，1984，第 510 頁。
〔註 13〕同上。

神氣質是陳獨秀思想轉向的更重要的原因。事實上，假如聯繫到陳獨秀前期思想中的「唯意志主義」傾向，他在五四運動之後採取馬克思主義的態度和立場是很容易理解的。陳獨秀的《辯護狀》中，他在敘述了當時中國國內外面臨的嚴峻形勢後緊接著說了如下這麼一段話：「欲求民族解放、民主政治之成功，決非懦弱的妥協的上層剝削階級全軀保妻之徒，能實行以血購自由的大業。」〔註14〕可見，在陳獨秀的心目中，已將革命的成功寄希望於流血之暴力，這本與他前期思想中「尚力」和提倡「抵抗力」的意志主義取向是一致的，故陳獨秀後期的所謂思想轉向，從思想發展的脈絡來看，其實也並非真正的「轉向」，只不過是其前期思想的合符邏輯的進展而已。

　　不過，由於接受了馬克思主義的思想理論，陳獨秀後期思想的「唯意志主義」在外形上發生了一些改變，其如下的一些變化是必須注意到的：1，從強調主觀意志過渡到強調「歷史法則」。按照馬克思主義的歷史唯物論，人類社會的發展有其必然性的發展規律，陳獨秀在接受了馬克思主義的理論以後也是如此說的。他說：「人類社會組織之歷史的進化，觀過去、現在以察將來，其最大的變更，是由游牧酋長時代而封建時代，而資產階級時代，而無產階級時代；這些時代之必然的推進，即所謂時代潮流，他若到來，是不可以人力抵抗的。」〔註15〕從這裡看到，後期陳獨秀根據馬克思主義的歷史唯物論觀點來解釋社會歷史的變化，對其前期的達爾文進化論思想作了修正，儘管如此，其「唯意志主義」的思想取向依然一脈相承。他一方面說「在社會底進化上，物質的自然趨向底勢力很大，留心改造社會底人萬萬不可漠視這種客觀的趨向，萬萬不能夠妄可想拿主觀的理想來自由改造。」〔註16〕另方面又提倡「同時我們也不能忘了人類確有利用自然法則來征服自然的事實。」〔註17〕他說：「由資本主義漸漸發展國民的經濟，及改良勞動者的境遇，以達到社會主義，這種方法在英、法、德、美文化教育已經開發、政治經濟獨立的國家或者可以這樣辦，像中國這樣知識幼稚沒有組織的民族，外面政治的及經濟的侵略又一天緊迫一天，若不一取急進的（革命），時間上是否容我們漸進的（進化）？」721〔註18〕可見，這裡陳獨秀不過是運用歷史的「客觀必然性」規律

〔註14〕同上。
〔註15〕陳獨秀：《資產階級的革命與革命的資產階級》，《嚮導》第22期。
〔註16〕《獨秀文存》，第809頁。
〔註17〕同上書，837～838頁。
〔註18〕《獨秀覆東蓀先生書》，《新青年》8卷4號。

來論證「革命」有其必要性而已。而在陳獨秀眼裏，這種「革命」是隨時可以按照主觀要求和願望來加快其進程的。2，從重視倫理到重視經濟事實。前期的陳獨秀認爲社會的進化在於「倫理」的進化，接受馬克思主義以後，他強調「經濟」是社會發展的根本動力。他寫道：「一切制度、文物、時代精神的構造都是跟著經濟的構造變化而變化的，經濟的構造是跟著生活資料之生產方法變化而變化的。不是人的意識決定人的生活，倒是人的社會生活水平決定人的意識」〔註19〕陳獨秀這種「經濟史」觀，在「科學與玄學論爭」中得到鮮明的表現。他一方面批判張君勱的「自由意志論」，認爲「各種新思想都有各種事實爲他所以發生的背景，決非無因而生」，〔註20〕同時亦不滿意胡適等「科學派」強調「科學萬能」，將社會與人生問題簡單化約爲科學的「因果問題」。他說，思想、文化、宗教、道德和教育等等，「都是經濟的基礎上面之建築物，而非基礎之本身。……思想、知識、言論、教育，自然都是社會進步的重要工具，然不能說他們可以變動社會、解釋歷史、支配人生觀和經濟立在同等地位。」〔註21〕3，從提倡道德倫理革命到主張社會革命。前期的陳獨秀強調倫理革命的重要性和優先性，將社會的改造寄託於道德的改進，接受馬克思主義以後，他強調社會革命之必要與重要，他說：「唯物史觀是研究過去歷史之經濟的說明，主張革命是我們創造將來歷史之最努力最有效的方法。」〔註22〕「創造歷史之最有效最根本的方法，即經濟制度的革命。」〔註23〕值得注意的是，陳獨秀將社會革命歸結爲「經濟制度的革命」，這所謂「經濟制度的革命」，就是廢除私有制，實行計劃經濟，尤其是進行分配上的革命。在《辯護狀》中，他將如何進行「經濟制度的革命」作了清晰的說明：「共產黨之終極目的，自然是實現無剝削無階級人人『各盡所能各取所需』的自由社會。此即是說：一切生產工具歸社會公有，由社會公共機關，依民眾之需要計生產與消費之均衡，實行有計劃的生產與分配，使社會生產力較今日財產私有自由競爭的資本主義的社會有高度發展，使社會的物質力量日漸達到足以各取所需的程度。」〔註24〕應該說，陳獨秀這一關於「經濟制度

〔註19〕《馬克思學說》，《新青年》9卷6號。
〔註20〕《答張君勱及梁任公》，《新青年》季刊，第2期。
〔註21〕《答適之》，同上。
〔註22〕《獨秀文存》，第837頁。
〔註23〕同上書，第838頁。
〔註24〕《陳獨秀文章選編》，第511頁。

的革命」的思想，除了來源於馬克思主義的歷史唯物論，在頗大程度上是受了俄國十月革命的感召而後形成的。

總括以上，無論在五四新文化運動的前期或後期，陳獨秀的唯意志主義是貫穿始終的，他改變的只是其具體的政治思想觀點。而且，陳獨秀從前期的重視「倫理道德革命」到後期的重視「歷史的必然法則」和強調「經濟制度的革命」，正符合其唯意志主義思想內在理路的發展。

（二）李大釗的「普遍意志論」

與陳獨秀富於浪漫主義激情的思想與文字相比較，李大釗的思想顯得細密而謹慎，其文風也講究條理和邏輯，然而，這種外表上的相異，不妨礙其思想實質上的一致：李大釗與陳獨秀可視爲五四新文化運動中「文化激進主義」的「雙璧」。然與陳獨秀一樣，李大釗在五四新文化運動中也有一個前後思想變化的過程。

在五四新文化運動前期，李大釗與當時許多提倡「思想啓蒙」的知識份子一樣，以激烈「反孔」著稱。從他發表的文字來看，他之所以「反孔」，是認爲孔子思想與現代人的生活不相稱。在《孔子與憲法》一文中，他斥孔子爲「歷代帝王專制之護符」和「數千年前之殘骸枯骨」，〔註25〕其對孔子的憎恨溢於言表。他認爲孔子思想與現代生活不相稱和不兼容的根據，一是因爲現代社會要求實行民主憲政，而孔子思想則是爲專制制度辯護的學說。他說：「今以專制護符之孔子，入於自由證券之憲法，則其憲法將爲萌芽專制之憲法，非爲孕育自由之憲法也；將爲束制民之憲法，非爲解放人權之憲法也；將爲野心家利用職權之憲法，非爲平民百姓日常享用之憲法也。此專制復活之先聲也。此鄉愿政治之見端也。」〔註26〕他反對孔子思想的另一原因，是認爲孔子提倡的倫理道德不適合於今日社會，他說：「道德者利便於一社會生存之習慣風俗也。古今之社會不同，古今之道德自異。……孔子之道，施於今日之社會爲不適於生存，任諸自然之淘汰，其勢力遲早必歸於消滅。吾人爲謀新生活之便利，新道德之進展，企於自然進化之程，少加以人爲之力，冀其迅速蛻演，雖冒毀聖非法之名，亦所不恤矣。」〔註27〕

如果說在五四新文化運動前期，李大釗的激烈「反孔」與當時整個新文

〔註25〕《李大釗文集》（上），第258頁。
〔註26〕《李大釗文集》（上），第258～259頁。
〔註27〕同上書，第264頁。

化運動激烈「反傳統」的精神若合拍節，那麼，他對唯意志主義的提倡則顯示出他與五四時期其它從「工具理性」立場來「反傳統」，如胡適等人不相同的一面。他認為尼采思想可以為新文明和新道德奠定其基，說尼采思想是一種「愛自己、愛社會、愛文明，而又酷愛生命」的學說，這在頗大程度上包含著對尼采思想的美化和曲解。按他的說法，他之所以提倡尼采學說，主要是想從尼采思想中發掘出「反傳統」的思想資源，他說尼采「其說頗能起衰振敝，而於吾最拘形式，重因襲，囚錮於奴隸道德之國，尤足以鼓舞青年之精神，奮發國民之勇氣。」〔註28〕其實，作為對西方基督教價值的顛覆者，尼采宣稱「上帝死了」，他立論的根據是認為基督教文化扼殺了人類的「生命本能」，而尼采心目中理想的「新人類」，應該是一種「超人」；「超人」是反基督教的傳統道德的，它追求的是一種「權力意志」。而所謂「權力意志」不是別的，實乃「生命本能」之流露。故可看出，李大釗藉重於尼采的，其實並不是他的「反傳統」的思想理論，而是基於他對「權力意志」的提倡。在李大釗看來，對「傳統」的批判，與其說是應該建立在對「傳統」的理性思考上，不如說需要的就是一種打破傳統、創造未來的「意志力」。李大釗發揮他的這種「自由意志論」思想說：「人類云為，固有制於境遇而不可爭者，但境遇之成，未始不可參以人為。故吾人不得自畫於消極之宿命說，以尼精神之奮進。須本自由意志之理，進而努力，發展向上，以易其境，俾得適於所志，則本柏格森氏之『創造進化論』尚矣。」〔註29〕理解了李大釗對「自由意志」與「生命本能」的重視，就可以解釋為什麼新文化運動前期的李大釗會有一種「青年情結」，因為在他看來，「青年」之「生命本能」無疑要強於「老年人」。在《〈晨鐘〉之使命》一文中，他大力謳歌青年說：「過去之中華，老輩所有之中華，歷史之中華，墳墓中之中華也。未來之中華，青年所有之中華，理想之中華，胎孕中之中華也。……老輩之靈明，蔽翳於經驗，而青年腦中無所謂經驗也。老輩之精神，局腑於環境，而青年眼中地所謂環境也。老輩之文明，和解之文明也，與境遇和解，與時代和平共處解，與經驗和解。青年之文明，奮鬥之文明也，與境遇奮鬥，與時代奮鬥，與經驗奮鬥。故青年者，人生之王，人生之春，人生之華也。青年之字典，無『困難』之字，青年之口頭，無『障礙』之語；惟知躍進，惟知雄飛，惟知本其自由之精神，

〔註28〕同上書，第 189 頁。
〔註29〕同上書，第 524 頁。

奇僻之思想，銳敏之直覺，活潑之生命，以創造環境，征服歷史。」〔註30〕這段話與如說是對「青年」之歌頌，不如說是對「青年」所具有的「自由意志」之歌頌，它表明了要借助於「青年」特有的「權力意志」來衝破「網羅」的精神。

前期李大釗的思想雖然「激進」，但這時的他卻是一位「反暴力主義者」。寫於1917年10月的《暴力與政治》一文，表明了他認為「暴力」與「政治」不兼容的觀點。他說：「蓋嘗論今日之政治，固與強力不兼容也。專制之世，國之建也，基於強力；立憲之世，國之建也，基於民意。」〔註31〕又說：「自治一語，且與政治之古義恰相反對，此以知強力之於政治，今已全失其用，施用強力之必要，適足為政治頹壞之標識已爾。」〔註32〕但1919年以後，他的思想為之一變，從反對暴力轉而讚頌暴力和「革命」。李大釗思想的轉向與俄國十月革命對他的影響不無關係，但從根本上說，卻是他前期的「唯意志主義」思想發展的邏輯結局。我們知道，作為唯意志論者，李大釗所說的「意志」本是一種重視個體價值的「生存意志」，但一旦將這種重視個體價值的思想運用於他的社會與政治哲學，他卻出乎意料地放棄了對個體意志的肯定轉而提倡一種「普遍意志」。他說：「蓋各個意志之總計，與普遍意志（general will）全然不同。為此辨者，莫如盧騷。彼以普遍意志，為公我之意志，各個意志之總計，為私我之意志。普遍意志所由發生者，乃因其利益之屬於公同普遍，非單由於發表之之票數。反之，各個意志之總計，則以私利為的，其實為單獨意志之湊合，非為普遍意志之一致。」〔註33〕這段話十分值得注意，表面上看，李大釗之提出「普遍意志」是為了防止在「大多數人統治」的民主政體中少數人的意志有被大多數人的意志所壓服的危險，這方面，他甚至引西方著名的自由主義者穆勒為同調。但與西方自由主義思想家的一個重大差異在於：他對政治體制的設計乃基於一種「價值理性」的認識而非基於一種「工具理性」的瞭解。換言之，他在考察西方民主政治形式的時候用「應該是」代替了「事實是」。眾所周知，民主政治採取「大多數人的統治」的方式；這所謂「大多數人的統治」體現為權力形式，也就是「強力」：即將「大多數人的意志」強加於「少數人」身上，使「少數人」的意志服從「大多數人」的意志。應該說，「大多數人」的「強力」正體現了現代民主政治的實質，儘管這種

〔註30〕 同上書，第178～179頁。
〔註31〕 《李大釗文集》（上），第516頁。
〔註32〕 同上書，第520頁。
〔註33〕 同上書，第545頁。

「大多數人的意志」在民主政體中可能具有壓制「少數人的意志」的一面，誠如穆勒所言。這也許是採取「大多數人的統治」方式的現代民主政治不得不付出的代價；而為了防止政府借「大多數人的名義」侵犯公民的個人權力，民主政治還以「法治」的形式確立了公民的「個人自由」。然而，對於李大釗來說，防止「大多數人」對「少數人」個人權力的侵犯的辦法不是劃分「公共空間」和「私人空間」，卻是以一種「普遍意志」去代替「大多數人」的「強力」。這種「普遍意志說」，實乃盧梭的「公意說」的翻版。李大釗擔心「大多數人」組成的「強力」會做成對「少數人」的壓制，他說：「此種強力之構成是否含有被治者之 free consent 在內，抑或被治者之 free consent 必待此種強力之迫制，或曉然於其力之偉大相戒而莫敢犯，始能發生？愚誠無似，曷敢妄測威氏之本意，但愚敢言既云悅服則必無待於迫制，既有強力則必不容 free consent 之發生，就令悅服之動機多少由於自己節制自己犧牲之德，斯猶在自由軌範之內而無與於自己以外威制之強力。」〔註 34〕為了解決「大多數人」的「強力」與「少數人」的「意志」相衝突之難題，李大釗設想出一種「公意」。他說：「若謂被治者之一實挾有一種偉大之強力，則其所蘊之強力，不惟非一朝廷專制之一強力，非少數暴恣之強力，且非多數人合致之強力，而為合多數人與少數人而成國民公意之強力。此公意之凝結，實根於國民之社會的信念，其基礎固在理而不在力。由是言之，此種偉大之強力，實為民主動脈所具之勢力，而國民之一決非此種偉大強力下之產物。」〔註 35〕看來，李大釗之否定「大多數人」的「強力」本是出於對「少數人」的個人意志的強調，但為了保護「少數人」的意志和利益不受侵犯卻轉而訴諸於「公意」和「普遍意志」，此中的「弔詭」的確值得注意。這一「弔詭」的出現，除了由於李大釗在「消極自由」與「積極自由」之間沒有作出區分之外，主要還同他對「民主政治」的看法根源於「價值理性」而非「工具理性」有很大關係。

　　按照李大釗的說法，假如「總體意志」或「公意」既非「大多數人」的意志，而在「大多數人」的意志又與「少數人」的意志相衝突的情況下，它又要能代表所有人的意志，那麼，這種能代表所有人的意志的「公意」顯然是極其抽象的。這種抽象的「公意」要能為社會所接受，必得將它上升為一

─────────────────────

〔註34〕同上書，第 543 頁。
〔註35〕同上。

種「意識形態」。爲此，李大釗十分強調「主義」的作用。在「問題與主義之
爭」中，李大釗反對胡適將「問題」與「主義」相分離的說法，認爲「一個
社會的解決，必須靠著社會上多數人共同的運動。那麼我們要想解決一個問
題，應該設法，使他成了社會上多數人共同的問題，應該使這社會上可以共
同解決這個那個問題的多數人，先有一個共同趨向的理想主義，作他們實驗
自己生活上滿意不滿意的尺度。……不然，你儘管研究你的社會問題，社會
上多數人卻一點不生關係。」〔註36〕可見，李大釗之所以提出他的「公意說」
和「普遍意志說」，除了其理論上的失誤之外，在某種程度上還同他潛意識中
重視「意識形態」的「社會動員」作用有很大關係。在「大多數人」的意志
與「少數人」的意志不一致甚至相衝突的情況下，以「公意說」來代替「大
多數人的『強力』說」，的確會起到「意識形態」的「社會動員」與「政治整
合」的作用。

　　然而，以「普遍意志說」代替「強力說」導致的結果是出乎意料的。如
果說前期的李大釗還是一位「民主主義者」，在政治原則上基本認同於西方自
由主義的民主政治的話，那麼，在後期，爲了追求這種「普遍意志」的實現，
他不惜將其訴諸於「暴力」。在《法俄革命之比較觀》一文中，他提出：「俄
國今日之革命，誠爲昔者法蘭西革命同爲影響於未來世紀文明之絕大變動」，
原因在於「在法蘭西當日之象，何嘗不起世人之恐怖、驚駭而爲之深抱悲觀。
爾後法人之自由幸福，即奠基於此役。豈惟法人，十九世紀全世界之文明，
如政治或社會之組織等，罔不胚胎於法蘭西革命血潮之中。二十世紀初葉以
後之文明，必將起絕大之變動，其萌芽即茁發於今日俄國革命血潮之中，一
如十八世紀末葉之法蘭西亦未可知。」〔註37〕而李大釗借助「暴力」實現歷
史的變革這一想法，與他對「普遍意志」與「公意」的強調是相表裏的。他
說：「歷史者，普遍心理表現之紀錄也。故有權威之歷史，足以震蕩億兆人之
心，而惟能寫出億兆人之心之歷史，始有震蕩億兆人心之權威。蓋人間之生
活，莫不於此永遠實在之大機軸中息息相關。一人之未來，與人間全體之未
來相照應，一事之朕兆，與世界全局之朕兆有關聯。法蘭西之革命，非獨法
蘭西人心變動之表徵，實十九世紀全世界人類普遍心理變動之表徵。俄羅斯
之革命，非獨俄羅斯人心變動之顯兆，實二十世紀全世界人類普遍心理學變

〔註36〕《胡適哲學思想資料選》（上），第 104 頁。
〔註37〕《李大釗文集》（上），第 572 頁。

動之顯兆。」〔註38〕總之，在「普遍意志」的名義下，歷史成爲「普遍心理」之紀錄，「暴力」也就是「普遍心理」之表徵而已。

二、「後五四時期」：惲代英與瞿秋白

（一）惲代英的「反文化」思想

在這裡的研究中，我們將1917～1923年這段歷史時期稱作「五四新文化運動時期」，而將1923年「科玄論戰」以後的歷史階段稱作「後五四時期」。「後五四時期」不同於「五四新文化運動時期」的特點是：五四新文化運動的主旋律是「思想啓蒙」；換言之，各種不同傾向的「新思潮」都可以在「思想啓蒙」和「反傳統」這一點上達成共識；這與其說是各種「新思想」相互爭鳴和彼此爭雄的時代，毋寧說是各種新思想相互鼓動和震蕩的時代；而到了「後五四時期」，五四時期的「新思潮」已經明顯分化，這是一個各種思想相互紛爭、彼此攻奸和激烈地爭奪思想霸權的時代。爲了確立其思想統治地位，各種思想文化派別都打出了迥異於其它思想派別的口號和旗幟。可以說，較之「五四時代」，這是一個較少思想包容性，更具有思想排他性和獨斷性的時代。惟其如此，「後五四時期」爲我們提供了各種思想派別的更典型的形式。就文化激進主義思潮來說亦然。

「後五四時期」文化激進主義的代表人物是惲代英和瞿秋白。惲代英的文風潑辣、尖銳，直追陳獨秀；而瞿秋白的文字條分屢析，溫文爾雅，堪與李大釗相比美。而且，就思想取向而言，惲代英思想具有強烈的「反文化」特徵，這是陳獨秀激烈「反傳統」思想的合符邏輯的開展；而瞿秋白視人爲歷史的工具的思想，亦是李大釗的社會歷史觀所會達至的必然結論。然無論惲代英還是瞿秋白，他們兩人的思想較之陳獨秀和李大釗都更富有「後五四時期」的重要特徵。

我們知道，無論陳獨秀還是李大釗，他們不僅是一般思想文化意義上的「文化激進主義者」，而且是中國共產黨的創建人；但在五四新文化運動時期，中國共產黨還處於草創時期，故他們這段時期的工作還主要是宣傳和傳播馬克思主義；到了「後五四時期」，中國共產黨作爲一個政黨要求得發展，其組織工作便提到議事日程上來，因此，作爲中國共產黨人的惲代英和瞿秋白，理所當然地將他們的文化工作與推進黨的組織建設聯繫在一起，這是以

〔註38〕同上書，第575頁。

惲代英和瞿秋白爲代表的「後五四時期」文化激進主義的特點。

惲代英關於思想文化的活動要服從於黨的建設這一思想是相當明確和自覺的。1923 年，針對當時有些青年學生關心和投身政治，卻不願意加入任何政黨的思想，他專門寫了《關於學生參加政黨問題》一文，鼓勵學生積極參加政黨的活動和組織。他說：「以前中國的政黨，都有些根本不配稱爲政黨的大缺點，這實在是一件可恨的事情。他們甚至於沒有黨綱。有了黨綱，一般黨員亦從來不研究，不問他實行與否。甚至黨魁要實行黨綱，黨員反轉起來妨害他。」〔註39〕故在惲代英看來，成功地從事政治活動的問題不是是否參加政黨的問題，而是一個政黨是否有黨綱，以及其黨綱能否貫徹的問題。而要黨綱能夠貫徹和深入人心，他提出，進行意識形態的宣傳是關鍵。1924 年，他在《怎樣進行革命運動》一文中，又再次提出政黨的建設問題。他說：「我要特別提出來政黨的需要。一盤散沙的民眾，要他們怎樣恒久的做全國一致的行動，無論是哪一國的人民都是做不到的。但是若在這些民眾中間有了能號召指揮他們的黨，便容易全國一致的行動。黨應當是在各種民眾中的進步份子所組成的，這樣的份子，每個人都要活動，每個人都要逐步具有號召指揮他那一方面的民眾的能力。我們怎樣在各種民眾中去找出這樣的份子？怎樣訓練這樣的份子使他們更有能力？怎樣督促這些份子使他們能號召指揮更多更有力的群眾？這便是最切實最重要的革命工作了。」〔註40〕從這裡可以看到，對於惲代英說來，革命工作其實就是政黨建設，而政黨建設的重要手段又無疑是宣傳、鼓動和組織。對於文學與藝術創作，惲代英完全是根據其是否有利於革命的宣傳來衡量其地位高低的。他說：「我以爲現在的新文學若是能激發國民的精神，使他們從事於民族獨立與民主革命戰爭的運動，自然應當受一般人的尊敬；倘若這種文學終不過如八股一樣無用，或者還要生些更壞的影響，我們正不必問他有什麼文學上的價值，我們應當像反對八股一樣地反對他。」〔註41〕他談到可以利用像歷史、文學這樣的學科來達到「思想教育」的目的時說：「一方自然我亦贊成用歷史、文學的教育，發達國民對國家的感情，使他在理既覺必須爲國家奮鬥，在情亦不能自禁其起而爲國家奮鬥。如此，比徒然以一個義務觀念迫促他的，更可靠

〔註39〕《惲代英文集》（上），第 376 頁。
〔註40〕同上書，第 595 頁。
〔註41〕同上書，第 390 頁。

得多。」〔註42〕

　　至於其它學科，尤其是自然科學等學科，由於難以起到像文學、歷史這樣的「煽情」的作用，故理所當然地在摒棄之列。在《學術與救國》、《再論學術與救國》等文章中，惲代英一再地表達他將學術與「救國」對立起來的觀點。他說：「學術是一向被中國人胡裏胡塗地尊崇的東西。一般愚弄讀書人的帝王，縱然在他『馬上取天下』的時候，亦會溺儒冠、辱儒生；一旦得了天下，為著粉飾太平與消弭隱患起見，都不惜分點餘瀝，用各種名位爵祿，把那些所謂『學者』羈縻起來。一般白面書生，亦樂得與帝王勾結，以眩惑農、工、商賈，於是亦幫著宣傳『宰相須用讀書人』一類的鬼話。因此，學術遂永遠與治國平天下，有了一種莫明其妙的關係。」〔註43〕惲代英這裏的「學術」，既指不關心「救國」的文學、哲學等，更主要指與「救國」無甚干係的自然科學。他說：「有的人說，我們研究學術，便是為的學術本身的價值，原不問他是否有用處，所以原不問他可以救國與否。這種研究學術的態度，我並不敢反對。人應當有順著他自己的意志，以尋求享樂的權利。而且中國若能出幾個牛登、愛恩斯坦，便令亡了國，滅了種，亦仍可以留存著他們萬古馨香的姓名。有時人家提及他們是中國人，我們亦還要分一點榮譽。不過我的偏見，以為這種榮譽，不享受亦罷了！我天天最感覺的，是這種貧困窘迫的慘狀；我總要想有一般人把這些事挽救過來。我只希望一般青年，多花些精神，研究挽救這些事間的學術，這似乎比那種個人的享樂懶惰虛空的榮譽更重要一點罷！」〔註44〕在惲代英眼裏，像自然科學這類的研究完全是為圖個人一己「享樂」的事，難怪他要將學術區分為「吃飯的學術」與「救國的學術」了。他說：「我們決不反對人家用任何學術去吃飯；我們所希望的，只是在吃飯的餘閒，大家注意一點救國的學術。我們不要以為吃飯的學術便是救國的學術，不要欺騙青年，以為吃飯的學術，比救國的學術更重要。」〔註45〕這裏惲代英所說的「救國的學術」，是指「社會科學」。但在他眼裏，這種「社會科學」是與自然科學相對立，甚至於無須對自然科學有深入瞭解就可輕易掌握到的。他說：「倘若我們為研究救國的切實方略，一切學術都可以供給我們一些基本的資料；但是這不是說，我們應該去研究一切的學術，這是說，

〔註42〕同上書，第 412 頁。
〔註43〕《惲代英文集》（上），第 445 頁。
〔註44〕同上書，第 448 頁。
〔註45〕同上。

我們應研究而接受他們所供給的那些資料，以供我們為社會科學的研究。倘若只有人供給這些資料，而沒有研究接受他們，應用他們以解決社會問題的人，我看這與救國，終究是風馬牛不相及呢！」〔註46〕

　　正是從這種鄙視自然科學的立場出發，在教育方針上，惲代英得出了可以取消自然科學的教育的結論。在《八股？》一文中，他提出了「反對洋八股的教育」的口號。什麼是「洋八股的教育」呢？他說：「專就中等教育說，現在一全國的中學生，每天要花很多的時間去學習英文、幾何、三角，因此總計一全國，不知造成了幾千幾萬半通不通的英文、數學學者。這種人若是不升學，若是升學不是學習數、理、工科，他們的英文、數學終究是要忘記乾淨，但他們從前為學習英文、數學所冤枉糟蹋的時間精力，沒有一個大教育家覺得可惜的。」〔註47〕故在惲代英眼裏，所謂「洋八股的教育」指的是關於自然科學以及現代文化知識的教育。這種「洋八股的教育」之所以必須廢除，除了因為只可供少數人升學之用，一般人用不著之外，還因為這種教育戕害人的性靈。他說：「我們為八股無用，所以廢八股，現在這多的中學生學這種無用的英文、數學，果然是無可非議的事情嗎？我們為八股斲喪人的性靈，所以廢八股，現在一般中學生一天到黑疲精勞神於這種無用的英文、數學，使他們沒有一點工夫學習做人的做公民的學問，果然是什麼很滿意的辦法嗎？我們為八股只可以做進學中舉的敲門磚，沒有別的用處，所以廢八股。這在一般中學生學了英文、數學也僅僅只能用來應升學考試，除了升學是學數、理、工科的以外，這種敲門磚是再沒有用了的；至於原來不升學的人，他本用不著敲門，卻也辛辛苦苦的去謀這一塊敲門磚，這種事說與八股教育有什麼兩樣？我真莫明其妙？」〔註48〕其實，惲代英不僅不主張不準備升學的中學生去學習英文和數學，甚至於從根本上反對關於自然科學的專門教育。他說：「至於專門人才呢！今日最要是能革命的人才。是革命中，與革命戰爭以後，能瞭解世界政治經濟狀況，以指導國民行動的人才。是能善於運用國家政權的人才。其餘的人才，均非急要。」〔註49〕之所以說關於自然科學的人才均非急要，除了因為當前自然科學知識於「救國」非當務之急之個，從根本上說，還因為這些只懂自然科學的專門人才「不懂政治」，無法用

〔註46〕同上書，第 449 頁。
〔註47〕同上書，第 390 頁。
〔註48〕《惲代英文集》（上），第 390 頁。
〔註49〕同上書，第 402 頁。

學到的知識服務於社會。他對這些「專門人才」表示他的鄙夷之情說：「我們再看一般專門人才，除了服役於外國工廠逕不回國，或服役於國內洋行，及少數本國工商機關的以外，多屈居於設備苟簡的學校做教員，或蜷伏於中央地方官署消耗其精力於戳磨簿書之中。這全可以看出某種意義的專門人才的養成，非中國之所需要。」〔註50〕在他看來，培養自然科學方面的專門人才，完全是帝國主義奴役與剝奪中國人民的一種手段與圈套。他說：「自然若英國人硬以強索於我的賠款為我興學，則寧以辦醫工科比辦清華式的學校好。但我們必不可忘我們最需要的，寧是如何運用國家的政治、經濟知識（或者是最能鼓舞國民的歷史、文學教育），我們不可以職業化機械化的教育，遂認為滿足。這種教育，其實亦正是帝國主義者，所願施給殖民地人民的。聽說朝鮮人在日本便只能學工藝，不能學政治、經濟、歷史、法律。美國退還賠款，亦說只收十分之二的法政文學學生。我們定要知道，我們永遠只能受職業化機械化的教育，決不是我們的利益。」〔註51〕為此，他尤其將矛頭指向英文和現代科學知識。他說：「我們尤其要大聲疾呼地排斥國人對於英文的迷信。現在教育部的章程，在中學裏教授英文的時間比一切的課程都多；一般教育家總說英文、數學、國文是主要科目；有許多地方的中學生，一生用不著與外國人說話、通信，也沒有讀外國書的時候，卻花了許多精力去對付這種科目。一個學生縱然各種科學都好，若是英文、數學學不上人家，或者僅僅是英文學不上人家，就會被人家看成無大造就的一個人，有時甚至於因此要勒令退學。我真很奇怪國人何以有這種普遍的謬見。」〔註52〕

　　惲代英這種反對現代自然科學及現代文化知識的觀點，只有從「政治文化」的角度才可以得到理解。惲代英視學術與教育為達到政治目的的工具，一切與「政治」掛不上邊的學術與文化便理所當然地在摒棄之列。而作為文化激進論者，他又是一位「政治萬能論者」。在他看來，只要「政治」問題解決了，其它的一切問題：經濟的甚至於技術方面的問題，都可迎刃而解。他說：「有的人要說，縱然有了管理工廠的人，仍然要技術家，這是不錯的。但是中國也有不少的技術家呵！倘若中國的技術家不夠用，盡可以請外國的技術家為我們服役。只要主權在我們，請外國的技術家，猶如外國人招華工一樣。即如現在德國的

〔註50〕同上。
〔註51〕同上書，第 403 頁。
〔註52〕同上書，第 391～392 頁。

窮窘，設如我們向他們要技術家，真怕取之不盡，用之不竭。美國、日本從前都向別國雇請技術家，所以有今天。由此可知中國是政治上軌道要緊，技術家的夠用不夠用，還不成一個重要問題。」〔註53〕惲代英力主「政治」是中國的當務之急，「不然，多一個技術家，便是多一個流氓！」〔註54〕

（三）瞿秋白的「普洛大眾化」文藝思想和理論

瞿秋白是中國共產黨早期的重要領導人之一，三十年代以後，他用很多時間與精力投於文藝理論工作。與許多激進文化主義者一樣，他重視「暴力革命」和「流血的革命」；並且強調個意志在推動歷史過程中的根本作用。但他的唯意志論的表現形式與一般的唯意志論者不同，其說法要精緻得多，這就是他的「歷史工具論」。所謂「歷史工具論」，是視「偉人」或英雄人物個人為「歷史」的工具，是歷史的「規律性」的展現。在《歷史的工具——列寧》一文中，他說：「列寧不是英雄，不是偉人，而只是二十世紀無產階級的工具。向來對於歷史上的偉人，大家都竭力崇拜，以為他們有什麼了不得的天才，神一般的奇智，能夠幹旋天地，變更歷史的趨向。其實每一個偉人不過是某一時代、某一地域裏的歷史工具。歷史的演化有客觀的社會關係，做他的原動力，偉人不過在有意無意之間執行一部份的歷史使命罷了。我們假使崇拜這種歷史使命，我們方崇拜他這個人。」〔註55〕「偉人」雖然是歷史的工具，但他在歷史過程中並不是純粹被動的；相反，由於歷史的規律必得通過他來實現，他的行為與行動便對歷史來說具有了舉足輕重的作用。他說：「列寧的偉大不僅在於他的共產主義理想，而且在於他能明悉社會進化的趨向，振作自己的革命意志，指示出運用客觀的環境以達人類的偉大目的之方法。所以他是全世界受壓迫的平民的一個很好的工具。假使沒有列寧，世界的帝國主義仍舊是在崩壞，國際的無產階級仍舊要行社會革命，東方各國的平民仍舊是進行國民運動；不過若是沒有列寧，革命的正當方略，在鬥爭的過程裏，或者還要受更多的苦痛，費更多的經驗，方才能找著。……這樣看來，我們可以更進一步說，列寧不但是歷史的工具，而且是革命戰爭組織的象徵，他是革命組織裏的要件。」〔註56〕可見，所謂「偉人」是歷史的工具的說法，其實是指「歷史」通過「偉人」指示人類的命運，

〔註53〕同上書，第388頁。
〔註54〕同上書，第387頁。
〔註55〕《瞿秋白選集》，北京，人民出版社，1985年版，第137頁。
〔註56〕同上書，第139頁。

並通過「偉人」引導人類更好地走向未來。歷史的規律與「偉人」的個人意志，便這樣通過「歷史的工具說」達到了統一。

按照瞿秋白的觀點，由於歷史的規律或「偉人」的意志必得轉化為群眾的運動，因此，組織工作對於革命來說便具有了根本的重要性。瞿秋對於文學在革命的「組織」工作中承擔的作用予以了足夠的重視，也許，在中國革命史上，他是將文學的「組織功能」理論發揮至極致的第一人。在《普洛大眾文藝的現實問題》一文中，他對文藝的功能作了如下的規定：「文藝問題裏面，同樣要『由無產階級反對資產階級而完成資產階級民權革命的任務』，準備著，團結著群眾的力量，以便『立刻進行社會主義的革命』。為著執行這個任務起見，普洛大眾文藝應當在思想上意識上情緒上一般文化問題上，去武裝無產階級和勞動民眾：手工工人、城市貧民和農民群眾。這是艱苦的偉大的長期的戰鬥！」〔註57〕這裡的「普洛文化」，是指為無產階級的階級利益服務的文化，這種文化是有強烈的階級性和鬥爭性的。如同「偉人」是歷史的工具一樣，這裡文藝也成為體現無產階級階級意志的工具。他將「普洛文化」的任務規定為如何去「組織自己的隊伍」和「在情緒上去統一團結階級鬥爭的隊伍，在意識上、在思想感情、在所謂人生觀上去武裝群眾」。〔註58〕為此，他提出文藝要去寫三種「作品」：（一）鼓動作品，（二）為著組織鬥爭而寫的作品，（三）為著理解人生而寫的作品。關於「鼓動作品」，他提出：「這當然多少不免要有標語口號的氣味，當然在藝術上的價值也許很低。但是，這是鬥爭緊張的現在所急需的，所謂『急就章』是不能夠避免的。」〔註59〕當然，他也意識到，由於要增強這類作品的「感染力」，這類作品也有個盡可能的「藝術化」問題。但他所謂的「藝術化」，仍是指「標語口號的藝術化」，他說：「使標語口號藝術化，而取得藝術品的資格；──因為這裡主要的將是為著時事，為著大事變而寫的東西，而大事變往往可以產生意義偉大的作品。這必然要認做一種在一定的事變之中的反對一切種種反革命的武斷宣傳的鬥爭。」〔註60〕關於「為著組織鬥爭而寫的作品」，他強調，這是寫「一般的階級鬥爭，經常是一切問題上的階級鬥爭。」〔註61〕其中，「當然首先是描

〔註57〕同上書，第459頁。
〔註58〕同上書，第468～469頁。
〔註59〕同上書，第469頁。
〔註60〕《瞿秋白文集》，第469頁。
〔註61〕同上。

寫工人階級的生活，描寫貧民、農民、兵士的生活，描寫他們的鬥爭。勞動
群眾的生活和鬥爭，罷工，游擊戰爭，土地革命，當然是主要的題材。同時，
小資產階級、資產階級、紳士地主階級的一切醜惡，一切殘酷狡猾的剝削和
壓迫的方法，一切沒有出路的狀態，一切崩潰腐化的現象，也應當從無產階
級的立場去揭發他們，去暴露他們。諷刺的筆鋒和刻毒的描寫，對於敵人是
不知道什麼叫做寬恕的。這是衝鋒的搗亂後防的游擊隊。這是要打破群眾對
於敵人，對於動搖的『同盟者』的迷信。」〔註62〕關於「為著理解人生而寫
的作品」，這不是指去描寫共同的或一般的「人性」，恰恰相反，而是去寫「階
級性」。他認為，過去關於寫「人生」的作品其「意識形態大半是在地主資
產階級的人生觀的束縛之下」，〔註63〕而「普洛文藝」的寫作是要將文藝作
品從這種束縛下解放出來。他說：「工農的人生是和鬥爭不可分離的。紳商
就特別努力的想把他們的人生和鬥爭分離開來。」〔註64〕總之，瞿秋白規定，
「普洛文藝」的「鬥爭任務」，就是「在思想上武裝群眾，意識上無產階級
化」。〔註65〕這樣，「普洛文藝」實際上起著革命鬥爭的「留聲機」的作用。
這點，瞿秋白毫不諱言。他說：「文藝也永遠是，到處是政治的『留聲機』。
問題是在於做那一個階級的『留聲機』。並且做得巧妙不巧妙。總之，文藝只
是煽動之中的一種，而並不是一切煽動都是文藝。」〔註66〕瞿秋白也注意到
文藝的「藝術的力量」，但在他眼裏，「藝術的力量」卻是「煽動的力量」的
代名詞。他說：「庸俗的留聲機主義和照相機主義，無非是想削弱文藝的武器。
真正能夠運用藝術的力量，那只是加強煽動的力量；同時，真正為著群眾服
務的作家，他在煽動工作之中更加能夠鍛鍊出自己的藝術的力量。」〔註67〕

　　由於「普洛大眾文藝」要起到組織和動員群眾、激發群眾意志的作用，
因此，「如何寫」，也即用什麼文體寫作便成為文學面臨的特出問題。這方面，
瞿秋白提出要反對「五四式」的白話文的寫作方式，原因在於「五四」時期
的白話文運動表現的是「資產階級的自由主義的文藝運動」，而現階段「我們
要有一個『無產階級的「五四」』，這應當是無產階級的革命主義社主義的文

〔註62〕同上。
〔註63〕同上書，第470頁。
〔註64〕同上書，第471頁。
〔註65〕同上書，第472頁。
〔註66〕同上書，第513頁。
〔註67〕同上。

藝運動」〔註68〕他指斥「五四」白話文運動說：「五四式的白話，表現的形式是很複雜的：有些只是梁啓超式的文言，換了幾個虛字眼，不用『之乎者也』，而用『的嗎了呢』，這些文章，叫士大夫看起來是很通順的。有些是所謂『直譯式』的文章，這裡所容納的外國字眼和外國文法並沒有消化，而且囫圇吞棗的。這兩大類的所謂白話，都是不能夠使群眾採用的，因爲讀出來一樣的不能夠懂。原因在於：製造新的字眼，創造新的文法都不是以口頭上的俗話做來源的主體，——再去運用漢文的，歐美、日本文的字眼，使他們儘量的容納而消化；而是以文言做來源的主體，——甚至於完全不消化的生硬的堵塞些外國字眼和文法。結果，這種白話變成了一種新式文言」〔註69〕這種「新式文言」，他稱之爲非驢非馬的「騾子話」。他提出，無產階級的「五四」要開展一場新的文學革命，這場新的文學革命要推翻「白話的新文言」，而採用現代中國活人的白話，尤其是「無產階級的話」來寫。他說：「無產階級不比一般『鄉下人』的農民。『鄉下人』的言語是原始的，偏僻的。而無產階級在五方雜處的大都市裏面，在現代化的工廠裏面，他的言語事實上已經在產生一種中國的普通話（不是官僚的所謂國語）！」〔註70〕對於瞿秋白來說，用「俗話」寫作絕不僅僅是一個文學的體裁或形式的問題，而是事關「革命」的根本問題，原因很簡單：不採取這種「俗語」的寫作形式，則無產階級大眾無法接受，文學的「組織」和動員群眾的工作也就無法完成。所以他說：「不注意普洛文藝和一切文章用什麼話來寫的問題，這事實上是投降資產階級，是一種機會主義的表現，是拒絕對於大眾的服務。這個俗話革命的任務，是一般文化革命的任務，一切革命的文化組織應當擔負起來，而尤其是文學的革命組織。」〔註71〕

　　實際上，普洛文學要發揮組織和動員群眾的作用，不僅有一個「如何寫」的問題，還有一個轉變立場和態度的問題。他提出，普洛作家要寫工人、民眾和一切題材，一定要從無產階級的觀點去反映現實的人生、社會關係和社會鬥爭。他說：「現在革命的作家之中，許多還保存著那種浮萍式的男女青年的『氣派』。浮萍式的——因爲他們在社會裏是沒有根蒂的，他們不但不知道工人貧民的生活水平，而且不知道一切有職業的人的生活。這大半是離開母親和學校

〔註68〕同上書，第 472 頁。
〔註69〕同上書，462～463 頁。
〔註70〕同上書，第 463 頁。
〔註71〕同上。

的懷抱之後，就立刻成為『歐化的』無業遊民。」〔註72〕為了克服這種「歐化的」浮萍式傾向，他提出了「向群眾學習」的問題。他說：「普洛大眾文藝的運動是一個艱苦的偉大的鬥爭，必須這樣從各方面去努力，必須這樣鄭重的認真的刻苦的開始工作，克服一切可能的失敗和錯誤，必須立刻回轉臉來向著群眾，向群眾去學習，同著群眾一塊兒去奮鬥，才能夠勝利的進行。而沒有大眾的普洛文學是始終要枯死的，像一朵沒有根的花朵。」〔註73〕

　　總括以上可以看到，對於瞿秋白來說，文學和藝術除了是「階級鬥爭」和意識形態動員的工具以外不再是其它，而文學藝術家只有自覺地成為階級戰爭的鬥士才是唯一的出路。於是，或者是如惲代英式的反對和貶低科學文化，或者是如瞿秋白一般的將文學藝術極度地意識形態化，——它們提供了「後五四時期」文化激進主義的剪影。

三、文化激進主義的思想遺產

　　文化激進主義不僅是中國近現代最富有代表性的社會文化思潮之一，而且是改變和塑造近現代中國社會面貌的最有力度的思潮。可以這樣認為：整個 20 世紀中國的政治地圖，就是由「文化激進主義」這枝重彩筆所描畫的。在 20 世紀中國歷史的大動盪中，文化激進主義之所以會取代其它各種思潮而成為中國社會文化的主潮乃有其歷史的必然。20 世紀的中國正處於一個前所未有的各種社會矛盾錯綜交織、異常尖銳的時期，人心思變，人心思動。當時是，各種思潮都提出了自己的改革社會的藍圖和方案，並且各思「以其道易天下」，在這各種社會改革方案的競爭中，無疑以「文化激進主義者」提出的一攬子解決所有社會問題的改革方案最富有吸引力，而且，「文化激進主義者」與其說是強調文化的「理性思考」和「反思」的功能，毋寧說更重視文化的社會動員和意識形態化的功能，而此恰恰能滿足不安於現狀，且迫切渴望「行動」的社會大眾的需要。可以說，在社會矛盾尖銳複雜、社會大眾寄希望於嚴峻的各種社會問題旦夕就可解決的情況下，「文化激進主義」的文化與政治主張似乎最能滿足大眾的社會期待與夢想，「文化激進主義」之所以在 20 世紀中國迅速蔓延，當在情理之中。

　　人們對於「文化激進主義者」常常有一種指責：文化激進主義者試圖一

〔註72〕同上書，第 464 頁。
〔註73〕同上。

攬子解決所有社會問題，結果卻常將社會問題弄得更為複雜；文化激進主義者主觀上想消除社會震盪，其行為的後果卻帶來社會更大的震盪。其實，人們在作這種指責的時候，常常混淆了政治激進主義與文化激進主義。由於政治激進主義與文化激進主義有聯繫且時常相互糾纏，因此，對這兩者之間的關係作一番清理會有助於我們對文化激進主義在歷史上發揮的功能的認識，從而對它作出合理的歷史定位。歷史上，作為政治激進主義的運動通常是由兩部份人組成的：「觀念人物」與「行動人物」。所謂「觀念人物」，是指從事觀念的探究和傳播的人物，這些人好談「主義」和觀念，擅長寫文章和演說，在群眾運動中扮演「先知」和「導師」的角色。從這種意義上說，真正的「文化激進主義者」其實都是「觀念之士」。在群眾運動的初期，運動處於醞釀和發動的階段，這個階段是「觀念之士」的黃金時代，他們在群眾中宣傳、煽動、點火，起著「喚風呼雨」的作用。他們的言論和文字，在群眾中會產生極大的影響，甚至於可以左右運動的發展和方向。群眾在這個階段不惜對「觀念之士」頂禮拜膜，這真是「觀念人物」春風得意的時代。然而好景不長。在運動的初期階段，就有一種「行動人物」蟄伏其間，這種人地位卑微，行動不為人所注意；但到了運動後期，當「運動」已經開展和發展起來，一種新的權力形態開始形成和出現，這時候，實際的「行動人物」開始登臺亮相，而「觀念人物」還是滿腦袋的幻想。但從權力的鞏固著眼，群眾性的運動即便開展，也僅只流為外衣和形式，對內強調的是組織和服從。這時候，「觀念人物」往往會產生一種被誘拐的感覺。當有機會時，這類人可能投奔別的公司分號；第一流而又有獨立思想的人，不是別立門戶，就是遺世獨立。

　　按照殷海光的說法，觀念人物與行動人物的這種分化實在是動理上不可避免的結果，因為行動人物追求的是權力和「成功」，至於怎樣成功，用什麼樣的手段成功，這些對於「行動人物」來說只是空洞的問題，他們對此毫無興趣。行動人物有時也標榜一些主張和主義，但他們之這樣做，主要是將主張和主義作為結納精乾和吸引人眾的工具，至於標榜的主義和主張是否實行，那要看這對他們和他們的團體是否有利。他們口頭上也提倡理想，但他們更重視人身崇拜，當理想可以作人身的裝飾時，他們便拉攏理想；當理想妨礙人身崇拜時，他們便修改理想，要麼便束之高閣。與「行動人物」相比，「觀念人物」大多是一些「理想主義者」：他們視理想為第一，甚至不惜為理想而獻身。但他們常常產生幻覺，錯將夢想當作現實，或要將理想去強加於

現實。更可悲的是，當群眾運動早已偏離了他們當初設想的軌道時，還以為其為之奮鬥的理想即將實現。他們制定的「綱領」和口號常常被「行動人物」所利用和篡改，自己卻並不覺察。更有甚者，當運動發生分裂，或陷於激烈的派別鬥爭時，他們宣傳的主張和理論又常常會被置於「被批判」的地位，他們本人因此而成為「替罪羊」，輕則仍可留於運動當中但須對過去的思想作「革心洗臉」，重則被清除而離開運動。

　　由此看來，文化激進主義者似乎充當了政治激進主義運動的「引發劑」或「燃媒劑」的角色。但這只是問題的一個方面，雖然是頗為重要的方面。其實，作為「政治文化」，文化激進主義並不等同於政治激進主義。因為作為一種社會文化思潮，它畢竟有它超越單純政治運動的一面。假如拋開其與政治激進主義相糾纏的一面，可以看到，文化激進主義的思想並非純粹一派胡言。文化激進主義者常常都是憂國憂民之士，他們對現存社會進行激烈批判，痛下針砭；他們目光犀利深刻，對社會問題之解剖往往入木三分；而且，文化激進主義者常常是信仰真誠，敢為理想而赴湯蹈火，他們依其人格魅力，使思想和學說在群眾中獲得極大支持，而這正是任何真正影響深遠的社會性群眾運動所不可或缺的。但從社會思想文化史的角度而言，也許如下一點是更為重要和主要的：文化激進主義的政治理想與政治設計來源於一種道德理想主義。單純從「價值理性」出發是無法導出徹實可行的政治方案和措施的，而且，以單純的道德熱情和主觀願望來代替具體的政治運作注定是一個「烏托邦」，其後果是危險的；文化激進主義者提出的種種具體、現實的政治操作方案注定是一種幻想。但假如承認人類的理性自有其局限性，人們將其「理性」運用於社會與政治的改造自有其試錯的性質，那麼，歷史上的人們一度由「文化激進主義者」提供的社會改革方案所導引，進行其社會改革的試驗，也就並不值得深怪。文化激進主義者的出路在於：堅持其從「價值理性」出發的道德熱情、社會理想與社會關懷，而在具體的行動策略上與政治激進主義路線劃界。這樣，文化激進主義依然可以對社會及現實政治問題從「價值理性」的角度表示其激烈的批評意見。從這方面說，文化激進主義可以起到社會與政治問題的「報警器」的作用，並且成為對抗政治保守主義的一付良劑。是的，剝離開其具體的政治策略原則不論，假如說中國近現代的文化激進主義思潮對中國近現代歷史的發展曾有所貢獻的話，那麼，它以其特有的道德熱情與社會責任感，曾喚起人們投身於社會改革與從事偉大的歷史活動的熱情。

參考文獻

1. 科塞：《理念人：一項社會學的考察》，北京，中央編譯出版社，2001。

2. 曼海姆：《意識形態與烏托邦》，北京，華夏出版社，2001。

3. 陶東風：《社會轉型與當代知識份子》，上海，上海三聯書店，1999。

4. 尤西林：《闡釋並守護世界意義的人——人文知識份子的起源與使命》，鄭州，河南人民出版社，1996。

5. 余英時：《士與中國文化》，上海，上海人民出版社，1987。

6. 《孟子》。

7. 陳寅恪：《金明館叢稿二編》，上海，上海古籍出版社，1980。

8. 余英時：《現代儒學論》，上海，上海人民出版社，1998）。

9. 《嚴復集》，北京，中華書局，1986。

10. 嚴復：《原富》，北京，商務印書館，1981。

11. 《王國維文集》，北京，北京燕山出版社，1997。

12. 王忍之等編：《辛亥革命前十年間時論選集》，北京，三聯書店，1960。

13. 《毛澤東選集》，北京，人民出版社，1969。

14. 弗洛姆：《逃避自由》，上海，上海文學雜誌社，1986。

15. 李振霞等編：《中國現代哲學史資料選輯》，北京，紅旗出版社，1986。

16. 梁啓超：《新民説》，瀋陽，遼寧人民出版社，1994。

17. 蓋爾納：《民族與民族主義》，北京，中央編譯出版社，2002。

18. 艾森斯塔德：《現代化：抗拒與變遷》，北京，中國人民大學出版社，1988。

19. 康有爲：《大同書》，瀋陽，遼寧人民出版社，1994。

20. 中共中央黨校科研辦公室選編：《社會主義思想在中國的傳播》（資料之二），内部印行，北京，1987。

21. 梁啟超：《飲冰室文集》，雲南教育出版社，2001。

22. 楊奎松等：《海市蜃樓與大漠綠洲——中國近代社會主義思想研究》，上海，上海人民出版社，1991。

23. 《朱執信集》，北京，中華書局，1979。

24. 翦伯贊等編：《中國近代史資料叢刊·戊戌變法》，內部印行，北京，1953。

25. 陳獨秀：《獨秀文存》，合肥，安徽人民出版社，1987。

26. 《李大釗全集》，河北教育出版社，1999。

27. 孫中山：《建國方略》，遼寧人民出版社，1987。

28. 陶菊隱：《北洋軍閥統治時期史話》，北京，三聯書店，1983。

29. 《天演論》，北京，商務印書館，1981。

30. 王兆勝等編：《回讀百年》，鄭州，大象出版社，1999。

31. 《論語》。

32. 熊十力：《新唯識論》，北京，中華書局，1985。

33. 郭齊勇：《熊十力思想研究》，天津，天津人民出版社，1993。

34. 韋君宜：《思痛錄》，北京，北京十月文藝出版社，1998。

35. 蒂里希：《政治期望》，成都四川人民出版社，1989。

36. 費正清主編：《劍橋中華人民共和國史》，上海，上海人民出版社，1990。

37. 《顧準文集》，長春，吉林人民出版社，2001。

38. 王元化：《九十年代反思錄》，上海，上海古籍出版社，2000。

39. 李澤厚、劉再復：《告別革命——回望二十世紀中國》，香港，天地圖書有限公司，1995。

40. 徐友漁：《自由的言說》，長春，長春出版社，1999。

41. 亨廷頓：《變動社會的政治秩序》，上海，上海譯文出版社，1989。

42. 章開源、羅福惠主編：《比較中的審視：中國早期現代化研究》。

43. 黃延復：《梅貽琦教育思想研究》，瀋陽，遼寧教育出版社，1994。

44. 謝泳：《教育在清華》，天津，百花文藝出版社，1999。

45. 黃延復主編：《梅貽琦先生紀念集》，長春，吉林文史出版社，1995。

46. 《殷海光先生文集》，臺灣桂冠圖書有限公司，1989。

47. 《胡適哲學思想資料選》，上海，華東師範大學出版社，1981。

48. 張君勱、丁文江等：《科學與人生觀》，濟南，山東人民出版社，1997。

49. 《陳獨秀文章選編》，北京，三聯書店，1984。

50. 《李大釗文集》，北京，人民出版社，1984。

51. 《瞿秋白選集》，北京，人民出版社，1985。

52. 米瑟斯：《自由與繁榮的國度》，北京，中國社會科學出版社 1994。

53. 薩拜因：《政治學說史》，北京，商務印書館，1986。

54. 托克維爾：《論美國的民主》，北京，商務印書館，1988 年。

55. 《梁啓超選集》，上海，上海人民出版社，1984。

56. 《梁啓超哲學思想論文選》，北京，北京大學出版社，1984。

57. 司馬長風：《中國新文學史》，香港，昭明出版社有限公司，1975。

58. 《中國現代思想史資料選編》，杭州，浙江人民出版社，1983。

59. 《中國民主同盟歷史文獻》，北京，文史資料出版社，1983。

60. 《中國現代哲學史資料彙編》，遼寧大學出版社 1981。

61. 《張東蓀文化論著輯要》，北京，中國廣播電視出版社，1995。

62. 《胡適的日記》（手稿本）。

63. 《潘光旦文集》，北京大學出版社，1997。

64. 陳寅恪：《寒柳堂集》，上海古籍出版社，1980。

65. 殷海光：《中國文化的展望》，北京，中國和平出版社，1988。

66. 《惲代英文集》，北京，人民出版社，1984。

67. 《中國近代政治思想論著選輯》，北京，中華書局，1986。

68. 康有爲：《孔子改制考》，北京，中華書局，1958。

69. 黃開國：《廖平評傳》，天津，百花洲文藝出版社，1993。

70. 《譚嗣同文選注》，中華書局，1981。

71. 《中共中央文件選集》，北京，中共中央黨校出版社，1992。

72. 于鳳政：《改造》，鄭州，河南人民出版社，2001。

73. 劉培育主編：《金岳霖學術思想研究》，四川人民出版社，1987。

74. 朱正：《一九五七年的夏季：從百家爭鳴到兩家爭鳴》，鄭州，河南人民出版社，1998。

75. 鍾桂松：《天涯歸客——陳學昭》，鄭州，河南人民出版社，2000。

76. 韋君宜：《思痛錄》，北京，北京十月文藝出版社，1998。

77. 王蒙、袁鷹主編：《憶周揚》，內蒙古人民出版社，1998。

78. 《國內哲學動態》編輯部編：《人性、人道主義問題討論集》，北京，人民出版社，1983。

79. 胡績偉：《民主論》，北京，中外文化出版公司，1988。

80. 教育部政治思想教育司編：《〈關於人道主義和異化問題〉學習輔導》，北京，中國人民大學出版社，1984。

81. 《李澤厚哲學美學文選》，長沙，湖南人民出版社，1985。

82. 徐友漁：《不懈的精神追求》，天津，天津人民出版社，2002。

83. 王小波：《沉默的大多數》，北京，中國青年出版社，1997。

84. 劉小楓：《這一代人的怕和愛》，三聯書店，1996。

85. 劉小楓：《走向十字架的真》，上海，上海三聯書店，1995。

86. 陳飛等編：《回讀百年》，鄭州，大象出版社，1999。

87. 陶東風：《社會轉型與當代知識份子》，上海，上海三聯書店，1999。

88. 祝勇編：《知識份子應該幹什麼》，北京，時事出版社，1999。

89. 羅崗等編：《90年代思想文選》，南寧，廣西人民出版社，2000。

90. 劉軍寧：《共和·民主·憲政——自由主義思想研究》，上海，上海三聯書店，1998。

91. 何清漣：《現代化的陷井》，北京，今日中國出版社，1998。

92. 秦暉：《思無涯，行有制度》，天津，天津人民出版社，2002。

93. 秦暉：《問題與主義》長春，長春出版社，1999。

94. 薩托利：《民主新論》，北京，東方出版社，1993。

95. 亞當·斯密：《原富》，北京，商務印書館，1981。

96. 《殷海光文集》，武漢，湖北人民出版社，2001。

97. 《莊子》。

98. 赫胥黎：《進化論與倫理學》，北京，科學出版社，1973。

附錄一：「行走的觀念」：20世紀中國社會思潮的特質 [註1]

（一）作為「參與型思想觀念」出場的20世紀中國思想史

在描述 20 世紀中國思想史的時候，人們常常會遇到一個「難題」，即假如真正用「觀念」兩個字來涵蓋中國近現代思想家們的思想時，會發現這些所謂思想家們的思想並非那麼純粹的觀念。換言之，假如認為思想通常是指稱所謂思想觀念，而思想觀念又是指某種理性思維的觀念的話，那麼，人們只能得出一種看法，即單純從中國近現代的思想家們的思想觀念出發，很難構建起思想史。但為了表明這些近現代思想人物的思想能稱得上「觀念」，人們不得不去發現這些思想人物思想中的「微言大義」。一句話，為了構造 20 世紀中國的思想史，人們不得不去賦予這些思想人物的思想觀念以其原初並非具有的涵義。此也即人們通常所說的對於思想觀念的「過度詮釋」。

這種對於思想人物的思想觀念過度詮釋造成的結果是：一是賦予了這些思想人物的觀念本身本來沒有的涵義，脫離了歷史的真相；另一方面是：思想觀念史容易走向實用化，即認為這些思想人物的思想觀念早已穿透歷史與超越時空，甚至對後世社會問題的解決也具有觀念的引領作用。縱觀 20 世紀中國思想史，不可否認的是：雖說某些思想人物的某些思想具有超越時空的性質，而且確對後來社會歷史中出現的問題可能提供某些觀念上的啟迪，但這並非是 20 世紀中國思想史的主流。就是說，假如回到歷史的實際，我們可

〔註 1〕本文是作者在「思潮研究百年反思：理論與方法」學術研討會（上海，2008，5，31～6，1）發表的論文，載《華東師範大學學報》，2008 年第 5 期。

以發現：20 世紀中國大多數所謂思想家，或者我們將其納入思想史研究範圍的思想人物，其思想觀念就觀念本身而言，不僅不是那麼地純粹，甚至也並非想像的那麼深刻。它們要麼是對於當時某些社會問題發表的常識性見解，要麼是以觀念的形式出現，其實卻只是古代或者西方的某些觀念的販運或者改裝而已。一句話，假如說將社會思想視之為純粹「觀念」的話，那麼，20 世紀中國這些思想人物能提供給人們以真正的思想觀念意義上的啟發的觀念其實是少之又少的。換言之，儘管 20 世紀中國出現了許許多多的思想人物，但這些思想人物的思想卻缺少觀念意義上的原創性。

那麼，怎麼辦呢？既然中國近現代思想人物的思想觀念一般而言缺乏原創性，又不能像過去思想史研究經常採取的做法那樣去拔高思想人物的思想高度，看來，唯有一種可能，即否定中國近現代有所謂的思想史；或者，勉強去寫成一部中國近現代思想史，也會認為這是一部相當「貧乏」的思想史。這樣的思想史，其唯一的作用是告訴人們：20 世紀中國的思想界是如何地思想貧乏。這樣的思想史，提供給人們的更多的是思想的教訓，即社會歷史如何導致一個沒有真正觀念出現的時代。

假如思想史的意義在於提供歷史的教訓，而它提供的教訓又是如此，那麼，這不能說是真正的思想史。思想史區別於一般歷史的方面在於：它除了要說明思想觀念產生的歷史與社會原因之外，更重要的還是要對思想觀念本身進行辨析，哪怕這是一個「思想貧乏」的時代。作為思想史而非一般歷史的任務，就是要對這些哪怕是貧乏的思想本身進行觀念的分析。即從思想觀念的角度看，它們究竟是否貧乏。其實，任何作為某一歷史時期的社會生活之反映與表徵的思想觀念，其本身並沒有貧乏與否的區分，而只有它是以何種形式與方式體現了社會時代的內容之區分。質言之，思想史的研究與其說花很大力氣去探究思想觀念豐富或貧乏之原因，不如應將主要力氣去辨析這些思想觀念究竟是以何種樣式與方法去體現與表現時代與社會的內容與要求的。一句話，注重思想觀念內容與當時社會生活的互動關係，而非僅僅著眼於思想觀念產生的歷史背景的分析，這才是思想史研究方法的通則，也是它與哲學史研究的區別所在。從這種意義上說，沒有思想觀念貧乏的時代，而只有研究思想史方法貧乏與陳舊的時代。換言之，所謂思想貧乏的時代，是貧乏的思想史研究方法的結果而非它的原因。

假如這樣來看待問題的話，我們發現：20 世紀的中國，其思想史研究的

內容不僅異常地豐富，而且其思想觀念也相當地精彩。要注意的是：我這裡是指思想的精彩，而非思想的深刻。思想史要關注的常常並非是所謂深刻的思想，而是精彩的思想。而所謂精彩的思想，自然就是看其與社會和時代的聯繫上，究竟提供了以往歷史上其它時期所沒有過的何種思想樣式。

所謂思想樣式，簡言之，乃是思想觀念與社會生活，尤其是社會變革發生關聯的方式。在歷史上，任何時代的思想觀念都要與社會生活發生關聯與發生作用，但這種發生關係與發生作用的方式是多種多樣的。假如將其作為類型來劃分的話，可以區分為兩大類：一種是反映式的，另一種是參與式的。所謂反映式的，是指思想觀念是對社會生活與時代變革的思想觀念的反映。這種反映式的思想觀察，按照馬克思的說法，其實是「顛倒過來的現實」，此也即黑格爾所謂理念是本真，而現實生活才是理念的展開形式。從歷史上看，這種反映式的思想觀念長期以來一直主宰著西方的思想傳統，至少也成為西方思想史家們研究思想觀念的通常模式，即強調思想史是對於觀念本身的研究。既然觀念已經內在地包含著現實，那麼，對於現實世界的理解也就可以通過把握思想觀念而獲得。假如將思想觀念定位為反映式的思想觀念，自然而然地，語義分析與詮釋思想觀念本身，就成為思想史研究的通則。

然而，還有另外一種對於思想的理解，即不將思想觀念視為現實生活的反映，而視之為應對現實，甚至變革現實的工具。假如從這一維度來對於所謂思想觀念加以理解的話，那麼，自然而然地，對於思想觀念的研究，包括對於思想觀念的涵義與意義的理解，就不是僅僅通過語義分析與詮釋思想觀念本身所能獲得的了。這種工具式的思想觀念由於其社會功能是要作用於社會生活，因此，研究其思想觀念的內容，假如脫離了當時的社會生活實際，脫離了思想觀念與社會生活的參與角度，是不得要領的。其實，任何思想觀念都有作用於社會生活的一面（即使貌似不食人間煙火的哲學形而上學思想觀念亦如此。）為了與主要是作為社會生活之反映的思想觀念相區別，這裡，我們將這種主要是強調其參與和改造社會的思想觀念稱之為「參與式的思想觀念」。一旦作如此劃分，可以看到，佔據西方思想主流的，是反映式的思想觀念。而中國自來就有以思想觀念來改造社會生活的傳統，這種思想傳統在近現代中國特殊的社會歷史條件下得以延續並強化，而且成為20世紀中國社會思想的主要形態。可以認為，假如將這些參與式的思想觀念排除於外，僅僅選擇那些似乎「純粹」的觀念作為研究對象，這樣撰寫出來的思想史將不

能被稱之為一般的思想史，而只能是學術思想史。但是，假如雖然以這些參與式的思想觀念作為研究對象，卻採取反映式的思想觀念研究方法，那麼，得出來的思想史也不會是思想史，而只會是被歪曲或閹割了的思想史。

迄今為止，這種被閹割了的思想史還左右著我們對於 20 世紀中國思想史的書寫。其研究方式表現為：由於強調觀念的語義分析與詮釋，不得不沿用西方近代以來的思想觀念及思想模型，來理解中國近現代思想家們的思想觀念。這種思想史研究方法，是首先視思想觀念為一種理性的結構，然而才是其它。由於視思想觀念為一種理性的結構，重視的是它的理論邏輯，強調的是它的純粹觀念層次的意義空間。一旦以這種方式來研究 20 世紀的中國思想史，我們發現，就常常出現這樣兩種不同的結局：不是思想貧乏，就是極具思想觀念的高度。以對於五四時期有代表性的思想人物陳獨秀與胡適為例：人們不是視其思想淺薄，缺乏理論「深度」，就是將其中一人予以拔高；而這兩者孰者為高，通常又由研究者主觀的偏好與思想立場所決定。

從以上所論可以看出，對於 20 世紀中國的思想史研究，不能採取像以往那樣的觀念分解的方法進行，而必須正視其首先是一種參考式的思想觀念而引入新的研究方法。那麼，這種對於參與式的思想觀念的研究，必須注意哪些問題呢？

首先，要對參與型思想觀念的特質有所把握。所謂參與型思想觀念，由於強調思想觀念對於社會改造的參與作用，因此，它具有如下一些特點：1、追求觀念的現實效果，以行動來檢驗觀念；2、強調觀念的現實來源而非理性反思（工具主義的經驗論）；3、追求觀念的最大有用化；4、行動優先於觀念，觀念的圖解化與標語化、口號化；5、行動可以說明觀念，最終以行動取代觀念；6、對單純觀念或純粹觀念的鄙視。

可以看到，以上一些特點，都為 20 世紀的中國社會思想所具有，並且成為 20 世紀中國社會思潮的主流話語形態。因此，對於 20 世紀中國思想史與社會思潮史的研究，首先就要求把握 20 世紀中國思想觀念的這些特徵並且進行分析。

從這樣一種對於思想觀念的先行領悟出發，我們就可以發現：20 世紀的中國思想觀念非但不貧乏，而且對於 20 世紀的中國來說，這是一個真正的思想觀念「稱霸」的時代。就是說，這非但是一個各種思想觀念「各思以其道易天下」的時代，而且是一個各種思想人物將「其道易天下」的思想觀念付

諸實踐，並且最後又以某種思想觀念的力量完全改寫了 20 世紀中國歷史地圖的時代。從這種意義上說，研究 20 世紀的中國思想史，其意義已超出了中國近現代思想史研究本身，它還揭示了近現代中國社會發生急劇社會變革的深層思想動因。

（二）「啟蒙觀念的異化」：20 世紀中國思想觀念演化的中軸原理

其實，研究 20 世紀中國思想史，不僅有助於我們對導致 20 世紀中國社會歷史變革之諸種複雜因素的理解，它對於一般的世界近現代社會思潮的研究來說，也具有範型的意義。

之所以說 20 世紀中國社會思潮的研究可以為世界範圍內的近現代社會思潮研究提供某種範型，是說透過對於 20 世紀中國社會思潮的研究，可以使我們對於近現代思想觀念的一個根本特性——現代性的涵義具有更好的領會與把握。所謂思想觀念的現代性，不僅僅是一個發生在西方近現代思想史上的事件，而且是理解世界近現代思想史的一個普適性觀念。那麼，所謂思想觀念的現代性究竟意味著什麼？按照馬克斯·韋伯的理解，思想觀念的現代性意味著思想觀念從注重價值理性到強調工具理性的轉變。也就是說：對於工具理性的強調，可以作為衡量思想觀念是否現代性的一個重要標誌。其實，從社會思潮的角度來考察，所謂思想觀念的現代性，不僅僅是強調工具理性，更重要的應當是強調思想觀念的實踐性與變革社會的能動性；而工具理性作為現代性思想觀念的一個重要指標，只有將其置於強調思想觀念改造社會的能動性與實踐性這一基礎上才能得以理解。從這種意義上說，馬克思的「從來的哲學只是解釋世界，而哲學的任務在於改造世界」中所說的「改造世界」（包括改造客觀世界與主觀世界）的觀念，才是一個更為恰當的刻畫思想觀念的現代性的定義。

之所以這樣說，是因為現代性起源於啟蒙理性。而所謂啟蒙理性儘管包括工具理性，但工具理性卻不足於涵蓋啟蒙理性。或者說，啟蒙理性較之工具理性來說，更能傳達出現代性思想觀念的精神。但是，啟蒙理性僅僅是表達現代性思想觀念的一個具象性觀念，它還不足以揭示現代性思想觀念的本質性含義。但通過對啟蒙理性發生與演變的歷史性考察，我們發現：啟蒙理性其實是跟社會生活的現代性的一個重要指標——歷史事件的大眾參與或者說群眾性社會運動的興起聯繫在一起的。也就是說：離開了群眾性的社會動員，也就無所謂啟蒙理性。從西方啟蒙話語的興起來看，它首先是針對社會

大眾（也包括參與社會運動的大大小小的知識份子）的，而非沙龍式的對語。這從法國大革命前夕的啓蒙話語的勃興可以得到證明。

啓蒙理性除了強調其社會性的啓蒙與大眾動員這一社會改造目標之外，作爲一種現代性思想觀念，它還意味著觀念的「異化」。就是說：當啓蒙理性剛剛興起時，它主要是作爲一種觀念而出場的，儘管它的目的指向相當明顯：是致力於通過社會啓蒙而改造現實社會；但當啓蒙運動進一步發展，乃至於其社會改造的意願更爲緊迫時，這時候，原初以啓蒙姿態登場的思想觀念卻發生異化：從作爲一種觀念的出場轉化爲行動。這時候，儘管它表面上可能仍然是「觀念」，其實，它已喪失了觀念的先導性，而流爲行動的附庸。也就是說，它其實已失卻了思想啓蒙的意義，而成爲社會行動或者社會大眾的代言者。因此，啓蒙理性作爲一種現代性諸求來說，其思想內部即蘊藏著異化的胚芽。從這種意義上說，近現代的社會思潮史既是一部啓蒙話語的歷史，更是一部啓蒙話語的異化史。

然而，這並非啓蒙思想的「意義失落」。也許，作爲一種理性的啓蒙話語，它是變異了；但是，作爲一種原初就強調其社會實踐功能的思想觀念來說，它卻又似乎是「完成」了；至少，它通過社會運動或者社會變革的成功實現了它原先的要求。因此，也可以說，啓蒙理性作爲實踐理性，是在社會變革過程中得以「涅槃」。社會變革的成功，既拋棄了原先的啓蒙話語，但同時卻又是這種啓蒙理性的展開以及得以彰顯其意義與價值。

通過以上對於啓蒙理性的分析，可以得出這樣的結論：思想觀念的現代性其實是一種啓蒙理性，這種啓蒙理性具有強烈的變革現實的實踐品格；然而，隨著啓蒙話語與社會變革實踐活動的結合，它必然會發生異化。如果說在近現代以降的世界歷史上，曾經普遍地演出過這種啓蒙話語登場旋又異化的戲劇的話，那麼，在20世紀中國歷史上，這種啓蒙話語的實踐品格以及其發生變異的特徵，即表現尤爲突出。

這裡，我們不對啓蒙話語的歷史命運與意義作過多的展開，而是要從啓蒙話語的歷史演化過程中，抽取出它的一系列特性。對於啓蒙話語的這些特徵的認識，會給我們以提示：對於具有現代性的思想觀念（嚴格說來，近現代思潮史）的研究，究竟應當採取何種研究策略與路徑？

其一，大思想史觀：不能就觀念而論觀念，而必須將觀念的範圍延伸到觀念之外，如各種行動（行動即觀念）。從這種意義上說，一切現代史都是思

想史，而思想史也表現為「行動史」。

其二，明辨觀念的深層結構：對思想觀念的表面與深層作出區分，此也即思想觀念的「意義」與「意味」的區分。現代性的思想觀念的「意味層次」皆有強烈的行為指向，而非純然思辨的遊戲（觀念的意向性對象是行動）。

其三，觀念的圖式化與「標籤化」（現代性的思想觀念要喚起社會大眾的參與熱情，就必然如此）。

其四，觀念的烏托邦化：一方面固然是工具主義的，另一方面又是烏托邦式的：觀念要提供某種理想與信念，才能有某種「向力心」，從而對社會群眾運動起到凝聚作用。

其五，觀念表達的社會訴求：此乃指在觀念的內容要圍繞社會迫切解決的現實問題而展開；尤其要符合社會大眾的心理期待。此可以解釋20世紀中國思想觀念的內容與興奮點所在。

其六，觀念的載體：小知識份子或者邊緣化知識份子。此可以解釋思想與學術的分離，沙龍（象牙塔）與街頭的分離。

其七，對觀念意義的理解與解讀，也必須聯繫到社會運動。例如對梁漱溟思想的理解。

以上種種，既是「行走的觀念」所具有的特性，亦可以說是。對於「行走的觀念」的研究所應當遵循的方法論原則。

（三）烏托邦觀念的否定辯證法：20世紀中國思想觀念的普遍宿命

作為啟蒙理性的原初思想觀念，是一種烏托邦觀念。所謂烏托邦觀念，是指觀念具有理想性。任何一種具有變革現實社會指向的思想觀念，都是這樣的一種思想觀念；否則，它難以激發起人們投身於變革現實社會的熱情。然而，任何烏托邦觀念又具有悖論的性質。就是說，一旦它激勵起人們投身於現實社會改革的熱情，並且成為社會變革的催化劑與助燃劑的時候，它又無逃於被異化的命運，而失去其原先具的「革命性」與思想的顛覆性，而力圖使思想向行動靠攏與妥協，讓觀念為行動提供注解或頂多是策略性原則。烏托邦的否定辯證法乃20世紀中國思想的必然歸宿，各種社會思想與思潮均無逃於此一結局。此不獨具有強烈烏托邦色彩的社會主義思想為然，即使以穩健稱著的自由主義思想以及以保守為特徵的民族主義思想亦然。

否定辯證法是烏托邦觀念的普遍宿命，此乃由其內在包含著的悖論所引發與決定。這是因為：觀念終究是觀念，行動與觀念之間始終構成一種張力。

這兩者雖則在短期之內會聯手，從長久來看，終究會分離。故殷海光認為，從社會思潮與社會運動的關係看，「觀念人物」與「行動人物」的分離是不可避免的「動理」的結果。而對於觀念自身來說，此則意味著觀念的變形與異化：一方面，觀念的能量與價值已提前支付（思想的「透支」嚴重），帶來的是對思想觀念的不信任與觀念無用論或觀念實用化、虛無主義的流行。另一方面，對付觀念虛無主義或觀念實用化的，是另一種觀念烏托邦的興起。此乃尼采所謂「永恆之輪迴」。此種情勢之所以在 20 世紀中國最為突出，既因中國近現代歷史的特殊性所引起，亦由中國知識份子的精神氣質所決定（傳統的觀念價值。

由此我們看到：烏托邦的否定辯證法其實是烏托邦觀念異化的進一步展開與下一個思想環節：它們的共同之處是「否定」，兩者的相異之處在於：後者的否定發生於某種思想觀念的內部，而前者則指後起的烏托邦思想觀念對在先的烏托邦思想觀念的否定，它發生於觀念與觀念之間。一部 20 世紀中國思潮史，就是這樣的一種烏托邦的異化以及烏托邦思想觀念相互更替與取代的歷史。

（四）從「行走的觀念」看當代世界觀念的走向

觀念的異化以及觀念的否定辯證法是觀念在現代的必然宿命，只不過在 20 世紀中國，它採取了更為典型形態而已，表現得更淋漓盡致而已。馬克思早就說過：哲學必須改變世界。此乃觀念現代性的讖語（一語道破了觀念現代性的實質：即現代性觀念的行動與實踐指向）。20 世紀世界（包括西方與非西方）均如此。此可以解釋為什麼社會主義（也是一種行走的觀念烏托邦）會在世界範圍內興起，並在知識份子（尤其是青年知識份子與小知識份子）中獲得極多的信徒。而且具有征服人心的力量。此也可以解釋為什麼在 20 世紀以後，「形而上學觀念」的時代已經結果，而代之為「後形而上學時代」的思考。而當代政治哲學、社會哲學，乃至於經濟哲學、生態哲學等等的盛行，無不是此種「行走的觀念」的思想譜系的延續與表徵。與其結伴而來的，是後現代主義及其觀念的興起：去觀念（其實是去烏托邦觀念）、去中心（去烏托邦中心）去理性（理性已墮落為行動，故無存在之必要與價值）。此種思潮在哲學上的最新表徵，乃身體哲學的興起與興盛。

附錄二：中國近現代知識份子運動的兩種傳統 [註1]

（一）我們為什麼要紀念「戊戌維新」？

「戊戌維新」過去一百年了。一百年來，中國社會歷史發生了多少的變遷！人事變化，蒼海桑田，今天，人們紀念維新變法運動，緬懷當年先輩，理應有太多的感慨和浩歎。人們常會設想：假如「戊戌維新」當年不是失敗而是成功，中國後來的歷史定會重寫。中國也許不會走那麼多的彎路，而會像「明治維新」以後的日本那樣，迅速走上現代化的道路。於是，歷史學家在對「戊戌維新」失敗原因的檢討中，焦點常常集中在這樣的一些問題上：當年維新派「變法」的一些措施是否過於「激烈」了？康有為們將「變法」成功的希望寄託在光緒皇帝身上是否現實？……從如此等等的問題，很容易又引發出如下一些更基本與更一般性的問題，即「戊戌維新」到底是「激進」還是「緩進」？中國近代以來的「政治體制」改革應採取「自上而下」的方式還是「自下而上」地進行？應該說，如此之類的問題都是饒有興味的話題。人們研究歷史的目的與動力之一，就是希望能總結歷史的經驗教訓，以便「鑒往知今」。但我認為，對「維新變法」中具體歷史事件的研究都屬於對於「歷史偶然性」的研究，這種研究的結果和結論，雖可觸發靈感，從中獲得「歷史的智慧」，為後人處於類似歷史情景中，提供更多樣化的選擇，而避免「重

〔註 1〕本文是作者 1998 年 9 月在北京天則經濟研究所舉辦的「戊戌維新一百週年學術討論會」的大會發表論文，原文題目是「『戊戌維新』與中國自由主義思想運動的開展」。現將題目改為今名，文章內容未作任何改動。

蹈覆轍」，但其實，這種所謂「歷史的智慧」對後人提供的東西其實又是非常有限的。我這裡所謂「有限」，還不是說人們通常都有「歷史的健忘症」，不願意從歷史中學習經驗教訓，而是說，歷史壓根兒可能就不能為我們提供「經驗教訓」，假如「經驗教訓」是作為某種「歷史規律」或「歷史必然性」的結論來加以理解的話。我說這話的意思是：任何對「戊戌維新」時期歷史事件的窮盡細節的研究，都不能獲得如下一般性的結論，即預言未來的中國政治體制改革只能採取「自上而下」的方式或者說相反；同樣，也不能從「戊戌維新」的個案研究中得出這樣的結論，即中國今後的改革只能採取「漸進」，或者說相反，採取「激進」的方式進行。道理很簡單：任何歷史事件的結局，都是由這歷史事件發生過程中的種種因素和合力促成的；不可能由某種單一因素導致事件的某種必然結局。換言之，種種因素和「原因」，都只能作為事件的「背景」而存在；這「背景」中某一因素的變動，都會影響到事件的結局。從這種意義上說，所謂「戊戌維新」運動必然失敗的說法，其實是站不住腳的。而要從「戊戌維新」運動的失敗得出結論，說「漸進」的改良或者「激進」的方式都會導致改革的失敗，則顯得離題更遠。過去，人們在檢討「戊戌維新」失敗的原因時，往往將其歸之於「漸進」的方式所致，即認為它的改革措施不夠徹底或做法不夠「激烈」，今天，人們又反過來，愛將其失敗說成是「激進」的方式和策略所致。究其實，這些說法作為一些「看法」或「感想」可以，若視其為對「戊戌維新」個案研究所得的科學結論則不可。可以說，任何對「戊戌維新」的歷史的詳盡研究，都是難以擔負起為中國今後的政治改革到底應走何種道路，選擇何種方式進行這一問題提供答案的任務的。中國政治改革的方式與道路問題，說到底，是一個對社會與政治現狀作調查研究以後會得出結論的問題，而不是一個歷史學研究的問題。要求歷史學家來為現實的政治問題提供選擇的方案和指點迷津，是歷史學家「越界」去操心政治學家的「飯碗」的問題。

假如說，對「戊戌維新」歷史的研究不能為中國未來的政治改革該採取何種方式提供現成的答案，那麼，這種歷史研究是否還有意義呢？回答依然是肯定的。在我看來，研究「戊戌維新」這段歷史，與其是將其與中國現在或未來的中國政治體制改革進行比附，或者試圖在兩者之間建立某種聯繫，尋求其間的共同點，以為中國目前或日後的政治體制改革尋求可供借鑒的「路徑」，不如立足於對這段歷史一般性問題的考察，即看看「戊戌維新」到底提

出了何種新的問題，這種問題也許不是當時的歷史條件所能解決的，也不要求當時的歷史人物去解決。但是，這些問題之所以重要和重大，乃因爲它們可能是「戊戌維新」以後中國社會與政治生活一再地碰到的「老問題」。對這些問題，「戊戌維新」時代的人們也許提供了某種思路，也許沒有；他們提供的思路也許可取，也許不可取。這無關乎大局。重要的是，「戊戌維新」才提出了這些問題。今天，人們對這些問題該如何處理也許會有一個較明確的認識或答案。我們從這種認識或解答出發，反過來看看「戊戌維新」時代人們的認識，可以發現其中的成敗得失，或者說可取不可取之處。這樣，我們對於過去的歷史事件就有了一個評價的標準。應該說，這個評價標準與其說來自於對當時歷史事件的分析，毋寧說得自於當前現實問題的思考。從這種意義上說，「一切歷史都是當代史」。故而，人們學習或者研究歷史的最終目的，並不是從歷史資料中梳理、歸納出歷史之「規律」，以爲日後行動之借鑒，這種努力注定是徒勞的；而是力圖發現歷史事件之「意義」。只有發現和理解了歷史的意義，我們才可以對當時歷史上發生的一切具體歷史事件，包括具體的歷史人物作出實事求是的評價，評定其功過得失。這種立足於「意義」的評價標準，可稱之爲「道理」或簡稱爲「理」；而立足於當時具體歷史情景分析何者當行，何者不當行的評價標準，我們稱之爲「勢」。「理有固然，勢無必至」──這就是我們對「戊戌維新」這段歷史感興趣，並且一百年過去了，我們爲什麼還要紀念它的原因。

「戊戌維新」運動之所以值得紀念，或者說，「戊戌維新」這段往事之所以值得重提，在頗大程度上，是因爲它同中國近代以來的一個重大問題──中國知識份子應如何介入「政治」這一問題聯繫在一起的。這一問題，在今天依然有極大的現實性與緊迫性。今天，作爲知識份子，尤其是以「自由知識份子」自許的讀書人，對於這個問題也許會有一個大體相差不遠的答案。這是由於我們中國現在的知識份子積累了近一百年來的歷史經驗，同時又廣泛參照了西方各國近代以來的歷史經驗才獲致的。但在「戊戌維新」時期，中國的知識份子還不一定有和我們今天這樣的一種看法和認識。但無論如何，關於中國知識份子的歷史作用與地位，尤其是其應如何參與現實政治這個問題，卻是在「戊戌維新」運動才提出來的。依我看，這才是「戊戌維新」的真正歷史意義與偉大貢獻所在。這也是我們今天從「意義」出發，去衡量與評價「戊戌維新」一代人物的原因。

（二）觀念人物與行動人物之分途

中國近代知識份子是從傳統社會的「士」脫胎而來的。不同於後者的地方在於，它擺脫了傳統社會中「士」的「學而優則仕」的老路，開始在社會上以自己的「知識」作爲謀生的工具和手段。在 19 世紀 60 年代，隨著洋務運動的開展，中國出現了第一批這樣的靠「知識」自食其力的知識份子。他們大多分佈在沿海省份和通商口岸一帶，有的在「洋行」作買辦，有的在外國人辦的報刊中工作，還有的在新式學堂中任教職。一般來說，這類知識份子都通曉和熟悉西方文化知識，至少是對外來文化抱有好感，善於接受新觀念和新事物。這些近代知識份子當中，有些人還著書立說，對中國的社會問題發表見解，或對中國的政治改革提出建議。中國近代的知識份子雖然從洋務運動時期就已出現，但作爲一支獨立的力量登上政治舞臺，卻是從維新運動開始的。因此，檢討中國知識份子在中國近代政治史上發揮的實際作用，也必從維新運動時期開始。

關於知識份子在實際政治運動中的功能和作用問題，殷海光有一段話語是深可回味的。1966 年，也即戊戌維新運動發生之後近七十年，在《中國文化之展望》一書中，他提出這麼一種看法：中國近代以來的政治往往帶有「群眾運動」的色彩。他說，群眾運動的領導者由兩部份人組成：觀念人物和行動人物。所謂觀念人物，是指製造和傳播思想觀念的人物；行動人物，則是從事實際的運動組織工作的人物。這兩種人物無論在精神氣質或思想類型上都有很大的不同：前者富於理想，願意爲理想而獻身；後者則攻於計算，常爲了目的而可以不擇手段。殷海光比較這兩種人的作用時說，在運動的初期或者說發動階段，是觀念人物大出風頭的時代，他們製造輿論，鼓動風潮，引導著運動的方向和潮流；但到了運動的下一階段，尤其是新的權力中心開始出現的時候，領導權則落入行動人物之手，觀念人物不是被打入冷宮，就是遺世獨立，並常常生出一種「被誘騙」的感覺。殷海光這段話是針對中國近百年來社會與政治的實際情況而言的，具有極大的警視性與深刻性。它實際上提出了這麼一個十分尖銳的問題：中國知識份子在從事或介入政治運動中的角色擔當與責任問題。在殷海光說這段話的時候，他的立場是明確站在觀念人物一邊的，並對行動人物採取了嚴厲的批評和抨擊態度。但是，假如我們採取嚴格的「價值中立」的立場，不站在袒護觀念人物或者行動人物的立場，則可以看到，知識份子在社會或者政治運動中發揮的作用，其實是有

所「限制」的。也即是說，它充其量只能作為「觀念之士」來發揮它的社會影響與作用。任何要求知識份子「包打天下」，解決一切社會與政治問題的願望與做法不但脫離實際，而且注定是行不通的。以殷海光提出的「觀念人物」與「行動人物」這對概念作為分析範疇，我們對於「戊戌維新」之所以失敗也許會有一番新的認識和理解：可能它之所以失敗，不是通常所說的所謂「激進」、「漸進」與否，也不是什麼「自上而下」或者「自下而上」的具體措施和策略問題，而是由於知識份子的自我定位發生「錯位」所致。

作為近代中國面對西方列強政治、經濟、軍事乃至文化的壓力，中國 19 世紀 90 年代出現「維新改革」的思潮與運動，是有廣泛的群眾性基礎的。而當時贊成和支持變法的政治與思想派別也相當複雜，主要的力量有維新人士、帝黨和張之洞派。可以說，至少在運動的前期，「戊戌維新」是由維新人士、帝黨和開明官僚們共同策劃與推動的；它實際上是由這三部份人參與的聯盟行動；而到了運動後期，這三部份人由於目標和策略的不同而發生分離。假如借用殷海光的說法，應當說，維新運動其實也是一場由觀念人物與行動人物共同參與的群眾性運動。我們將殷海光關於「行動人物」的說法加以放大和稍作引申，那麼，則行動人物包括帝黨和張之洞派，而觀念人物則指維新人士。按照殷海光的說法，到了運動的後期，觀念人物與行動人物的分家是「動理上」不可避免的結果。果然如此，則維新人士自始至終應以觀念人物自居，問題在於，維新派人士中大多對此點沒有明確的意識。所以，當「戊戌維新」運動向縱深發展，面臨政治權力是否發生轉移之際，明智的做法是維新人士不應去介入權力的角逐，這種權力之爭本是「行動人物」之間的事。不幸的是，維新人士中如康有為、梁啟超，尤其是譚嗣同等，都介入到政治漩渦中去，參與了政權的爭奪，而向「行動人物」轉化；只有少數維新人士，如嚴復等人，恪守觀念人物的職責，將自己的行為定位於「思想啟蒙」。我這裡討論的不是在當時的具體歷史情景下，康梁和譚嗣同等人是否應勸說光緒該如何實行變法的問題，更不是對他們的行為造成的後果有所指責。我的意思是：即使在運動的深化和進展中，一部份觀念人物向行動人物轉化在所難免，而觀念人物作為運動之一個組成部份，卻是自始至終不可缺少，也不能消失的；儘管到了運動後期，他們不再能發揮像前期那樣舉足輕重的作用。當我說這話的時候，自然包含著我對於「戊戌維新」意義的一種特殊理解。在我看來，發生於 1898 年 9 月光緒皇帝與慈禧太后之間的那場奪權與反奪權

鬥爭出現何種結局，其實是無關乎以後中國政治發展的大局的。這場光緒皇帝向慈禧太后奪權的鬥爭被慈禧太后所挫敗，中國的政治發展從此愈加不可收拾，此點已為歷史的發展所證實。要是萬一光緒皇帝奪權成功了呢？是否會出現如不少人所猜測的，中國從此可以走上「立憲政治」的道路呢？我不敢否認，也許在這種情況下，真會出現一種形式上的立憲政府。但在我看來，即便出現了這種形式上的立憲政治，距離真正的或實質上的立憲政治還相當遙遠。我可以舉出歷史上這樣一種「偶然性」成功的例子：辛亥革命。辛亥革命由於種種歷史的機緣和偶然性的聚集，是「成功」了，建立了民國，頒佈了具有「憲政」性質的臨時約法。但我們知道，以後的中國政治卻落入更大的無序狀態中。我這裡也不是要否認辛亥革命的深遠影響與歷史意義，只是要指出：對於「立憲政治」的形式和內容要加以區分，切莫把「憲政」的形式視作它的內容。中外近現代的歷史證明：要獲得「立憲」的形式不難，要具有「立憲」的內容不易。

　　由此論到中國知識份子在實現中國民主政治中的作用與地位問題。看來，真正的民主政治或者說「憲政」，應該包括有形式和內容兩個方面。這兩個方面都是不可缺少的。但在實現民主政治的過程中，觀念人物與行動人物所發揮的作用是不同的：觀念人物注重民主政治的實質性內容，行動人物則注重它的形式方面的實現。這也就是說為什麼爭取民主政治的運動如同歷史上的一切運動一樣，要有兩部份人：觀念人物與行動人物所組成。這兩部份人有所分工，在運動的過程中甚至發生爭持和分裂。但無論如何，離開了「觀念人物」或者「行動人物」，民主政治是無法真正坐實的。從這個角度來看問題，「戊戌維新」之所以有意義，是因為它是中國近代歷史上第一次「觀念人物」與「行動人物」聯手合作，來爭取實現中國民主政治的嘗試。但「戊戌維新」之值得吸取的歷史教訓也在這裡。就是說，維新人士之以「觀念人物」的身份參與到維新運動中去是不自覺的。他們常常忘記了自己的角色擔當，嘗試著要去充當「行動人物」的角色；其結果是放棄了他們的社會責任，至少在「觀念人物」這個角色上未能盡心盡力。也許，在整個維新運動期間，只有嚴復才對其「觀念人物」的角色有自覺的理解和把握。從甲午戰敗的 1895 年開始，他就在天津的《直報》上發表一系列文章，倡導變法，宣傳西方近代民主政治理想。而到了維新運動高潮的 1898 年，他似乎並沒有介入到政治漩渦中心去。嚴復當然明白，民主政治之實現並不是「坐而論道」就可到來

的事情，它需要有一系列的具體政治操作及其策略。但嚴復之遠離政治中心
是有「自知之明」的：具體的政治操作與策略是「行動人物」或「政治家」
之事；假如放棄自己傳播思想觀念的責任而去幹具體的「政治」，那不僅是「越
俎代庖」，而且是對自己社會擔當的「失職」。嚴復這一思路是自始至終的。「戊
戌維新」運動之後，他總結運動失敗的經驗，更加深了他對這一思想的認識。
他從此筆耕不輟，以純粹的「觀念之士」自任。從中國近現代爭取民主政治
的運動來看，嚴復作出的貢獻是巨大的。他翻譯和以加案語形式出版的穆勒
《群己權界論》和孟德斯鳩的《法意》等著作，迄今仍鼓舞著爭取民主政治
的中國人，嚴復在中國近現代民主政治史上的作用是無可替代的。

　　但是，當我們檢討維新人士中康梁一派的失誤時，應該說，將「觀念人
物」與「行動人物」的雙重角色集一身，主要是在運動的後期而非前期。要
推行維新變法，首先要進行思想啓蒙，康梁們對這點其實是十分清楚的。所
以，從很早開始，1891 年，康有爲就在廣州開辦萬木草堂，從思想上培養維
新變法的幹部；1895 年，康有爲和梁啓超又在北京創辦《中外紀聞》，內容是
介紹外國新知，提倡變法自強；將它作爲免費的宣傳品，分送給「朝士大夫」。
到了 1897 年，梁啓超試圖將湖南辦成推行維新「新政」的試點，他首先想到
的是「開紳智」。他當年給湖南巡撫陳寶箴的上書中說：「今之策中國者，必
曰興民權，興民權，斯固然矣，然民權非可以旦夕而成也。權者生於智者也。
有一分之智，即有一分之權；有六、七分之智，即有六、七分之權；有十分
之智，即有古分之權……今欲伸民權，必以廣民智爲第一義。」又說：「欲興
民權，宜先興紳權……欲用紳士，必先教紳士。」「紳權固當務之急矣，然他
日辦一切事，捨官莫屬也。即今日欲開民智、開紳智，而假手於官者，尚不
知凡幾也，故開官智又爲萬事之起點。」他最後總結道：「以上三端：一曰開
民智，二曰開紳智，三曰開官智，竊以爲此三者乃一切之根本。」〔註2〕這份
上書十分重要，它實際上是康梁們實現變法的一份綱領式文件。從這份上書
看來，康有爲們實行變法，其最初想法並不是要他們自己參與具體的政治謀
劃來進行變法，而是要假官紳之手來實行變法。這就是說，他們其實是看到
了觀念人物與政治人物是應有所分工、思想啓蒙是有其不同於具體的政治運
作之處的。至於到了運動後期，尤其是光緒皇帝頒佈「新政」，遇到強大阻力

〔註 2〕梁啓超：《上陳寶箴書湖南應辦之事》，中國近代史資料叢刊《戊戌變法》（二），
　　　　第 553～558 頁。

之際，康梁們情急之中直接介入政治，並被捲進政治漩渦，這恐怕並非他們當時推行政治改革的初衷，實乃當時的情勢使然。對此，似乎也難以深究。因爲人終竟非純然的「理性動物」，在情急之中，其行爲多半是由「理性」之外的因素所決定的。

總之，我們今天反省「戊戌維新」的經驗教訓，在歷史已經成爲過去的今天，無須過多過深地追究當日康梁們應該如何如何行動才對這個問題，但卻應該回到這麼一個問題：假如我們今天遇到類似的歷史情景，究竟怎麼辦？「戊戌維新」的經驗昭視我們：任何政治改革運動都離不開兩部份人：觀念人物與行動人物的通力合作。既然如此，那麼，以觀念人物自許的知識份子，究竟應如何履行自己的社會與政治責任呢？

（三）中國自由知識份子的兩種傳統

儘管歷史上早就有了知識份子，但關於什麼是「知識份子」的問題，卻在 70 年代以後成爲世界範圍內的熱門話題。這說明如下基本的事實，即在當今，知識份子問題已經顯得愈來愈重要，人們對知識份子的角色擔當問題也同過去有了不同的看法和認識。顯然，在教育愈來愈普及、社會文化程度愈來愈提高的今天，具備了高等教育程度的人不一定就稱爲知識份子。「知識份子」或「知識份子階層」說明的是一種社會分工而非教育程度。那麼，受過高等或專門化教育，且具有某種專業的人才是否就是知識份子？此也未必。按照現在一種頗有影響的說法，所謂「知識份子」，是指受過良好教育、掌握了本專業領域內的專門知識，且有強烈的社會關懷與社會責任心者。與通常從事政治活動的職業政治家相區別開來的是，他們雖關心政治和社會事務，卻不以政治爲自己的專業；與純粹專業人士不同的是，他們雖有自己的專長和專業，其志趣和關懷並不以本專業爲限，而常常對社會與政治問題表白自己的觀點。看來，真正的知識份子，是集專業知識與社會關懷於一身的人物。他們既以自己的學識馳騁於本專業領域，同時又要以「社會良知」或「社會良心」的身份對各種社會與政治問題發表自己的意見。具體在與現實政治的關係，那麼，「議政而不參政」，可以說是現代知識份子的一種品格和傳統。說起「議政而不參政」，在現代民主國家，這是一般老百姓也應該做到的事情，那麼，知識份子的「議政而不參政」，其區別於一般民眾的地方在哪裏呢？應該說，知識份子是接受過專業訓練，並且具有專業知識和技能的人，這種學科的訓練和職業習慣，使他們在思考政治問題時會利用「理性」和善於利用

「理性」這一工具；而他們之善於運用「理性」又不同於職業的政治家：由於他們不以「政治」為業，所以他們可以以更超然於「政治」，以及超然於各種黨派利益與偏見的立場上來看待政治問題。由於知識份子既擅長於「理性思考」，同時又具有強烈的社會關懷與責任感，這就是為什麼現代政治之所以需要有知識份子來「議政」的道理。

這裡需要指出的是：集理性（這裡指的是「工具理性」）與社會良知於一身，這是指的知識份子的一種理想形態。而在現實生活中，我們見到的常是或長於此，或長於彼的知識份子。就是說，在知識份子的議政方式中，有人以條分縷析，對問題的剖析深刻見長，突出了其重視「工具理性」的方面；有人則以強烈的道德力量著稱，突出了其社會關懷的意義方面。由此，中國知識份子有了議政的兩種傳統。這兩種傳統都來源於維新運動。可以看到，同以「觀念人物」來衡量，「戊戌維新」中的康梁與嚴復，其「議政」方式與風格都迥然不同：嚴復細密、條理清晰；康梁太膽、粗獷，高屋建瓴。假如再進一步分析，還可以發現：康梁關注的是「大問題」，注重問題的宏觀把握；其論述到問題的細節時常不到點子上；而嚴復則注意問題的細節方面，策略上也顯得相當謹慎，而對中國政治改革的前景到底如何則常顯得猶豫不定。如果說，這種差別在維新運動的一開始就存在，那麼，隨著運動的深入，這種差別就愈來愈明顯。通常，人們將康有為與嚴復之間的這種差別歸之於一主「激進」，一主「漸進」，這種說法有一定的道理。但我們假如再深入一步追問：為什麼康有為會主「激進」，嚴復會主「漸進」？那麼，我們不得不從風格與思維方法上找原因了。康有為與嚴復的差別，與其說是「激進」與「漸進」的差別，不如說是在「議政」或觀察政治問題的風格與方式上的差別。這兩種風格與思維方法上的差別，可以分別歸之為「酒神風格」（康有為）與「日神風格」（嚴復）、「刺蝟型」與「狐狸型」的差別。按照尼采的說法，「酒神風格」具有一種浪漫主義的衝動，而「日神風格」則頭腦冷靜。換句說法，「酒神風格」慣用「心」來思考，「日神風格」則用「腦」來思考。懷特海談到「刺蝟型」與「狐狸型」的思維方式的差別時指出：「刺蝟型」的思維綜觀全局，愛談「大問題」，而「狐狸型」的思維注重問題的具體與技術層面。

在中國近現代爭取民主政治的實踐中，十分重要的一項工作是進行現代民主的思想啟蒙。在爭取民主政治的思想啟蒙運動中，「酒神」與「日神」這兩種風格類型都是不可或缺的，並且彼此有不可替代的作用：脫離了前者，

啓蒙運動難以掀起波瀾；少了後者，思想啓蒙運動會流於形式，失之於膚淺。所以，在現實的思想啓蒙運動中，我們儘管沒有或少有將「酒神精神」與「日神精神」、「刺蝟類型」與「狐狸類型」兼於一身的思想家，但只要有這兩種不同類型與精神氣質的思想家的合力推動，思想啓蒙運動也必會形成思想洪流，並且達到震撼人心的效果。應該說，五四新文化運動之所以會有持續且深遠的影響，在頗大程度上是它發揮了不同類型，尤其是「酒神類型」與「日神類型」這兩大類型思想家的各自優勢。反過來，假如這兩種類型的思想家發生分裂，各自流於一偏，思想啓蒙運動則會走入歧途。前者一旦惡性膨脹，有如脫韁的野馬，失去「理性」的控制，極易流為「激進主義」；後者若以「理性」拒斥「激情」，則難以擔當「社會良知」的使命，其結果不是「逃避政治」，就是將社會問題化為少數人的「清談」，難以對社會實際生活造成影響。在這種意義上，我們今天反省五四運動當年的「問題與主義之爭」，可以發現，胡適與李大釗的分歧，除了思想觀念取向上的差別（如一主自由主義，一主社會主義）之外，在思想方法與風格類型上，實是「酒神精神」與「日神精神」、「刺蝟類型」與「狐狸類型」之爭。不幸的是，自五四新文化運動以後，不僅中國近現代知識份子當中兼有「酒神精神」與「日神精神」的啓蒙思想家少之又少，而且這兩種類型的思想家往往各執一偏，甚至相互攻奸和鄙薄，這極大地妨礙了中國爭取民主政治運動的開展。

（四）社會轉型過程中知識份子的社會角色問題

研究歷史的趣味不是純然歷史的。今天，我們回顧與反省「戊戌維新」以來中國爭取民主政治的思想啓蒙運動，心情是沉重的。應該說，近百年來中國之爭取民主政治的運動屢遭挫折，除了外部環境之惡劣，難以為中國的自由知識份子提供一良好的空間之外，很大一個原因，還同中國知識份子的自我角色認同有關。「戊戌維新」的經驗啓示我們：知識份子應該積極介入中國的現實社會與政治生活，為中國民主政治的實現作出貢獻。但是，如何介入現實政治才能發揮知識份子的影響與作用，卻是近百年來未有很好解決的「老大難問題」。民主政治的實現是一項需要動員全社會力量才能實現的「社會工程」，知識份子在這當中只能發揮「有限的」作用，即是說，知識份子只能起到「思想啓蒙者」的作用。但長期以來，中國的知識份子有一種「包打天下」的趨向，他們不僅要充當「觀念人物」，而且願意以「行動人物」自居；其結果，常常被真正的「行動人物」玩弄於股掌。而對於一些以「觀念人物」

自許的知識份子來說，他們則常常顯得熱情有餘，理智不足，其聲音容易爲群眾運動的聲浪所淹沒，或者說，他們其實沒有發出自己的聲音，其聲音不過是群眾聲浪的放大而已。

將知識份子的責任與社會角色定位爲「觀念之士」，要求其充當「思想者」的角色，這其實並沒有降低知識份子的要求與責任，反過來，知識份子要當擔起這種責任來，眞正是「任重而道遠」，對於像近代中國這樣處於社會轉形期的國家來說更是如此。眞正的現代民主政治其實就是自由主義政治。我們知道，西方近代自由主義政治的建立是社會中產階級成長和壯大的產物；西方早期自由主義運動史其實就是一部中產階級向封建階級奪權的歷史。但中國要走民主政治的道路是受西方啓發的結果，屬於一種「後發型」而非「原生型」的民主政治。這當中，中產階級的壯大固然可以爲民主政治的實現提供可靠的社會基礎，但民主政治卻並非要等待中產階級發展到相當規模才能建立。情況很可能是：正因爲中產階級的不發達或者說欠發達，才更需要借助與利用知識份子發揮其意識形態的功能與力量。從這點上說，中國知識份子應是中國民主政治的「催生婆」。丹尼爾·貝爾在《後工業社會的來臨》一書中談到在「後工業社會」這樣一種過度時期中，經濟、政治與文化三方面其實是分立的，各有其不同的「中軸原理」。這話同樣適用於社會轉形中的中國。在向民主社會的過度中，中國的政治、經濟、文化三大「板塊」處於聯動之中，它們既相互聯繫，又常常彼此制約。在這個過渡階段，中國知識份子理應而且可以從文化方面發揮它的積極功能。也就是說，作爲「上層建築」的意識形態並不只是「經濟基礎」或社會結構的存在反映，它應該而且可以「先走一步」，在民主政治的建立中發揮它的社會動員功能。

知識份子之所以可以在追求民主政治的過程中發揮它的積極作用，在頗大程度上是由它本身的品格與條件所決定的。知識份子天然地與自由主義有極大的親和性，眞正的知識份子一定是自由知識份子。自由知識份子崇尚思想自由、具有獨立的人格與操守，不盲從任何外在的權威，唯一服從理性的引導。這種「理性的」自由思考的方式轉用於社會與政治問題，必然使它獲致自由主義的結論，去追求一個自由、公正、和諧與進步的社會。

但是，問題不能停留於此。這裡，必須區分自由知識份子與自由主義思想運動。自由知識份子是指個體而言，而自由主義思想運動則是自由知識份子的一個政治參與方式。總結近百年來的歷史經驗，中國自由主義思想運動

的開展應該堅持如下幾個原則：

一，民間性。「民間性」是與「官方性」相對而言。「官方性」屬於政治的具體運作範疇，而「民間性」則意味著它對具體政治的「超越」。自由主義思想運動要保持自己的獨立色彩，要自覺地與「政治中心」保持一定的距離，自甘處於政治的「邊緣」，這種政治邊緣的位置其實並不影響其政治能量的發揮，相反，由於它與政治中心或當權集團有一定的「距離」，這使它對「政治」的方方面面有可能看得更清，得以擺脫各種黨派利益與集團勢力的糾纏，從而以超然與客觀的姿態來看待與觀察社會和政治問題。

二，社會性。「民間性」絲毫不降低其政治的參與程度，相反，對於自由主義思想家來說，他應該充當社會與政治的「監護人」的角色，他的思想與言論體現著社會的良心與良知，因此，社會上的種種問題，尤其是關係國計民生與世界和平的重大問題，他應保持有充分的「發言權」。其所提的問題要起到社會與時代的晴雨錶和風向標的作用。

三，思想的原創性。自由知識份子對問題的思考以理性為導引，要以「學問」為本，以「學術」來議政，這是他不同於「政客」與一般流俗之議政之所在。就是說，他對社會與政治問題的思考既不為眼前或局部利益所左右，亦不易受社會氣氛與一時的群體情緒所擺佈，它更注重與致力於對問題的長期性與前瞻性之思考，而與短期的功利性或策略性劣則相反對。當然，這並不意味著它的議論是「隔靴抓癢」或泛泛而談，而是指它不會為了「手段」而犧牲「目標」，不會為了「工具」而犧牲「價值」。

四，批判性。真正的自由知識份子，其對社會問題的看法不僅具有原創性，而且從本質上說是批判性的。他對種種社會問題的看法與其說是「治療」性的，不如說是「診斷」性的。這使它在觀察與評論社會與政治問題時，往往會專注於其弊端所在。他指出了或提出了「問題」，乃至看到了出現這些問題的「病竈」與病根所在，但是，由於職責與社會角色所限，他不一定能「解決」這些「問題」，更無法動手去清除或消除這些「病竈」，但這不妨礙他大聲呼籲，為的是讓社會，尤其是政治家們來關心與解決問題。事實上，一個社會要能進步，必須時刻對自身加以反省，善於發現自身存在的問題，並且弄清楚問題與癥結之所在。這既是社會與政治得以改良的前提與條件，也是對社會各項指標進行監察，便社會避免激烈震蕩的「報警器」。

總的說來，「戊戌維新」以來中國的社會政治風風雨雨走過了一百年，但

是，「戊戌維新」的理想——中國要徹底實現民主政治這一條道路還沒有走完，它留下的中國知識份子如何參與政治的問題，更需要從理論上很好地總結。本文對這一問題的看法很可能掛一漏萬。問題的「解決」很可能如本文作者一開始所說的那樣，這不是一個要「歷史」來提供經驗教訓的問題，而是一個現實的實踐問題。如何面對這個問題，是當下中國知識份子的責任。

附錄三：烏托邦的否定辯證法 [註1]

（一）從漸進到激進：20 世紀上半葉中國的烏托邦知識份子運動

20 世紀上半葉中國的社會與政治地圖，是由中國的烏托邦公共知識份子用激進主義的重彩筆塗寫的。我這裡所謂烏托邦公共知識份子，其含義有二：其一，公共性。公共性指關心與參與社會公共事務，尤其是公共政治。故烏托邦公共知識份子都是關心與參與社會政治事務的知識份子。其二，烏托邦觀念。烏托邦指超越現存社會秩序的觀念，代表某種社會理想。故烏托邦公共知識份子都是試圖用理想的社會設計來改良與改造現存的社會秩序的知識份子。總括以上兩種含義，可以看到，烏托邦公共知識份子既具有超越的、理想的色彩，又具有要將理想付諸實現的實踐品格。集理想與現實於一身，講究知行的統一，這是烏托邦公共知識份子（以下簡稱爲「烏托邦知識份子」）不同於象牙塔中的學術型知識份子，以及不同於只講究行爲策略、爲目的而不擇手段的政治行動型人物的所在。

20 世紀上半葉中國的烏托邦知識份子由傳統社會的「士」脫胎而來。中國傳統社會的「士」向來具有以「道」自任的傳統。這所謂以「道」自任，就是設定了一個價值與意義的世界，並且要將這價值與意義落實於人間社會。余英時談到中國古代社會中的「士」說：「中國古代知識份子所恃的『道』是人間的性格，他們所面臨的問題是政治社會秩序的重建。」〔註2〕就關心道在人間社會的安排這一點上說，中國古代的「士」可以說是近現代中國烏

〔註 1〕本文是作者在「第一屆中國近代史國際學術討論會」（吉首，2004，8，17～8，23）上發表的論文，載《華東師範大學學報》，2004 年第 5 期。
〔註 2〕余英時：《士與中國文化》，119 頁，上海，上海人民出版社，1987。

托邦知識份子的原型。但中國近現代烏托邦知識份子不同於傳統的「士」的方面在於：對於「士」來說，其心目中的「道」是「三代」的聖王理想，而中國近現代烏托邦知識份子則從西方近現代思想觀念中去尋找與發現重建社會理想的「道」。這其中，1895 年甲午戰爭的中國戰敗是一個轉機。時任北洋水師學堂總辦的嚴復，談到甲午戰敗給他造成的思想震蕩說：「嗚呼！觀今日之世變，蓋自秦以來未有若斯之亟也。」〔註 3〕「嗟嗟！處今日而言救亡，非聖祖復生，莫能克矣。……總之，驅夷之論，既爲天之所廢而不可行，則不容不通知外國事。欲通知外國事，自不容不以西學爲要圖。此理不明，喪心而已。救亡之道在此，自強之謀亦在此。」〔註 4〕從此，嚴復放棄了其它的一切考慮，全力以輸入西方學術文化爲己任。他重點介紹的是以英國經驗論傳統爲代表的西方社會與政治思想。其輸入西方學理的意圖十分明顯，就是要「救亡圖存」。而原先耽溺於傳統學問中的公子哥兒譚嗣同，經此巨痛深創也藩然醒悟，他自述其思想之轉變說：「平日於中外事雖稍稍究心，終不能得其要領。經此痛巨創深，乃始屏棄一切，專精緻思。當饋而忘食，既寢而累興。繞屋彷徨，未知所出。……詳考數十年之世變，而切究其事理，遠驗之故籍，近咨之深識之士。不敢專己而非人，不敢諱短而疾長，不敢徇一孔之見而封於舊說，不敢不捨己從人取於人以爲善。……不恤首發大難，畫此盡變西法之策。」〔註 5〕這裡的「盡變西法之策」，就是要採取西方的一套社會政治理論，以作爲中國改革政治的依託與根據。與此同時，在京師趕考的廣東舉人康有同，發動其它舉人聯名上書要求變法，而其變法主張就是取法西方與日本的政治制度。後來，他還參照西方空想社會主義的思想，撰寫了暫時「秘不宣人」的《大同書》。以上嚴復、譚嗣同和康有爲，都代表了戊戌維新時期一代知識份子的覺醒。他們從傳統思想的束縛下解放出來，擁抱與接受西方的文明與政治思想觀念，並以之作爲改革中國政治的思想利器。嚴復、譚嗣同與康有爲等是最早從傳統的「士」轉變而來的現代烏托邦知識份子。他們心目中的社會與政治烏托邦不再是傳統的聖王理想，而是西方近代的民主政治。

五四新文化運動時期是中國思想文化極度活躍的時期，也是西方各種社

〔註 3〕《嚴復集》，第 1 冊，1 頁，北京，中華書局，1986。
〔註 4〕同上書，49～50 頁。
〔註 5〕轉引自王栻：《維新運動》，217 頁，上海，上海人民出版社，1986。

會政治思想競相在中國爭奪思想舞臺與彼此交鋒的時期。當時，嚴復、康有為等維新時期獨領風騷的一代思想人物已顯得遜色，代之而起的，是以胡適、陳獨秀等人為代表的「新思潮」。新思潮不同於舊思潮（以嚴復、康有為等人為代表的停留在「維新階段」與「維新水平」的思潮）的特點在於：它突出一個「新」字。當時，各種思潮與思想主張的提出，言必稱「新」牅如「新青年」、「少年新中國」，等等。與此同時，「改良」的提法逐漸顯得過時，而代之以「革命」的稱號。這方面最有名的，就是胡適最早提出的「文學改良芻議」，後來被陳獨秀改稱為「文學革命論」。但除此之外，五四時代的社會與政治思潮，最重要的特徵有兩個：其一，以法國大革命為典範的西方大陸社會政治思想，逐漸取代以英美經驗論為代表的社會政治思想而成為思想的主流，其二，以大眾動員為目標而逐漸代替原來的思想觀念的「啓蒙」。這兩個特點，都集中表現在 1919 年胡適與陳獨秀、李大釗等人之間展開的「問題與主義」的論戰中。針對胡適關於「多研究些問題，少談些主義」的說法，李大釗駁斥說：「我覺得『問題』與『主義』有不能十分分離的關係。因為一個社會的解決，必須靠著社會上多數人共同的運動。那麼我們要想解決一個問題，應該設法，使他成了社會上多數人共同的問題。要想使一個社會問題，成了社會上多數人共同的問題，應該使這社會上可以共同解決這個那個社會問題的多數人，先有一個共同趨向的理想主義，作為他們實驗自己生活上滿意不滿意的尺度（即是一種工具。）有了那共同感覺生活上不滿意的事實，才能一個一個的成了社會問題，才有解決的希望。不然，你儘管研究你的社會問題，社會上多數人卻一點不生關係。那個社會問題，是仍然永沒有解決的希望；那個社會問題的研究，也仍然是不能影響於實際。」〔註 6〕這段話之所以值得注意，是因為它提示了如下事實：1，「主義」之所以重要，是因為它可以起到動員與發動社會上多數人參與到社會問題中的作用；2，「問題」與「主義」雖然都重要，但社會問題是從主義中產生，而非反過來，從問題中歸納或概括出主義。這一思考問題的方式，自然使「主義派」在解決社會與政治問題時，會背離英國式的經驗論傳統而走向大陸理性主義。事實上，以陳獨秀、李大釗等人為代表的「主義派」，從五四運動一開始，就採取了理性主義的狂飆突進的做法，強烈呼籲在中國來一次法國式的大革命，這與維

〔註 6〕《胡適哲學思想資料選》（上），104～105 頁，上海，華東師範大學出版社，1981。

新時期嚴復、康有為等人提倡英國式的改良道路，而拒斥法國大革命的做法恰成對照。

然而，五四新文化運動的新思潮雖然具有激進的性質，但綜觀整個五四新文化運動，其思想的立足點還在「思想啓蒙」。這與二、三十年代以後中國文化激進主義的急劇升溫與抬頭並不相同。中國知識份子思想之整體趨於激進，是在五四新文化運動以後的事情。當時，不少思想上嚮往社會主義與共產主義的知識份子已不滿足於一般的思想動員與思想啓蒙，而主張將社會主義與共產主義的信仰直接化為行動，於是，產生了大批直接投身於社會運動的組織型烏托邦知識份子。組織型烏托邦知識份子與思想啓蒙型烏托邦知識份子的最大不同，不在於其信仰或信念的不同，而在於其行為策略與思維方式上的不同。首先，對於組織型烏托邦知識份子來說，它重視社會運動的「力」的「效果」，因此特別強調「組織化」的重要；並且視自己為這組織中的一員；在它心目中，「政黨」與其說是現代民主政治的運作形式，不如說更像軍事化或準軍事化的作戰團體。典型的組織型知識份子惲代英談到具有革命理想的學生為什麼應參入政黨的道理說：「總之，政黨若有好的黨綱，忠實的黨魁，他是一個為正義作戰的團體，我們應當服從他，與他聯合作戰，方是道理。我們對於作戰的目的，不能不捨小異以就大同。不然，永結不成大團體。……我們決不可人人永是只講獨立自由。這種怕色彩、怕利用的心理，這幾年把中國人越弄到一盤散沙的樣子了。我們應與忠實的與我們同主張的人聯合起來，漸漸做成一個有力量的大的作戰團體。」〔註7〕其次，強調社會聯合，尤其是社會底層的聯合。惲代英說：「我們要喚起人民為自己的利益而奮鬥。要用哲學、文學、各種講演、演劇的法子，打破中國人的所謂『安分』之說。……我們要喚起人民為奮鬥而聯合，要用各種力量，去傳播聯合的福音。不是與人家說那種不痛不癢的所謂合群，要告訴他這種聯合是我們人民惟一的最大效力的武器。」〔註8〕其三，強調思想觀念是意識形態，可以起社會動員與煽動群眾情緒作用。惲代英說：「辛亥革命的口號是排滿，俄國革命的口號是土地、和平、麵包，這都是很簡單明瞭的。我們說打倒帝國主義，這個口號是用以教育群眾的，是平常宣傳的，因為這是最正確告訴大家革命的對象；但是若到了要煽動群眾時，我們有時還需要提出更能喚起群眾即刻有所行動的

〔註7〕《惲代英文集》，上卷，376頁，人民出版社，1984。
〔註8〕同上書，340頁。

口號，便是說更簡單明瞭、使民眾易於瞭解接受的口號。」〔註9〕其四，強調「無產階級」的革命意識。瞿秋白反省五四新文化運動的教訓說：「『五四』的新文化運動對於民眾彷彿是白費了似的！五四式的新文言（所謂白話）的文學，以及純粹從這種文學的基礎上產生出來的初期革命文學和普洛文學，只是替歐化的紳士換了胃口的魚翅酒席，勞動民眾是沒有福氣吃的。……因此，現在決不是簡單的籠統的文藝大眾化的問題，而是創造革命的大眾文藝的問題。這是要來一個無產階級領導之下的文藝復興運動，無產階級領導之下的文化革命和文學革命，『無產階級的「五四」』。」〔註10〕其五，提倡暴力革命。1927 年，當國共兩黨分裂後，瞿秋白強調：「中國革命現時的階段，顯然到了工農武裝暴動的時期，所以暴動的策略與一般鬥爭的方式，成了最緊迫嚴重的問題。」〔註11〕381 此後，極端的階級鬥爭路線與暴力革命成為信仰共產主義的中國知識份子的行動綱領與思考模式。

（二）從「道」到「器」：烏托邦的「否定辯證法」

　　人們在說明 20 世紀上半葉中國知識份子激進主義思潮產生的原因時，常常將其歸結為「救亡圖存」的壓力，似乎假如不是由於中國近現代民族危機的深重，尤其是假如沒有 20 世紀 30 年代日本帝國主義對華的大舉入侵，也許激進主義不至於成為大多數關心國家政治與民族存亡問題的中國知識份子的選擇。證諸於當時的歷史以及不少當事人的回憶，這種看法未嘗沒有道理。但是，這種「救亡圖存」的壓力，頂多可以說是中國激進主義思想產生的條件或機緣之一，卻無法得出這樣的結論：救亡圖存必然需要採取激進主義的手段與方式。此外，還有一種普遍的看法認為：中國近代的知識份子運動開始是「啟蒙」，只因為中國社會與政治的問題太多太大，溫和的啟蒙方式不能奏效或走向失敗，才導致激進主義思想的抬頭。應當說，這種看法比前一種看法進了一層，試圖從「啟蒙」本身尋找問題的答案和原因，但它的看法過於簡單，沒有說明啟蒙為什麼會失敗，為什麼無法奏效；況而，啟蒙失敗為什麼非得走向激進？這其間的因果關係仍然沒有得到說明。就是說，即使承認中國近現代知識份子運動是以啟蒙始，以走向激進主義終，這種說法頂多也是一種歷史現象的描述，而非歷史因果性的說明。但是，這一說法畢竟有

〔註 9〕同上書，下卷，909 頁。
〔註 10〕《瞿秋白選集》，人民出版社，1985 年版，第 489-490 頁。
〔註 11〕同上書，第 381 頁。

一好處，它使我們注意到：20世紀中國上半葉中國知識份子啓蒙運動的失敗，恐怕其原因還在於其自身。因此，中國知識份子思想之走向激進，也需要從其自身的原因中來找尋。

我們上面說過，關心與介入社會政治運動的中國近現代知識份子，都是烏托邦知識份子。這裡的「烏托邦」是指理想的社會藍圖。但我們注意到，任何歷史上的烏托邦，除了描繪理想的社會藍圖之外，還提供一套如何達到這種理想社會的社會行動方案甚至策略原則。這也就是任何社會與政治的烏托邦爲什麼不同於一般的空想或者夢想的所在。例如，中國古代的「三代」聖王的烏托邦，除了描繪社會大同的理想之外，還有關於「井田制」以及達到「王道」理想的各種禮儀等一整套社會構想；中國近現代從西方輸入的社會與政治烏托邦，無論是西方資產階級的民主政治，還是共產主義藍圖，在許諾人人可以得到幸福生活的前提下，還著重闡發如何實現這種理想社會的社會行動方案與原則。就是說，烏托邦之爲烏托邦，它除了是「道」（理想）之外，還是「器」（行動的方法論原則與策略）。對於中國人來說，由於向來有「即道即器」、「道即是器，器即是道」的思維取向，所以對於烏托邦既包括「道」，又包括「器」這點並不難理解。但是，烏托邦的問題與困難也在這裡。由於「道」指社會與政治理想，它可以具有普遍性。就是說，無論社會與歷史條件存在何種差異，人們在選擇什麼樣的社會生活才是最好的或理想的，在這點上可以達成共識。正因爲這樣，像「自由」、「平等」、「博愛」、「社會和諧」、「共同富裕」等等這些社會價值可以成爲不同歷史時代與不同文化傳統的人們所追求的共同社會目標與理想。而「器」則不然，它與其說是目的，不如說是達到目的的工具與手段。正因爲是工具與手段，「器」的選擇因時間、條件與環境就會有所不同。但對於各種烏托邦來說，「道」與「器」、社會價值目標與達到價值目標的工具性策略原則從來是糾纏在一起的，彼此難以分割和識別。更嚴重的是，一旦我們選擇了某種烏托邦的時候，既選擇了這種烏托邦的「道」，也同時選擇了它的「器」。對於處於具體歷史情境中的人們來說，選擇這種烏托邦而不選擇那種烏托邦，常常並不是說這種烏托邦的社會理想高於那種烏托邦的社會理想，而只是由於這種烏托邦的實現手段比那種烏托邦的手段與方式更爲可取。而這種可取，不是價值意義上的可取，而是工具理性意義上的可取。從這種意義上說，中國近現代知識份子之所以引進西方的社會與政治烏托邦，看重的與其說是其中的「道」，不如說更

多地是其中的「器」。但是，由於烏托邦本身「道」、「器」之間的糾纏，它往往又使中國近現代知識份子難以分清其中何者是「道」，何者是「器」。綜觀整個 20 世紀上半葉中國的知識份子運動，正是處於這種道、器不分，又混淆道、器的過程之中，它具體展現為三種形態：以器代道、以道代器與由道而器。

（一）以器代道。維新時期的啟蒙知識份子心目中的烏托邦，是以器代道的典型。我們知道，甲午戰爭以後，嚴復、譚嗣同、康有為等人檢討中國戰敗的教訓，都達到這樣的共同結論，即認為中國敗於日本，是由於中國的政治制度與明治維新以後的日本有著極大的差距，而日本的明治維新又是取法了西方近代，尤其是英國的君主立憲法制度。所以，從革新政治的意圖出發，嚴復等人大力宣傳英國式的立憲民主制。嚴復之所以大力介紹西方近代的學術文化，包括政治社會思想，都是服從於這一政治制度改革的主張的。儘管嚴復意識到，西方之所以富強，其「命脈」就兩條：經驗論哲學與法治的政治制度，而這命脈背後的實質，就是一種自由精神；西方社會政教的各個方面，都是由這自由精神所派生出來的。但他仍然認為，比起具體的立憲民主制度來說，自由這個概念畢竟還太抽象，它必須落實到具體的可操作層面才有意義。所以，嚴復雖然獨具慧眼，一眼就看到穆勒的《論自由》代表著西方英國式自由主義傳統的精義，他卻將這本書翻譯為《群己權界論》，這固然因為群己關係代表著西方政治制度的一個重要方面，但為什麼要改書名？這恐怕同嚴復的經驗主義思想重具體而輕抽象的思維方式有著更多的關聯。在他看來，一般地講自由不太好懂，而講具體的政治制度如何安排與運作，則不僅好懂，而且對於解決問題來說，要切實得多。明白了這點，就可以理解為什麼嚴復到後來，還專門寫作了《政治學講義》一書，對英國式的立憲政治制度作了詳細的介紹。然而，這裡有個問題：西方的自由主義，難道僅僅可以歸結為某種政治制度嗎？對於維新一代的知識份子，包括嚴復等人來說，是如此認為的。所以，維新時期的啟蒙知識份子全力以赴的，就是要在中國推進英國式的立憲民主政治。不能說這些維新知識份子的看法沒有道理。從當時的歷史條件與現實情況看，也許選擇君主立憲式的政治改良道路較之其它政治改革方案都更為可取。這裡的問題，不是說維新人士提出的具體政治改革建議是錯誤的，而在於這一事實：他們將西方的社會富強，都歸結於某種政治安排，這就犯了唯制度論的錯誤。事實上，僅僅著眼於政治制度的變更，而沒有社會其它方面的改革，尤其是社會價值系統的更新，是

無法創建一種眞正的民主政治的。由於戊戌維新失敗了，我們無法看到這種政治制度變更的後果。但是，戊戌維新沒有做到的事情，辛亥革命卻做到了：它引進了西方式的共和民主制度。但可以看到，僅僅將西方的社會政治烏托邦理解爲一種具體的政治操作與制度安排，這點是多麼地狹隘。民國以後，中國的社會政治沒有走上正軌，反倒空前倒退，陷於無秩序與「武人政治」之中，這不能不是一個深刻的經驗教訓。這種「以器代道」的烏托邦悲劇所造成的嚴重後果，連當年積極參與其事的嚴復、梁啓超等人都感覺到了。嚴復一再地追悔當年介紹與引進西方思想觀念走上了異途，梁啓超則在五四前後明確地提出西方民主制度的移植不等於西方民主政治的眞正引進，開始著眼於除了政治制度之外，包括整個西方政治文化的引進。這不能不說是事後建立在歷史經驗層面上的一種反省。也許，按照這種反省，以後的中國民主政治的進程可能會少走一些彎路。不幸的是，五四時期對西方社會政治烏托邦的引進，卻又走上了另一條叉道。

（二）以道代器。不能說五四一代的中國知識份子無視辛亥革命的歷史經驗。事實上，五四新文化運動之所以發動，其原初的動力就是要對辛亥革命作思想的反省。如果說，辛亥革命後社會政治的無序狀態說明了制度萬能論的破產，那麼，進一步的探索就是要問：西方民主政治制度背後的東西到底是什麼？五四時期的啓蒙代表人物，像陳獨秀、胡適等人都得出這樣的結論：西方的民主制度是由其背後的價值支撐的，較之西方的民主制度來說，這制度背後的價值與思想觀念對於落實民主制度來說是更爲重要的。但是，從這一合理的思考點出發，五四啓蒙思想家們卻普遍走上了另一條道路——「以道代器」。這條道路事實上開啓了 20 世紀上半葉中國文化與政治激進主義的先河。

陳獨秀可以說是五四時期「以道代器論」的代表人物。陳獨秀在五四時期提倡法國式的民主不遺餘力，是眾所周知的。但是，他爲什麼嚮往法國式的民主，而非英國式的民主政治？對這個重要問題，人們卻常常缺乏深究，只認爲是陳獨秀等人在總結與反省辛亥革命的教訓時，認爲辛亥革命不夠徹底與激烈，因此非採取法國式的暴力革命的手段與方式。但這種看法還僅只停留於歷史現象的表面，它未能從根本上揭示陳獨秀等人產生這種看法的原因。如上所述，同樣是總結辛亥革命的教訓，像嚴復、梁啓超等人就得出了不同的認識與看法。因此，辛亥革命以後社會政治愈加倒退，從邏輯上推導

不出必然要採取激進的方式改革政治。陳獨秀在五四時期思想之走向激進，其原因只能從其本人對西方社會政治烏托邦的理解來找尋。

事實上，假如我們注意到，在五四時期，陳獨秀對法國大革命思想的介紹，與其說是注重其實行暴力革命的手段與方法，不如說是更強調引爆法國大革命的思想觀念——自由與平等觀念的重要性。這就是說，在他對於西方民主政治的理解中，重視的是「器」背後的「道」。也正因為如此，他將五四的思想啓蒙鎖定在思想觀念，包括價值的啓蒙上面。他將「倫理的覺悟」稱之為「最後的覺悟」。他說：「吾人果欲於政治上採用共和立憲制，復欲於倫理上保守綱常階級制，以收新舊調和之效，自家衝撞，此絕對不可能之事。蓋共和立憲法制，以獨立平等自由為原則，與綱常階級制為絕對不可相容之物，存其一必廢其一。倘於政治否認專制，於家族社會仍保守舊有之特權，則法律上權利平等經濟上獨立生產之原則，破壞無餘，焉有並行之餘地？」〔註12〕應該說，陳獨秀注意到西方近代的民主政治背後其實有一套倫理價值作為支撐，這點較之維新時期的知識份子對於西方政治制度的觀察是深了一層。而且，他提出要建立真正的民主政治，只能從最根本的方面，即倫理入手，這點也十分深刻。但為什麼發展到後來，陳獨秀等人卻又對英國式的議會民主政治發生反感呢？原來，在他對西方政治烏托邦的理解中，他發現了「道」與「器」的衝突。在他看來，辛亥革命之後，民國有名無實，政治比以往更加黑暗，因此對於真正的民主政治也說，傳播民主政治的價值觀念是更為重要的。《吾人最後之覺悟》中的一段話，反映了他這一時期的認識：「所謂立憲政治，所謂國民政治，果能實現與否，純然以多數國民能否對於政治，自覺其居於主人的主動的地位為唯一根本之條件。自居於主人的主動地位，則應自進而建設政府，自立法度而自服從之，自定權利而自尊重之。倘立憲政治之主動地位屬於政府而不屬於人民，不獨憲法乃一紙空文，無永久屬行之保障，且憲法上之自由權利，人民將視為不足重輕之物，而不以生命擁護之；則立憲政治之精神已完全喪失矣。」〔註13〕也正因為這樣，五四時期，陳獨秀將中國民主政治的實現寄望於倫理價值的啓蒙。

不能說陳獨秀等人的看法不深刻。其實，關於民主政治離不開國民素質的提高，這一看法也並非自陳獨秀們始。早在戊戌變法失敗後不久，梁啓超

〔註12〕《獨秀文存》，合肥，安徽人民出版社，1987年版，第41頁。
〔註13〕同上書，第40頁。

在反省變法失敗的經驗教訓時，就感到國民素質的提高是一個重要問題。故此，從 1902 年開始，他就創辦《新民叢報》，鼓吹「新民」，致力於國民政治素質的提高。其中說：「國也者，積民而民。國之有民，猶身之有四肢、五臟、筋脈、血輪也。未有四肢已斷，五臟已瘵，筋脈已傷，血輪已涸，而身猶能存者；則未有其民愚陋怯弱，渙散混濁，而國猶能立者。」〔註 14〕這無疑已包括或至少開啟了後來陳獨秀等人注重思想啟蒙的意見。儘管如此，梁啟超等人並不認為，只有待國民素質提高了，民主政治才有希望。毋寧說，民主政治制度的建立與國民民主政治素質的提高，是問題的一體兩面。只有既著眼於民主政治制度的建立，同時又致力於提高國民的民主政治素質，才能真正推進中國的民主政治。

但在這個問題上，五四一代的知識份子卻僅有片面的深刻性。他們從提倡民主政治的價值觀念始，發展到盲目崇拜思想觀念，以為僅靠思想觀念的變革，就可以改變中國的政治現實；然後又從對思想觀念的崇拜出發，發展了一種「意圖倫理」。〔註 15〕所謂「意圖倫理」，就是注重思想觀念與價值道德的革命，強調價值優先原則。本來，西方政治烏托邦中既有價值觀念，同時亦是一整套社會制度安排，是「道」與「器」、價值理性與工具理性的統一，但在陳獨秀等人的思想中，這種烏托邦當中包含的「道」與「器」卻出現了斷裂。五四時期的思想啟蒙儘管在介紹與引進西方民主政治的思想觀念方面較之維新時期規模更大、聲勢更廣，但無論在思想的深度上，還是在對於西方民主政治制度的理解上，都不如維新時期的嚴復。原因無他，就是認為只要掌握了烏托邦之「道」，就能解決中國現實當中的民主政治問題。但我們知道，所謂民主政治必得呈現為一整套民主政治的制度運作。民主思想觀念的普及，以及國民政治素質的提高固然有助於民主政治的實現，但它們並不就是民主政治制度本身。

（三）由道而器。也許正因為五四一代思想啟蒙的局限性如此明顯，它

〔註 14〕梁啟超：《新民說》，瀋陽，遼寧人民出版社，1994 年版，第 1～2 頁。
〔註 15〕所謂「意圖倫理」，又可稱作「信念倫理」，此一概念最早由韋伯提出（參見蘇國勳：《理性化及其限制——韋伯思想引論》，上海人民出版社，1988 年版，第 74 頁）。王元化在反思「五四」的文章中認為「意圖倫理」是一種「先定了我喜歡什麼，我要什麼，然後想出道理來說明所以喜歡以及要的緣故」式的思考問題的方法與態度（見王元化：《九十年代反思錄》，上海古籍出版社，2000 年版，第 142 頁，）我這裡參考韋伯與王元化對這個詞的用法，但作了些引申。

很快就銷聲匿跡，被其它社會與政治思潮所取代。然而，20 年代以後發展起來的，卻是較之五四思潮遠爲激進的社會政治思潮，它的特點是「由道而器」。所謂「由道而器」，並不是不要「道」，毋寧說，它也十分重視「道」；但「道」的作用與價值，就在於它有利用價值。如此看來，在「由道而器」論者眼裏，道就是器。不僅僅如此，從「由道而器」的觀點出發，還發展出一種爲了實現道而不惜採用任何手段與方式的思維方式與參與政治的方式。對於「由道而器」論者來說，無論是思想觀念也好，其它什麼東西也好，只要可以達到目的，都值得採用與提倡。本來，烏托邦中的「器」作爲工具與手段是服從於其中的「道」的，但在「由道而器」者眼裏，由於極力追求達到目的的手段與工具，其中的「器」反而成爲了「道」，而原初意義上的「道」卻反倒被異化或取消：或者淪爲只有工具性意義的「器」，或者由於其顯得迂闊和無濟於事而被束之高閣。

這種「由道而器」給知識份子運動帶來了嚴重後果。首先，它導致啓蒙的消解。30 年代以後，中國知識份子普遍產生了一種厭倦和鄙薄思想理論而強調社會實踐的思想取向，似乎只要訴諸於社會行動，就可以解決中國的民主政治問題。這實際上是讓知識份子放棄了其「天職」而去充當行動的「戰士」。本來，知識份子憑藉其專業知識，較之社會上其它階層有較發達的理性，可以對社會上種種重大問題提供價值評判的座標或參照。從這種意義上說，知識份子體現社會的良知，是社會價值與意義世界的闡釋者與指路人。但一旦啓蒙的話語消解，知識份子這一社會角色便顯得多餘。葛蘭西曾經提出過「有機知識份子」的概念，他指的是在現代工業社會條件下，知識份子作爲社會啓蒙的地位與角色已經消失，而被融入於各種社會機構之中以及「被制度化」了。事實上，在中國革命年代，中國知識份子也已普遍地「社會行動化」了，成爲革命洪流中的有機知識份子，而作爲一個社會階層而獨立發揮其社會功能的作用已經消失。其次，它是政治激進主義的思想根源。中國知識份子由於被革命的潮流所裹挾，其思想方式與行動策略常常變得異常激進：只要是有利於革命，只要能盡快地完成革命，那麼，無論什麼手段與方式都可以使用，而且值得提倡；這除了演變成一種迷信暴力革命的思維取嚮之外，還包括知識份子的「自我改造」與自我決裂傾向：爲了投身革命，知識份子要在革命熔爐中「脫胎換骨」，重新「鳳凰涅槃」；於是我們看到，許多知識份子爲了表示服膺革命，在精神上無條件地向社會底層看齊。此外，

它還留下一筆難以清除的思想遺產：以道為器。所謂「以道為器」，是「由道而器」必然的邏輯結果與歷史結局。既然「由道而器」意味著「道」只有工具性意義，既然凡脫離了「器」的「道」便失去了存在的價值，那麼，知識份子之存在的理由，以及其具有的社會作用與功能，便只能是將「道」轉換為「器」。而知識份子由於有知識與文化，較之社會上其它階層，似乎也最適合執行這一使命。於是我們看到，無論是在革命年代還是在後革命年代，中國知識份子心目中的「烏托邦」逐漸失去其理想主義的光環，而流為具體方略與政策運作的圖解——它事實上意味著「烏托邦」的蛻變與終結。

（三）「啟蒙」的誤區

這種烏托邦的終結與蛻變，體現了中國近現代知識份子運動的否定辯證法：中國近現代的知識份子運動以啟蒙始，而以否定啟蒙告終。什麼是「啟蒙」？康德說：「啟蒙運動就是人類脫離自己加之於自己的不成熟狀態。不成熟狀態就是不經別人的引導，就對運用自己的理智無能為力。當其原因不在於缺乏理智，而在於不經別人的引導就缺乏勇氣與決心去加以運用時，那麼這種不成熟狀態就是自己加之於自己的了。」〔註16〕按照康德的說法，啟蒙就是人類充分地運用自己的理智。但充分地運用自己的理智又是什麼意思呢？是指人們為達到某種目的而對理智加以運用的工具性謀劃嗎？還是將理智本身視為具有終極價值的本體式存在而充分展開？顯然，康德的答覆是後者。為了將工具性地運用理智與真正自由地運用理智相區別，他對理智的「公開的運用」與「私下的運用」加以區分。所謂理智的「私下的運用」，不是說在私人性的空間裏運用理性，而是指人作為社會中的「一架機器中的零件」時，他對理智的運用。在這種情況下，由於人是社會機器中的一個部份，他再怎樣運用理智，這種理智的運用其實是不自由的。康德提到「私下的運用」理智的情況有：當一個人服兵役、當納稅人、在教會中任職，或者作為政府雇員，等等。而理智的「公開的運用」，則是指人作為人類的一員來行使自己的理智。這時候，由於他已脫離了受制於環境的任何具體的工具性謀劃，唯一服從於理智本身，這種理智的運用方才是自由的。按照康德對於啟蒙的解釋，可以看到，自近代以來，中國知識份子之所以提倡「啟蒙」，從一開始就不是將它作為一個本體性的範疇加以接納，而將它視之為一種工具性的價值

〔註16〕康德：《歷史理性批判文集》，北京，商務印書館，1991 年版，第 22 頁。

存在，因此並非是公開的運用理智，而只是私下的運用理智而已。這種私下的運用理智的危害在於：由於理智的運用是服從於外在的需要，具有工具性，一旦理智運用者的境遇發生變化，他便隨時會根據變動了的情況來調整自己的思路以及思想觀念。維新時期啓蒙思想家們的思想軌跡便是如此。以嚴復爲例，他從一開始就看到了啓蒙與「自由」觀念的關係，這是其慧識所在，但是，當他發現一般地提倡自由對於救亡圖存於事無補時，他很快便放棄了對自由的呼籲，而尋找可以取代它的其它思想觀念。戊戌維新失敗以後的梁啓超也是如此，他在 1902 年一度熱烈地鼓吹自由，但後來發現民族主義思想較之自由觀念更能有助於調動與激發中國人的自信心與自尊心，遂轉而提倡民族主義。看法，維新人士的呼籲啓蒙與提倡自由，都服從於當時一個更重要也更爲迫切的主題——救亡圖存，並且被納入到救亡圖存這一思想框架中被理解與整合。

　　將理智不是公開的運用，而是私下的運用，這在啓蒙運動走向高潮的五四新文化運動時期也是如此。五四時期各種西方思想觀念競相傳入，其中一個很大的動力，就是人們將它們視之爲方法。例如，在「問題與主義」的論爭中，李大釗雖然承認「大凡一個主義，都有理想與實際兩方面」，〔註17〕但在他看來，主義之所以有用，就在於它可以給人們提供一種理想，然後從這種理想中可以派生出一種適合於環境的變化，也即方法。他聲稱：「我們只要把這個那個的主義，拿來作工具，用以爲實際的運動，他會因時，因所，因事的性質情形，生一種適用環境的變化。」〔註18〕這裡理想與方法都包含於主義之中，而且方法是由理想所派生出來的。

　　五四時期這種將理想與方法集一身的對思想觀念的看法，意味著啓蒙思想與啓蒙運動的蛻變。它導致的結果有兩個：第一，啓蒙演變爲意識形態之爭，而意識形態之爭又演變爲暴力之爭。啓蒙，按照康德的說法，本來是人類自由地運用自己的理性，以使人類脫離不成熟狀態，但五四新文化運動由於將啓蒙思想作爲方法，於是種種西方思想的輸入，不僅被作爲操作意義上的思想武器而加以利用，而且各種思想觀念彼此對立，甚至形同水火，這與啓蒙理性的運用應當提倡「公開運用自己理性的自由」〔註19〕的立場剛好相

〔註17〕《胡適哲學思想資料選》（上），第 106 頁。
〔註18〕同上。
〔註19〕康德：《歷史理性批判文集》，第 24 頁。

反。所謂「公開運用自己理性的自由」，就是不將自己的觀點強加於別人，這也就意味著思想的寬容。康德說：「然則一種牧師團體、一種教會會議或者一種可敬的教門法院（就像他們在荷蘭人中間所自稱的那樣），是不是有權宣誓他們自己之間對某種不變的教義負有義務，以便對其每一個成員並且由此也就是對全體人民進行永不中輟的監護，甚至於使之永恆化呢？我要說：這是完全不可能的。這樣一項向人類永遠封鎖住了任何進一步啓蒙的契約乃是絕對無效的，哪怕它被最高權力、被國會和最莊嚴的和平條約所確認。」〔註20〕不幸的是，中國自五四以後，以啓蒙爲旗幟的思想運動卻愈來愈表現爲不寬容。其二，對「公民自由」的誤解。對於中國近現代知識份子來說，啓蒙運動既然由救亡圖存的驅力所誘發，它所提倡的種種思想觀念，包括個體自由思想的觀念，都被從工具性意義的角度來加以理解。其實，從康德啓蒙思想的立場上看，所謂「公民自由」不是其它，就是每個公民能公開地、自由地表達其思想的權利而已。康德談到「自由」觀念在「啓蒙運動」中的中心地位時說：「這一啓蒙運動除了自由而外並不需要任何別的東西，而且還確乎是一切可以稱之爲自由的東西之中最無害的東西，那就是在一切事情上都有公開運用自己理性的自由。可是我卻聽到從四面八方都發出這樣的叫喊：不許爭辯！軍官說：不許爭辯，只許操練！稅吏說：不許爭辯，只許納稅。神甫說：不許爭辯，只許信仰。（舉世只有一位君主說：可以爭辯，隨便爭多少，隨便爭什麼，但是要聽話！）到處都是對自由的限制。」〔註21〕但對於中國近現代知識份子來說，將「公民自由」視爲「思想自由」的這一康德式的自由觀卻被忽視，其結果，中國啓蒙運動所提倡的自由，卻是思想自由以外的其它種種自由。這裡不是說其它的自由不重要，但要指出的是，離開了思想自由，其它的種種自由，都將成爲無源之水，或者難以稱得上眞正的自由。而長久以來，中國近現代的知識份子運動卻往往爲了追求其它方面的「自由」而寧願讓度出思想的自由。

所謂思想自由，也就是公開地運用自己理性的自由。它既需要社會的外部條件，包括體制方面、倫理方面與政治方面的，同時也需要作爲人的主體的精神方面的條件——擺脫思想上的奴役狀態。而較之社會的外部條件，人的主體的精神解放似乎是更爲重要的。因爲假如沒有這種主體的精神條件，

〔註20〕同上書，第26～27頁。
〔註21〕康德：《歷史理性批判文集》，第24頁。

即使社會的外部條件具備，人們也不可能公開地運用理智；更何況，對於社會外部條件的爭取，也以作爲人的主體的精神方面的條件爲前提。但是，這種人的主體的精神解放之獲得，又是極其艱難的。康德提到人之所以難以擺脫這種精神上的自我奴役時說：「任何一個個人要從幾乎已經成爲自己天性的那種不成熟狀態之中奮鬥出來，都是很艱難的。他甚至於已經愛好它了，並且確實暫時還不能運用他自己的理智，因爲人們從來都不允許他去做這種嘗試。條例和公式這類他那天分的合理運用、或者不如說誤用的機械產物，就是對終古長存的不成熟狀態的一副腳桎。誰要是拋開它，也就不過是在極其狹窄的溝渠上做了一次不可靠的跳躍而已，因爲他並不習慣於這類自由的運動。因此就只有很少的人才能通過自己精神的奮鬥而擺脫不成熟狀態，並且從而邁出切實的步伐來。」〔註 22〕從這種意義上說，所謂啓蒙，所謂讓人走出「不成熟狀態」，不是別的，就是要將人們從這種精神自我奴役的狀態中解救出來。它其實是一種「自啓蒙」（對自己的啓蒙）。但長期以來，中國知識份子的啓蒙運動卻放棄了對自我的啓蒙，而成了對社會其它群體的啓蒙——「對啓蒙」。這兩種啓蒙的分野是非常之大的。「對啓蒙」由於以他人爲對象，因此種種屬於啓蒙範疇的思想觀念，如自由、平等、民主，等等，皆成爲工具性的，是爲了某種外在的目的而被利用——它們很容易演變爲一種煽動群眾激情的意識形態。而「自啓蒙」則關注的是知識份子作爲啓蒙者自身的素質與精神品格，它要求作爲啓蒙者的主體首先要自己走出「不成熟狀態」，然後才談得上對其它社會民眾進行啓蒙。以此標準來衡量，不能不說中國近現代知識份子運動史上，從來沒有出現過眞正意義上的「自啓蒙」。即使以提倡「個性解放」與「個人自由」爲思想旗幟的五四新文化運動來說，由於「個性解放」與「個人自由」的觀念是從屬於其它更具有眼前重要性的觀念，爭取個人自由的運動始終未獲得其獨立形態，故這種思想上的啓蒙，離康德所說的啓蒙，其意義相差甚遠。而到了五四後期，由於社會情勢的改變，中國大多數知識份子終於被潮流所裹挾，認爲社會制度的變更是當務之急，而將啓蒙的理想放置一邊。然而，正如康德所說的：「通過一場革命或許很可以實現推翻個人專制以及貪婪心和權勢欲的壓迫，但卻絕不能實現思想方式的眞正改革；而新的偏見也正如舊的一樣，將會成爲駕馭缺少思想的廣大人群的

〔註22〕同上書，第 23 頁。

圈套。」〔註23〕康德這段話寫於法國大革命前夕的 1784 年，它其實也是對中國革命所作的預言：1949 年的中國革命雖然成功地推翻了國民黨政權，但思想啓蒙卻仍然是中國知識份子的未竟之業。

（四）人文教化知識份子的使命

20 世紀上半葉中國知識份子啓蒙運動的夭折發人深省，留下了太多的遺憾與浩息。其中，一個重要教訓是：中國知識份子應該先啓蒙自己，然後才談得上對社會其它民眾進行啓蒙。而且，這種對社會其它民眾的啓蒙，也不是居高臨下式的，而且一種對話與交流，它要求的是啓蒙者對被啓蒙者的尊重與傾聽。總之，無論是對自己的啓蒙還是對於民眾的啓蒙，其方式與方法都只能是「自啓蒙」式的。任何以思想觀念的壟斷為特徵的、自上而下式的「對啓蒙」，表面上看起來如何不可一世，到後來，終歸會淪為社會群眾聲浪的放大，而失卻了其啓蒙的本意。這是 20 世紀上半葉中國知識份子啓蒙運動史所一再證明了的。

那麼，如何堅持「自啓蒙」的理想，使眞正的啓蒙事業能流於不墜呢？這裡，康德對「公開運用理性」與「私下運用理性」的區分顯然十分重要。他說：「然則，哪些限制是有礙啓蒙的，哪些不是，反而是足以促進它的呢？——我回答說：必須有公開運用自己理性的自由，並且唯有它才能帶來人類的啓蒙。私下運用自己的理性往往會被限制得很狹隘，雖則不致因此而特別妨礙啓蒙運動的進步。」〔註24〕他還特別談到，「而我所理解的對自己理性的公開運用，則是指任何人作為學者在全部聽眾面前所能做的那種運用。一個人在其所受任的一定公職崗位或者職務上所能運用的自己的理性，我就稱之為私下的運用。」〔註25〕康德關於公開運用理性的這段話，將我們引向一個極其重要的話題：知識份子與公共領域的關係問題。

何為「公共領域」？按照康德的看法，公共領域就是能夠公開地運用理性的場所。它之所以可能存在的依據是：這是唯一保證啓蒙話語不至於蛻變的場所。因為人作為社會的人，平常總是受制於種種的外部環境與條件，但人一旦進入公共領域，他就不再是以某個具體的社會角色自詡，而以整個共同體的乃至於世界公民社會的成員參與對話與發言。故只有公共領域之存在

〔註23〕同上書，第 24 頁。
〔註24〕同上書，第 24 頁。
〔註25〕同上書，第 24～25 頁。

與開放，才能爲公開地運用理性提供機會與條件，它才是啓蒙話語的眞正棲身之地。

就民主政治來說，公共領域之所以重要，乃因爲它本身就是一個學習與實踐民主政治的場所。眞正的民主政治不是其它，不過是政治家和公民們在政治博弈中對平等遊戲規則的遵循與尊重而已。很難想像，一個長期習慣於家長式作風的人物一旦掌握了政治權力，在政治動作中能夠寬宏大量和平等待人；同樣難以想像的是，脫離了具有民主素質的個人與群體，一個社會的民主政治能夠正常運作和有效運行。而在公共領域中，公民們的交往是基於公開地運用理智而實現的，這有利於培植和養成一種寬容、平等待人的習慣與胸襟。正是從這個意義上說，公共領域不僅成爲公民們學習與實踐民主生活的學校與舞臺，還爲民主政治奠定了基石。

除了是學習與實踐民主政治的場所之外，公共領域還爲民主政治之實施構造了最後的屛障，是民主政治的根本。公共領域不等同於公共權力，它是公共權力與公民私人領域之間的一個中間地帶，正是通過這個領域，民間的政治要求與呼聲得到整合與表達；同時因爲它的存在，政府的公共權力將由此而受到約束與監督。事實上，在民主社會中，公民的政治民主權力與政治自由，與其說是通過公共權力的運用表達出來，不如說更多地通過公共領域中對於公共理性的運用而表達出來。公共領域之存在與壯大之否，不僅是民主政治能夠眞正運行的條件，而且成爲考驗與檢驗民主政治的標尺。

在創建公共領域的過程中，知識份子具有義不容辭的責任。這是由於知識份子以思想觀念爲業，長於理性思維，並且較之社會上其它階層具有更多的機會與自由可以馳騁於人類知識的各種領域，這就爲其能「公開地運用理性」提供了更多的可能性與前景。正是在這種意義上，康德才將「對自己理性的公開運用」的人，稱之爲「學者」。〔註26〕但是，中國的知識份子對於要承擔起「對自己理性的公開運用」這一使命，卻是相當陌生的。這是因爲中國近現代知識份子長期以來浸潤於激進主義的傳統。中國近現代的社會與政治危機，是由於公共理性缺乏所導致的危機；這種公共理性的流失，與其說是因爲社會制度的失範所引起，不如說是由於公共領域與公民社會的不發展所造成，其結果是阻滯了國家公共權力在社會中的正常動作，並且引發出社

〔註26〕康德原文如下：「而我所理解的對自己理性的公開運用，則是指任何人作爲學者在全部聽衆面前所能做的那種運用。」見《歷史理性批判文集》，第24頁。

會震蕩。在此種情況下，為了一攬子解決社會與政治問題，激進的中國知識份子通常訴諸於革命。但革命本來就由公共領域的缺乏所引起，是公共領域「缺位」的取代劑和填補品，它不僅本身並不能創制公共領域，革命的爆發通常還造成對公共領域的擠壓。因此，革命的後果只能是反證出「公共領域」之不可或缺。通常在激進的革命以後，民主政治的諦造應當從公共領域的創建開始。

對於歷史上嚴重缺乏公共領域傳統的中國來說，當代中國的公共領域難以自發的產生，它的培育和發展有賴於中國知識份子的積極參與。在這個問題上，中國知識份子首先應總結近現代以來中國爭取民主運動的歷史經驗，並且達成這樣的共識：中國社會走出「危機——革命」怪圈的唯一辦法，就是培育與壯大公共領域。為此，作為有社會擔當的中國知識份子，必須與自身的激進主義傳統告別，實現從烏托邦知識份子到人文教化知識份子的轉變。

從烏托邦知識份子到人文教化知識份子，意味著知識份子社會角色的轉換，從過去的「立法者」轉變為「教化者」。長久以來，中國知識份子在啟蒙運動中一直是以「立法者」自居的。所謂「立法」是將其思想觀念強加於人，甚至對拒絕這種觀念者施以暴力；教化者不等於放棄社會理想與烏托邦，但他不將自己的思想觀念與烏托邦強加於人，更不會為了實現自己的思想觀念與烏托邦而無所不用其極。就是說，他儘管堅持自己的社會與政治理想，但願意將這種社會與政治理想視為一種「教化」；而「教化」則是通過自己的行為與行動加以指示或示範，既不武斷，更不強於人；相反，他願意隨時隨地地傾向和接受來自不同方面的聲音與駁難，並且強調彼此的溝通與對話。從這種意義上說，教化者的立場已超越了他本然的思想信念與烏托邦立場。除此之外，教化者意識到社會與政治烏托邦的多元性，但他對這種多元性不僅不加以拒斥，毋寧說更傾向於包容；因此，他願意在各種思想觀念與烏托邦之間作出妥協；這種妥協不是取消各種思想觀念與烏托邦之間的差異與區別，而是讓各種不同的思想觀念與烏托邦在充分運用理性的情況下自由討論與平等競爭，最終對社會政治的基本問題達到一致見解。這或許也就是羅爾斯所說的「重疊共識」。因此，對於贊成民主政治烏托邦的「教化者」來說，民主政治與其說是一種民主政治制度，不如說首先是一種生活態度與生活方式。

從烏托邦知識份子到人文教化知識份子的轉變，還意味著知識份子參與

政治方式的改變。長期以來，中國知識份子將公共政治等同於公共權力。在他們眼裏，參與政治如果不是參與政權的話，就是發動社會群眾，以達到轉移政權的目的；因此，它將自己的職責定位於社會動員。其實，對於善於運用理性的知識份子來說，公共領域才是其真正參與政治之地。而知識份子要在公共領域有所作為，必須放棄其長期堅持的「社會動員理論」，接納與吸收「公共理性理論」。為此，它必須注意三點：第一，平等對話原則。這裡的平等對話不僅是指在表達意見與觀點時彼此的平等，而且重要的是彼此尊重對方的意見與觀點。很難想像，假如在公眾的場合，每個人只顧各自陳說自己的觀點，而不考慮與聆聽別人的意見，這個公眾場所是在充分地運用公共理性。第二，和平與改良。和平與改良意味著在公共領域中，儘管各人對政治問題會有不同的看法與意見，但對於達成一致的看法與意見，是採取磋商的方式，而不訴諸於暴力。它提倡寬容，而不認同用商談之外的其它手段與方式來強制別人同意自己的意見。第三，針對社會與政治生活中的重大問題發言。這意味著進入公共領域的知識份子都代表社會的良心，勇於對社會與政治問題作出承擔，儘管這有時候會帶來個人的風險。但對於真正的公共知識份子來說，為社會承擔卻是他的責任與天職。